新 潮 文 庫

ブラッディ・ファミリー

警視庁人事一課監察係 黒滝誠治

深 町 秋 生 著

新 潮 社 版

11598

ブラッディ・ファミリー

警視庁人事一課監察係　黒滝誠治

1

黒滝誠治《くろたきせいじ》は目をこらした。

驚いたことに、市島瑞枝《いちしまみずえ》はまだ居残っていた。彼女からは見えない位置まで歩むと、エレベーターホールの隅にある長椅子《ながいす》に腰かけた。何食わぬ顔をして携帯端末をタップし、無関係なサラリーマンを装《よそお》う。

「あんたらは顔も売れてないペーペーなんだから、せめて汗ぐらい搔《か》きなさい！」

瑞枝の怒鳴り声が黒滝の耳にまで届いた。とうの昔に宴会は終わり、ホテルのスタッフが見て見ぬフリをしながら、片づけを行っている。

「ここは私の管轄《かんかつ》でもあるんだから。顔に泥を塗るような真似《まね》しないで！　だいたい、ありえないでしょう。多忙なんて言い訳にもならない。署長の私だってこれぐらい読んできたんだから」

早口でそうまくしたてた。

黒滝は首を伸ばして瑞枝のほうをうかがった。叱責《しっせき》に夢中で周りが見えていない。顔をまっ赤にして、付箋《ふせん》だらけの単行本を振りかざしている。

彼女が長々と説教している相手は二人だ。与党の自由政民党の推薦を受けて当選した新人の女性区議と、北区を地盤とする同党のベテラン国会議員の私設秘書である。

ホテルのスタッフが案内看板を担《かつ》いでいた。さきほどまで北区に本社を置く大手企業の経営者の出版記念パーティが大々的に催されていたのだ。

電子部品の製造で全国に名を轟《とどろ》かす企業のトップが自叙伝を上梓《じょうし》したとあって、パーティには五百人以上の招待客が集まった。北区の地元財界人はもちろん、大学時代の同窓生やゴルフ仲間、取引先としている自動車メーカーや家電メーカーの重役、大御所といわれる女性演歌歌手も加わって、余興として二曲、喉《のど》を披露してもいる。そして瑞枝たちのような公務員やキャリア官僚、政治家も顔をだしていた。

黒滝も事前に自叙伝を入手している。ひととおり目を通してみたが、ギラついた五十男の愚にもつかぬ自慢話ばかりで、何度もあくびを誘われたものだった。

それを瑞枝は、付箋をびっしり貼《は》って熟読してきたという。おそらく本当に読みこんできたのだろう。彼女の貪欲《どんよく》な権力欲とブルドーザーのようなパワフルさに圧倒されつつも、叱《しか》られているふたりに心底から同情したくなった。

市島瑞枝は警視庁の有名人だ。警察学校を次席で卒業すると、自動車警ら隊や生活安全課の刑事などを経て、星の数ほどの手柄を立てた。

大変な努力家として知られ、犯罪者を追いかけつつも、育児と試験勉強をこなし、毎日の睡眠時間は三時間を切るという猛者《もさ》だ。

男性社会の警察組織で出世を果たしたキャリアウーマンとして、過去には新聞や雑誌にも取り上げられた。昨年から王子署の署長となり、約二百四十人の署員を束ねる女ボスとして君臨している。五十代後半となった今も、エネルギーが枯渇する様子はなく、怠慢な署員たちを毎日叱り飛ばしている。

彼女が仕事と同じく全力投球で励んでいるのが政治だった。赴任先の所轄署で、その土地の名士と交流を築いては人脈を形成してゆく。王子署の女性署長になった現在も北区の有力者にこまめに顔を売っている。

地元の名士と交流を持つのは、警察官にとって重要な任務ではある。防犯体制を構築するためには、地域社会にしっかり溶けこみ、地元商店街の会長や企業経営者、古くからの大地主といった顔役らの協力を得ることが欠かせない。

瑞枝が激務の合間を縫って、地元企業の経営者の自慢話をライターがまとめた駄本を熟読し、パーティに参加したのも、警察業務の一環といえなくもない。

しかし――。

瑞枝は本を叩《たた》いた。

「常在戦場よ。弾の入っていない銃を担いで、戦場にやって来たも同じ。こんないい加減な仕事をするようなら、先生に報告させてもらいます」

「すみませんでした！」

議員秘書と新人区議が腰を折って最敬礼をした。

瑞枝が口にした先生とはベテラン国会議員を意味するものと思われた。

青二才どものつまらぬミスを、いちいち国会議員に伝えるとは考えにくいが、効果はてきめんだったようだ。叱られたふたりは、身体《からだ》を震わせながらペコペコと頭を下げ続けた。

瑞枝は説教を終えると、足早にエレベーターに向かった。黒滝は男性トイレに身を隠し、ドアの隙間《すきま》から彼女の様子をうかがう。

その行動は忙《せわ》しなかった。エレベーターが来るのを待っている間、携帯端末にすばやく目をやると、ポケットから手鏡を取り出して、髪型や化粧をチェックする。急《せ》いた調子でハイヒールを高らかに鳴らし、エレベーターに乗りこんだ。

黒滝はトイレから出た。彼女を乗せたエレベーターが上に向かうのを確かめ、後を追うようにボタンを押した。ホテルの最上階へと向かう。

最上階には池袋を一望できる大きなバーがある。エレベーターを降りると、酔客たちの声が離れたこちらの耳にまで届いた。パーティの主賓たちはバーへと河岸《かし》を変えたようだった。

黒滝は黒縁のメガネをかけながらバーへと入った。スタッフにひとり客であるのを告げ、出入口に近いカウンターの隅に腰かけた。バーテンにノンアルコールのカクテルを頼み、奥の団体客向けのボックス席に目をやる。

パーティの主役である経営者を中心に、政官財の大物たちが愉快そうに酒を酌《く》み交わしている。瑞枝も合流しており、鬼の形相を一転させ、明るい笑顔を振りまいては座を盛り上げていた。パーティの前にはヘアサロンに行き、メイクや髪をプロの手で仕上げてもらっており、まるでベテランのホステスのようだ。

瑞枝以外にも注目すべき点があった。彼女の他にも一名、警察関係者がいたからだ。瑞枝とは比較にならない雲上人《うんじょうびと》、警察庁次長の伊豆倉《いずくら》知憲《ともあき》だ。主賓とは大学時代から友人関係にあるという。

他の参加者たちが酔いで姿勢を崩し、赤ら顔で大声を交わし合うなか、伊豆倉は警察官僚らしく背筋を伸ばしたまま、スマートにオンザロックを口にしていた。

学生時代はラグビーで身体を鍛えていたと聞く。身長も百八十センチを超えており、大きな岩のような存在感がある。キャリアのなかでも、抜きん出た頭脳と人脈を武器にのしあがったスーパーエリートであり、警察社会のナンバー2の地位にある。なんらかの理由でトップの警察庁長官が不在となれば、長官の代理として全国の警察組織に対して指揮を執ることになる。

警察庁長官が勇退すれば、次長が新長官に昇格するのが半ば慣例となっている。未来のボスが同席しているのだ。瑞枝がことさら気合を入れて臨んだのも、区内の名士や顔役だけでなく、伊豆倉がパーティに加わることを知ったからだろう。

甘ったるいノンアルコールのカクテルを飲みながら待った。今日は瑞枝の監視に忙しく、まともに食事を摂《と》っていない。カクテルの糖分が脳に行き渡るのを感じた。

瑞枝がハンドバッグを手にして席を立った。黒滝の後ろを通ってバーを出る。仕上げの時間がようやく来たようだった。精算を済ませてバーを後にした。瑞枝が女性用トイレに入っていくのを確かめると、あたりを見渡してから後に続いた。そっとドアを開ける。

化粧台と通路に人影はなかった。個室のドアのひとつが今にも閉じられようとしている。黒滝は大股《おおまた》で近寄り、ドアの間に腕を挟んだ。

「なっ」

個室のなかにいた瑞枝が、目を飛び出さんばかりに見開いた。痴漢と判断したのか、膝《ひざ》で股間《こかん》を蹴《け》り上げようとする。

「落ち着け。市島署長」

黒滝は両腕で膝蹴りをガードしながら語りかけた。彼女は息を呑《の》む。

個室に入りこむとドアに鍵《かぎ》をかけた。瑞枝の喉がごくりと動く。

「あなたは人事一課《ヒトイチ》の……黒滝警部補」

「ああ」

うなずいた。同時に瑞枝のアンテナの高さに舌を巻く。黒滝とは初対面のはずだ。

「ドッグ・メーカーが、どうしてこんな痴漢めいた行為を？」

ドッグ・メーカーとは黒滝の異名だ。

公安部や組織犯罪対策部の刑事だったさい、様々な職種の老若男女《ろうにゃくなんにょ》を懐柔するなり、脅しつけるなりし、手段を問わずに首輪をつけて犬にしたことから、その名がついた。

人事一課監察係に来てからも、その手法を変えてはいない。

監察係は〝警察のなかの警察〟と呼ばれるセクションだ。警察職員服務規程や規律違反が疑われる者に対する調査が主たる職務である。職務倫理の保持を目的とし、内部に対する取り締まりを日々行っている。仲間からは蛇蝎《だかつ》のごとく嫌われる存在だった。品行方正な人間が選抜され、本来なら、黒滝のような異端者が配属されるはずはない。毒を以《もっ》て毒を制す。それが黒滝を招いた理由だと上司は語った。

昨秋、黒滝ら監察係は大きな仕事を手がけた。赤坂署生活安全課と暴力団の癒着を調査していた監察係員が何者かに殺害された。その死の調査を通じて、警視庁内の派閥争いに巻き込まれながらも、庁内の腐敗に大きくメスを入れた。

その結果、多くの悪徳警官が処分され、警視総監も辞任に追いこまれるなど、警察自体の威信を揺るがす事態にまで発展している。人脈形成に余念がない瑞枝が、この一大騒動に注目していないはずがなく、黒滝の存在を把握していてもおかしくはなかった。

黒滝はドアにもたれた。

「あんたは聡明《そうめい》な人だ。おれの狙《ねら》いもだいたい察しがつくだろう」

瑞枝が鼻で笑った。

相手の正体がわかり、落ち着きを取り戻したようだ。新人区議たちを怒鳴り散らしたときのように、全身から怒気を放出させてもいる。

「いいえ、全然。それよりも今ここで私が大声をあげたら、あなたのほうが都合が悪くなる。監察係員ともあろう者が女性用トイレに侵入するなんて。独断で突っ走る男だとは聞いていたけど、案外つまらない勇み足をするのね」

「やってみるといい」

「え？」

「大声をあげてみるんだ。都合が悪くなるのはどちらか、はっきりする」

黒滝はポケットから粒ガムをいくつか取り出した。まとめて口に放って噛《か》みしめる。

瑞枝の顔をじっと見つめた。しばらく睨《にら》み合う。彼女は後ずさりし、洋式便器に足をぶつけた。額から大量の汗を噴き出させている。

瑞枝のポリシーは即断即決だ。しかし、実行に移そうとはせず、彫像のように固まっている。厚めに塗られた化粧が汗で流れ落ちつつあった。脳をフル回転させ、黒滝にどこまで摑《つか》まれているのかを値踏みしているようだった。

彼女は掠《かす》れた声で言った。

「私は……地方公務員法36条や政治資金規正法22条に抵触するような行為はしていない。署名活動を行ったり、パーティ券を買ったりだって」

「そんな寝言を聞くために、こんな臭い場所に押しかけたわけじゃないんだ」

「でも、私は――」

黒滝は掌《てのひら》を向けてさえぎった。

「あんたを尊敬してる。おれたちの職場は、さっきの議員たちのような無能で怠慢な連中でいっぱいだからな。タチの悪いことに、ただ男に生まれたというだけで、有能なあんたよりも出世したやつだっている。どれだけ仕事で結果を出しても、あんたには小規模警察署の署長がせいぜいだ。政治家に転身したがる気持ちは痛いほどわかってるつもりだ。旦那《だんな》の会社名義で政治資金のパーティ券を大量に買い、王子署の子分たちに押しつける理由も」

瑞枝の顔が凍りついた。

黒滝は携帯端末を操作した。液晶画面に写真を表示させる。くしゃくしゃのメモ用紙だ。王子署管内の町名や商店街の名前の横に日付とともに数字が記されてある。昨年の初夏の区議会議員選挙が行われたころのものだ。

「ネタは上がっている。昨年の区議会議員選挙じゃ、その顔の広さを活《い》かして、自政党への投票を積極的に呼びかけたそうじゃないか。旦那の会社の社員といっしょに、票の取りまとめだって熱心にやってた」

液晶画面を突きつけると、瑞枝は身体を小刻みに震わせた。

彼女の夫は荒川区で印刷会社を営んでいる。かつては警察官だったが、実家の稼業《かぎょう》を継ぐ道を選んだ。今では城北地区の自政党のポスターやパンフレットはもちろん、自治体の印刷物まで受注している。妻のエネルギッシュな活動が実を結び、売上を伸ばしているが、出費と手間も多かった。政治家の政治資金パーティ券の大量購入はもちろん、選挙ともなれば社員を運動員として派遣している。

瑞枝の野望は自政党の公認を得て、国会議員になることだ。男性社会のなかでもバイタリティを発揮し、ハードな刑事の仕事を経て、ついには署長にまでのぼりつめた庶民派の女性議員。いつ決意したのかは不明だが、昨日今日ではないのは確かだ。区議を怒鳴りつけるのは、すでに自政党の間で顔を売っている証拠だ。

瑞枝は液晶画面を指さした。効いていないとでもいうように、口角をあげて笑おうとする。

「タダのメモ用紙がなんになるの」

「まさか、これだけだと思っているのか」

携帯端末を操作し、別の画像を表示させた。改めて液晶画面を見せると、瑞枝の膝がガクガクと揺れる。

「どうして、それを――」

瑞枝自身が電子メールで国会議員の公設秘書宛《あ》てに送った報告書だ。政治資金パーティ券、約百枚を売りさばいたといった内容で、会社経営者から部下の警部補まで、売った相手の名前も記載されている。

「あんたは有能だが、周りの連中を見くびり過ぎた。あの手の連中は怠け者のくせに、人の足を引っ張ることには暗い情熱を燃やす。すっかり平伏しているように見せながら、内心では女なんかのもとで働けるかと憤慨していたようだ。面従腹背《めんじゅうふくはい》ってやつだよ」

外堀を埋めるために、黒滝はまず王子署の幹部たちに近づいた。

彼女から買わされたパーティ券を、幹部らはさらにその下の係長や主任に押しつけていた。高いチケットを買わされ、選挙ともなれば、自政党に投票するよう友人知人に呼びかけろと命令される。王子署には不満がくすぶっていたのだ。

度を越した政治活動をダシに、幹部たちに揺さぶりをかけると、彼らは我先にといった調子で、瑞枝の秘密を黒滝に漏らした。監察係が来るのを待ち望んでいたフシさえある。

彼女が捨てたメモ用紙を大事に持っていたのは同署の警務課長で、報告書を黒滝に送ってくれたのはITに詳しい生活安全課長だった。

実力者が陥りがちな罠《わな》だ。名士や政治家と親しくつきあい、本人もそれなりの力を手にすると、全能感に支配されるようになる。

ましてやバックについているのは、一強状態にある自政党のベテラン国会議員なのだ。もはや逆らう者などいないはずだと勘違いを起こす。

瑞枝が唇を噛んだ。必死に事態を打開すべく、頭脳を酷使しているのがわかった。

黒滝は首を横に振った。

「先生に泣きついたところで無駄だ。シラを切られるのがオチだろう。どれだけ党のために尽くしたとしても、一度汚《けが》れた人間は見向きもされない。長年つきあってきたあんたが一番よく知ってるだろう」

その顔から血の気が失《う》せていた。

彼女や黒滝が先生と呼ぶのは、自政党の都議会議員から衆議院議員へと出世した土《つち》島義郎《しまよしお》だ。瑞枝とは直接連絡が取りあえるほどの仲にある。父親も政治家の二世議員で、都議会自政党の幹事長を務めるなど要職を経験。瑞枝がさきほど叱り飛ばしていたのも土島の私設秘書だった。

自らの応援のためとはいえ、公務員という身分にありながら票のとりまとめだの、パーティ券の押し売りだのに手を染め、違法行為がめくれた警察官なんぞに手を差し伸べてやるほど政治の世界は甘くない。

瑞枝は肩を落としてハンカチで汗を拭《ぬぐ》った。

「首輪をつけに来たのね……」

「人聞きが悪いな。本来なら警視庁本部《ホンチョウ》に呼び出して、有無を言わさず退職願を書かせているところだ。このしくじりは、すぐに党の耳にも入るだろう。せっかくの苦労も水の泡だな」

「なにが知りたいの？」

脚の震えが止まった。彼女は頭の回転が速いうえに、肝も据わっている。

今まで多くの人間に首輪をつけてきた。組織や仲間を売るように迫り、情報提供者に仕立て上げたのだ。その際には、命知らずを自称するヤクザやタフガイきどりのマル暴刑事が、いつまでもメソメソと言い訳を口にしたり、優柔不断な態度を取り続けては手間をかけさせたりした。それに比べて、瑞枝の決断は格段に早い。

黒滝は顎《あご》を振った。

「場を変えよう。ここで長話をする必要はない。用を足さなくていいのか？」

「尿意なんて消し飛んだから」

彼女はトイレのドアを開けた。

ともに女子トイレを出ると、彼女をバーに戻し、パーティの参加者に別れの挨拶《あいさつ》をさせた。

瑞枝を伴い、エレベーターで下降した。値の張りそうな毛皮のコートを着ていたが、若手区議らを叱っていたときのような迫力は消え失せていた。化粧がすっかり崩れているのに気づき、慌《あわ》てた様子でバッグからマスクを取り出して顔につける。

地下駐車場まで降りた。約百五十台を収容できるという。夜も遅くなったこともあり、駐車している車の数は減っていた。打ちっぱなしのコンクリートは晩冬の冷気を溜《た》めこみ、巨大な冷蔵庫と化していた。瑞枝は寒そうに肩を縮めた。

エレベーターからもっとも離れた一角に、黒滝は警察車両のセダンを停めていた。

瑞枝を助手席に乗せると、運転席に腰かけた。車内もすっかり冷え切っていた。白い息が出る。

セダンのドアを閉め、出し抜けに質問をぶつける。

「波木《なみき》愛純《あすみ》の件だ。彼女の遺書を持っているだろう」

その目が泳いだ。黒滝は再度尋ねた。

「波木巡査の遺書だ。手元にあるだろう」

「か、彼女は遺書なんて……」

黒滝はため息をついてみせた。携帯端末を取り出し、液晶画面にタッチする。

「往生際《おうじょうぎわ》が悪いぞ。さっきの画像をわが上司に送りつけられたいか。知っていると思うが、上司はおれと違って柔軟な考えを持っちゃいない」

黒滝は〝上司〟のところを、より強調してみせた。

瑞枝の喉が動いた。黒滝の上司がとりわけ融通の利《き》かない人物であるのを知っているようだ。

横顔を見つめて返事を待つ。なかなか口を開こうとはしない。黒滝はメールアプリを起動させ、上司の相馬美貴《そうまみき》監察官のメールアドレスを入力した。

送信ボタンを押そうとする寸前で、瑞枝が悲鳴をあげた。あまりの音量に鼓膜が震える。

「待って！　ある。あるから待って」

携帯端末を胸ポケットにしまい、深々とうなずいてみせた。

「あんたは抜け目がない。きっと隠し持っていると睨んでいた」

エンジンのスタートボタンを押した。セダンのエンジンをかけると、シフトレバーをドライブに入れ、駐車場の通路を走らせる。

彼女が目を剝《む》く。

「どこに行くの？」

「それはおれのセリフだ。どこにある」

駐車場の出入口まで向かって精算を済ませた。言いよどむ瑞枝にシートベルトを装着するよう呼びかけた。集中ドアロックを作動させ、すべてのドアに鍵をかける。

出入口を出て右折すると、すぐに交差点の赤信号に阻《はば》まれた。ホテルの隣は池袋署だ。黒滝らがいたシティホテルに見劣りせぬ鉄筋ビルがそびえ立っている。

署の駐車場にはパトカーやワンボックスカーが停められ、黒いコートを着た制服警官の姿も見える。路上にはダウンジャケットや革ジャンを身にまといながらも、肩をすぼめて歩く若者やカップルの姿があった。二月の寒風が吹き荒れていた。

「どこにある」

再び尋ねた。

瑞枝は浅く呼吸するだけで、口を開こうとはしない。黒滝はあからさまにため息をつき、ドアポケットの拳銃《けんじゅう》を取り出した。官給品のリボルバーだ。銃口をまっすぐ額に向ける。

「ひっ」

悲鳴を上げ、ドアに肩をぶつけた。

背中を大きく仰《の》け反らせる。タフなベテラン警察官といえども、銃口を向けられるのは初めてのようだった。声を震わせて答えた。

「王子の……フィットネスクラブよ」

「貸しロッカーだな」

瑞枝はうなだれてジムの場所を説明した。

王子駅からほど近く、ダイエットやボディメイクに特化した高級ジムだ。パーソナルトレーナーが会員それぞれについて、しっかり指導してくれることで知られ、女性にはとりわけ人気がある。

政治家を目指す彼女が一日の職務を終えた後、そのジムに足繁《しげ》く通い、みっちりとトレーニングを積んでいるのは知っていた。美容整形のクリニックにも通い、レーザー治療で顔のシミを除去し、顔のたるみをなくすために、リフトアップの手術を受けていることも。瑞枝の顔には、肌にハリを出すための細い糸が、何本か入っている。

署長職にまで上りつめたとはいえ、政治と美容はいくらカネがあっても足りない分野だ。夫は印刷会社を経営し、彼女自身も警察社会で高い地位にある。とはいえ、懐《ふところ》事情に余裕はなく、警視庁職員信用組合《けいしん》から、子供の教育資金を限度額いっぱいに借りている。もはや引き返せないほど、彼女は政治に私財を投じている。その裏事情を把握していたがゆえに、黒滝は彼女に狙いを定めたのだ。

信号が青に変わり、アクセルを踏んだ。右手にリボルバーを持ったまま、ハンドルを切って北池袋方面へと走らせた。

「……逃げたりしないから、拳銃をしまって」

黒滝は瑞枝を一瞥《いちべつ》した。

青菜に塩という言葉があてはまる。化粧が崩れたこともあり、急に老《ふ》け込んだように見える。パニックから、黒滝に襲いかかってくる様子は見られない。ドアポケットにリボルバーをしまう。

瑞枝は洟《はな》をすすった。

「あなた……どうかしてる」

「よく言われるよ」

自分が普通でないのは熟知していた。ある者からはコントロール・フリークと言われ、またある者からは窃視症《せっししょう》となじられた。他人のプライベートを覗《のぞ》き見るのが好きな変態だと。

暖房のスイッチが入っていないのに気づいた。外套《がいとう》を羽織っていなければ凍えそうなほどの温度だ。スーツしか着ていなかったが、上着を脱ぎたいくらいに身体が火照《ほて》っていた。人の首に輪っかをつけるのは堪《こた》えられない快楽だ。

北池袋インターチェンジから首都高に乗った。料金所のゲートを潜《くぐ》り、アクセルを思いきり踏み込む。エンジンが唸《うな》りをあげ、セダンの速度は一気に増す。

「どうかしている人間じゃなけりゃ、あんたのように政治家までバックについてる署長様に首輪はつけられない。波木愛純の死の真相にだって迫れはしない」

「波木部長刑事の件は……ただの自殺だったはず。あなたがた人事一課《ヒトイチ》だって、内務調査の末にそう判断したでしょう」

「人事一課《ヒトイチ》にも顔が利くのか？　やけに詳しいじゃないか」

黒滝は追越車線を時速百二十キロで駆け抜けた。

トラックやバイクを次々に抜き去る。板橋ジャンクションを通過し、ごく短時間で彼女のホームタウンである王子へと到達した。あたりにはタワーマンションや高層ビルがそびえ立っている。

助手席の窓に目を走らせた。その方角には王子五丁目の団地があった。愛純が投身自殺を行った場所だ。

愛純は警視庁生活安全総務課の若手刑事だった。子ども・女性安全対策室――いわゆる〝さくらポリス〟の一員だ。不審者によるつきまといや痴漢といった性犯罪の前兆情報を摑み、地元署と連携して犯罪を防ぐセクションにいたのだ。

同部署は誘拐《ゆうかい》や婦女暴行といった凶悪事件をも手がけるが、愛純自身が皮肉にも先輩から性的暴行を受けてしまった。被害を受けたことを周囲に打ち明けても相手にされず、絶望した彼女は団地の十四階の通路から身を投げた。

「この期《ご》に及んでとぼけるなよ。ただの自殺なんかじゃないのは、あんたが一番よく知っているだろう。だから、遺書を隠し持っていた」

「今さら掘り返してどうにかなる事案じゃない。あなたたちは叩き潰《つぶ》される」

汗を搔きながらも、寒そうにコートの襟を合わせた。黒滝は鼻で笑ってみせた。

「余計なお世話だ」

王子南インターを降りた。溝田橋《みぞたばし》交差点を左折し、王子駅へと向かう。ファストフード店やパチンコ店などが並ぶ駅前の一角に、瑞枝が通うフィットネスクラブがあった。大きな商業ビルの一階と二階を占めていた。

外の寒さとは別世界のようで、Tシャツやタンクトップ姿の女性が、ランニングマシンで一心不乱に走っている姿が窓越しに見える。

路肩にセダンを止めた。ドアポケットのリボルバーを、腰のホルスターに入れる。

「今夜は伊豆倉次長に近づくつもりだったんだろうが、あいにくだったな」

セダンを降りた。

首都東京はこのところ晴天続きで、極端に湿度が低く、それだけに夜の寒さがことさら厳しく感じられた。しかし、今は乾燥しきった冷風が心地よい。

助手席の瑞枝に降りるように指示した。彼女がセダンから降りると、背後に近づいて、フィットネスクラブに向かうよう促した。

手錠こそかけられていないが、瑞枝は警察署に連行される被疑者のようにうなだれながら歩んだ。彼女とともに建物に入った。

2

相馬美貴はプラスチックバッグをつまんだ。

ファスナーがついており、本来は食品を保存するために使われるものだ。長形3号サイズの茶封筒が入っている。

「本当に……存在したのね」

「ええ」

黒滝が表情なく答えた。

この部下には独特の威圧感があった。身長はさほど高くはないが、肩幅が異様に広く、背中の筋肉にも厚みがある。両腕が人よりもかなり長いため、スーツはオーダーメイドでなければ、サイズがまるで合わない。

本人の弁によれば、多くの人間に首輪をつけているうちに、腕が伸びていったのだという。公安や組対での経験が長く、多くの政治団体や暴力団の構成員にあの手この手で迫り、スパイ《エス》へと転向させてきた。

人事一課監察係にスカウトしてからも、〝ドッグ・メーカー〟の名のとおり、警視庁の現役だろうがOBだろうが、容赦なく首輪をつけ続けている。

晩冬にもかかわらず、黒滝の身体《からだ》からはわずかに汗の臭《にお》いがした。興奮しているのか、頬を紅潮させている。誰かを犬にしてきたのだろう。それゆえに、実在すら疑われた波木愛純の遺書を入手できたのだ。

美貴はあたりを見回した。土曜の夜中とあって、監察係の部屋には美貴たちしかいなかった。オフィスの電灯は美貴のデスク周辺しか灯《とも》していないため、周囲は暗闇《くらやみ》に包まれており、オフィス機器が静かにうなっているだけだった。

デスクの前に立つ黒滝に尋ねた。

「あなたはすでに読んだ?」

どこから手に入れた、とは尋ねなかった。黒滝は情報を同僚と共有しようとせず、情報提供者を独占する。上司にすら詳細を語ろうとはしない。

「もちろん。具体性に富んでます」

美貴は引き出しを開けた。

ビニール製の手袋が入っている。両手に嵌《は》めてから、ファスナーを開け、プラスチックバッグから茶封筒を取り出した。

茶封筒自体にはなにも書かれていない。指をさし入れると折りたたまれた便箋《びんせん》が出てきた。青と紫の小さな花の模様が特徴的で、青い罫線《けいせん》が引かれている。

「波木の自宅にあったものと一致するようね」

黒滝に訊《き》いた。彼はうなずいた。

——愛純はきっと遺書を残しているはずです！　自宅の机にペンと便箋があったんです。

愛純の母親の声が蘇《よみがえ》った。母親とは三週間前に会ったが、彼女の訴えが正しかったことになる。

さくらポリスの一員だった愛純は、十二月末の深夜、王子の団地で飛び降り自殺で死亡した。死因は脳挫傷《ざしょう》だった。

団地の十四階の通路には、彼女の靴がきちんと揃《そろ》えられてあり、争った形跡などは確認されなかった。行政解剖では飛び降りのさいにできた傷以外に、遺体に損傷が見当たらなかったことから、地元王子署は自殺と判断した。

監察係はこの件の調査をすでに行っていた。行本寿明《ゆきもととしあき》首席監察官が直々に指揮を執り、生活安全総務課の同僚や上司から事情聴取を行っている。

死の直前、山梨の実家に滞在していたことから、担当班は山梨まで足を延ばすなど、自殺にいたった要因を解明しようと動いた。

愛純は大学では心理学を専攻していた。母親が夫の長年にわたるＤＶに悩まされ、離婚が成立してからもしばらくつきまとわれたという。愛純自身も父親に暴力を受けた経験があり、痴漢やストーカーといった性犯罪に対して強い怒りを抱いていた。

十一月からは、女子中高生をスタンガンで狙《ねら》う世田谷区の暴行魔を追っていた。世田谷管内の刑事たちも口を揃えて、努力家で将来有望な若手刑事だったと証言している。昨年四月からさくらポリスとなったが、本人はそれを誇りにしていたという。

行本は職務に忠実な男で、率いている班員も優れていた。それゆえ、生活安全総務課内に漂う不穏な空気を察知してもいた。愛純の同僚らは口を揃えて、死を選んだ理由はわからないと首をひねり、上司は見当もつかないと天を仰いだ。同課内で入念な口裏合わせと徹底した隠蔽《いんぺい》工作が図られていると気づいたものの、そこから先へは切り込めなかった。

美貴は便箋に目を落とした。警察官は達筆な者が多い。どのセクションにいようとも、膨大な量の書類を作成しなければならず、汚い文字で記そうものなら、上司に突き返されてしまう。

愛純の字は女性らしく柔和な形をしていた。しっかりと整っており、読みやすくもあった。何枚にもわたってボールペンで書かれているものの、書き損じはなく、修正液を使った形跡も見られない。ところどころ涙と思《おぼ》しき水滴が、ボールペンのインクを滲《にじ》ませていた。

〈お母さん、ごめんなさい。まさか自分がこんなことを書くなんて思ってもみなかった。自分はもっと強い人間で、へこたれないものだって信じていたから。

私は警察官という職務に強い誇りを持っていました。さくらポリスになることで、弱い者がびくびくしないで生きられる世界にしたいって、それぐらい意気込んでました。だって私たち、苦労したもんね。上司や先輩たちも正義感の強い人ばかりで、大変だけど、ここでなら力いっぱい働けるって思ってました。

でも、現実は違ってた。私はまるで理解していなかったようです。世界どころか、周りのことさえわかっていなかった。正義なんてここにはなかったみたい。「絶対に喋るな」「さっさと忘れてしまえ」と言われるのはまだ耐えられたけれど、「お前から誘ったんだろう」とまで言われて、どうしてこんな目に遭うのか、今でもわかりません。十二月二日です。私はこの日に死にました。こうして書くのも、すごくつらいし、書いてもきっと無駄でしょう。でも、最後まで警察官でいたいから、本当のことを書き残しておきます。

私は伊豆倉陽一部長刑事に暴行されました〉

美貴は時間をかけて繰り返し文字を追った。

遺書は便箋七枚にわたって記されていた。母親向けに書かれているが、多くの者に読んでもらいたいという強い意志と無念が感じ取れた。

愛純は昨年末の夜、同じ生活安全総務課の伊豆倉陽一《いずくらよういち》の自宅で性的暴行を受けた。その詳細が遺書に綴《つづ》られており、一種の告発文ともなっていた。

この遺書によれば、愛純は十二月二日に新宿三丁目のシンガポール料理店で伊豆倉と会食。二次会にバーで薄いハイボールと、カシスウーロンのカクテルを飲んだ。伊豆倉からは前々から食事の誘いを受けていた。年末とあって仕事が溜《た》まっており、先送りを考えていたが、先輩や同僚らからの強い勧めもあって仕方なく応じたという。なにしろ相手はあの伊豆倉なのだからと。

伊豆倉は当時、子ども・女性安全対策室にいた。愛純は同じ課の先輩刑事のため、時間を作って食事に応じた。

酒に弱いほうではなく、アルコール度数低めのドリンクでつきあい、警視庁本部に戻って書類仕事をこなすつもりでいた。しかし、バーで変調をきたした。

意識があやしくなり、ふらついて立っていることもできなくなった。証拠は見つけられなかったが、一服盛られたとしか思えないと綴っている。仕事柄、デートレイプの被害者と多く接してきたにもかかわらず、まさか自分が被害に遭うとは。自身を強く責めてもいた。

愛純は伊豆倉にタクシーで運ばれ、初台《はつだい》にある彼の自宅に連れこまれて性被害に遭った。バーを出てからの記憶は断片的にしかないという。

早朝に目が覚めた。ひどい倦怠感《けんたいかん》や眠気に襲われていた。胸や膣《ちつ》に違和感を感じた。衣服や下着は脱がされていた。性行為の同意などしていなかったというのに。遺書は、伊豆倉と過ごさざるを得なかった夜について、記憶しているかぎり詳細に綴ろうと試みていた。

そして、その後の状況も。伊豆倉は、彼女が性行為に同意したと告げ、むしろ愛純のほうから迫ってきたと主張した。強い倦怠感に抗《あらが》い、伊豆倉の部屋から出ると、最寄りの婦人科へとタクシーで向かい、モーニングアフターピルと、性感染症の予防的抗生剤を処方された。

シャワーを浴びたいという衝動をこらえ、身体に付着した体液を洗い流さず、子ども・女性安全対策室の〝正義感の強い人〟たちに相談した。しかし、愛純の味方になってくれる者はひとりもおらず、かえって辛辣《しんらつ》な言葉を浴びせられた。それは強姦《ごうかん》よりもさらに辛《つら》く、信じていた組織に心底裏切られたと感じたという。

美貴は読み終えてから深呼吸をした。愛純が味わった絶望に、心が凍《い》てつきそうになる。デスクの缶コーヒーを飲み干す。喉《のど》がカラカラだった。

「どう思う?」

黒滝に訊いた。

彼はデスクのうえに溜まった書類に判子をついていた。ろくすっぽ書類に目を通さず、機械のように判を押している。黒滝はあっさりと答えた。

「クロでしょう」

「そうね……」

顔が熱くなった。部下に意見を求めるまでもない。

愛純の遺書を読んで、同じ女性警官として目がくらむような怒りが湧《わ》いた。

警察は超男性社会だ。警視庁にしても、女性警官の割合は十パーセント程度に留まっている。そのせいか、前時代的な思考に凝り固まった男が未《いま》だにゴロゴロしており、強固な縦社会がそれを下支えしているといえた。

キャリアの美貴にしても、ただ女であるというだけで、理不尽な想《おも》いをしてきた。警察大学校を卒業してから、警察庁から九州の県警の警備部に出向した。部署内で歓迎会が開かれたが、あまりの惨状に目を疑ったものだ。

旅館の宴会室で催された会では、少数の女性警察官や女性の行政職員が、あたかもコンパニオンのごとく、男たちに酌をして回った。酒の入った年配警察官たちに太腿《ふともも》や尻《しり》をなでられ、返杯と称して焼酎《しょうちゅう》を飲むように迫られ、挙句の果ては野球拳《けん》までやらされようとしていた。

昔から「警察官と教師と医者の宴会はたちが悪い」と言われてはいる。だが、まさかここまでのレベルの低さだとはと呆《あき》れかえった。美貴は激昂《げっこう》し、セクハラとパワハラを怒りまじりに指摘した。しかし、上司である管理官や課長から、逆に組織の和を乱した不届き者として叱責《しっせき》される羽目となった。

なによりもつらかったのは、当の被害を受けた女性たちからも、事を荒立ててほしくないと懇願されたことだった。美貴が声をあげてくれたのに感謝を示しつつも、よそからきたキャリアの〝お客様〟と違って、自分たちは地元の男たちと協調してやっていかなければならないのだと。

他省庁や県警を渡り歩き、警視にまで階級も上がり、それにつれて役職もあがった。自分の担当部署では、いじめやハラスメントを許さぬように目を光らせ、女性職員たちには、なにか起きたら相談するように声をかけてきた。その甲斐《かい》があって、上司先輩からの理不尽な命令やつきまといに苦しむ部下を助けることもできた。

だが、どの部署においても一、二年しか留まれず、女性が安心して働けるような職場作りを根づかせられないまま、任地を離れなければならなかった。

おそらく、監察官でいられるのもそう長くはない。それが渡り鳥であるキャリアの宿命だからだ。しかし、監察官という役職に就いたからには、警察組織というムラ社会を少しでも変えてやろうと野心を抱いていた。

ところが、結果としては、愛純という優れた女性刑事を失い、彼女の自殺の裏に隠された事情にも気づけずにいた。自分自身の愚かさに腹が立ってならない。

再び缶コーヒーを手に取った。すでに空っぽなのをうっかり忘れていた。冷静にならなければと言い聞かせる。

遺書は貴重な証拠だ。ただし、当の愛純に寄り添う機会は永遠に失われてしまった。真相を完全に明らかにするのは依然として難しい。性行為の同意があったかどうかは、被害者の口がとざされた今となっては水掛け論にすらならない。行本班も結果的には、陽一をシロと判断せざるを得なかった。そもそも調査対象者である彼は、ふつうの警察官ではないのだ。

自販機コーナーにでも行ってクールダウンしようと思った矢先、美貴の内線電話が鳴った。

黒滝が不思議そうに電話機を見やった。判子を持った手で、小会議室のほうを指す。

「いるんですか？」

「いるの。みんな仕事熱心ね」

受話器を取ると、人事一課長の吹越敏郎《ふきこしとしろう》の声がした。

〈話がある。小会議室に来てくれ〉

一方的に用件を告げられた。

「わかりました」

今週の吹越は出張が多く、溜まった書類に目を通すため、土曜の夕方から顔を出し、お気に入りの小会議室にこもっている。

〈それと黒滝もだ。やつも戻っているんだろう〉

苛立《いらだ》ちを隠そうともしなかった。声には怒気がこもっている。

吹越はそう命じて電話を切った。

黒滝が判子を置いて、椅子《いす》から立ち上がった。電話の内容を察知したようだ。曲がったネクタイを直しながら、美貴を見やる。うなずいてみせた。

黒滝と共に小会議室に向かった。ドアをノックすると、やはり不機嫌そうな声が返ってきた。

大きな一枚板のテーブルと十人分の椅子で占められた小部屋だ。吹越は上座《かみざ》に腰を下ろし、ふたりを待ち構えていた。黒縁のメガネを布で拭《ふ》いている。

乾いた寒風が吹き荒れる毎日で、警視庁内ではインフルエンザが流行しているが、吹越は今日もエネルギッシュに映った。

彼の前には、ビタミンE入りの目薬や液体の肩こり対処薬。ブルーベリーやセサミンといった健康食品のサプリメントのボトルが、林立している。

漢方薬の臭いが漂っている。かなりの健康オタクで、現在は漢方薬に凝っているらしい。サプリメントの横には、寿司屋で見かけるような大きい湯呑《ゆの》みがあり、茜色《あかねいろ》の液体がたっぷり入っていた。紅茶に高麗人参《こうらいにんじん》や霊芝《れいし》を調合したという健康茶で、臭いの原因はそれのようだった。

施設を管理している総務部から、勝手に部屋を占拠しては困ると、たびたび苦情が入っているが、どこ吹く風で小会議室を自分色に染めている。警視庁の人事を掌握している自分には、部長クラスと同じく、個室のひとつも与えられるべきだという、自尊心の高さが感じられる。

「お疲れ様です」

形式的に頭を下げた。

吹越は険しい顔つきで、顎《あご》で椅子を勧めるだけだった。もっとも、彼が友好的な態度で接してくれたことは一度もないが。

腰かけると同時に、テーブルに拳《こぶし》が下ろされた。ドンと鈍い音が鳴る。

「単刀直入に訊こう。なぜ、さくらポリスの件に触る。すでに行本班がシロとしたものだぞ」

美貴は視線をちらりと黒滝に向けた。

彼の目にはなんの感情も浮かんではいない。吹越に問われるのは想定内といわんばかりだ。

「行本班の調査報告書をすべて読みましたが、調査する余地が残されていると判断したからです」

「上役の調査を蒸し返していられるほど、君たちは暇を持て余しているわけじゃないだろう」

「ええ。連日の随時監察《ズイカン》で、大量の書類仕事に追われているのはご存じのはず。私もここ十日間はろくに家にも帰っておりませんし、こうして土日出勤も励行しているわけです」

随時監察とは、監察係による抜き打ち検査だ。所轄《しょかつ》や他部署からは〝空爆〟の名で恐れられている。突然現れては、規律違反や職務怠慢がないかを徹底的に調べる。検査の対象となるほうは戦々恐々と震え上がるが、行う監察係のほうも必死だ。

随時監察の結果は速やかに、警務部長を経て警視総監に提出しなければならない――警視庁警察監察規程第16条にそう記されている。膨大な書類をすばやく作成しなければならないため、監察係員総出で調査結果をまとめつつ、黒滝には波木愛純の自殺を調べ直させていたのだ。

吹越が湯呑みの茶をすすった。

「行本班の調査結果に、私も判をついて承認した。再調査は、この私の判断にもケチをつけるということだ。それとも、私へのあてつけのために、わざわざ多忙の合間を縫って、パフォーマンスに踏み切ったとでもいうのか？」

「とんでもありません」

美貴は首を横に振った。

黒滝がわずかに唇を歪《ゆが》めるのが見えた。笑いをかみ殺しているようにも、苛立っているようにも映る。

吹越と美貴らの関係は良好とは言い難い。昨年の初夏に、美貴が黒滝を監察係に引っ張ったときから、ぎくしゃくしはじめていた。〝警察の警察〟として、同じ警官の動向を見張り、厳しく取り締まる立場にある奥の院の人事一課に、ルール無用で結果を出してきた悪名高いはみ出し者を加えたからだ。

さらに昨年は監察係員が何者かに殺害され、警視庁を揺るがす事態となった。殺人事件の裏では、組織的な不祥事を隠蔽しようと図る警察署の上層部と、事件を利用した派閥争いが発生していた。

背後関係を調べ尽くし、すべてを明らかにしようと奮闘する美貴らに対し、吹越はといえば不祥事を覆《おお》い隠し、組織防衛を図る勢力に与《くみ》していた。

激しい派閥抗争は、暴力団や悪徳刑事をも巻き込んで、多くの死傷者を生んだ。黒滝も美貴も危うく殺されかねない土壇場に立たされた。美貴は指の骨をへし折られ、黒滝は悪党にナイフで刺されるなど深傷《ふかで》を負っている。

結果的に美貴と黒滝は事件の解明にほぼ成功し、隠蔽を図ろうと企《たくら》んだ一派は軒並み粛清された。監察係は腐敗警官の不正を暴《あば》いた英雄として評価された。

美貴の脅しと説得により、吹越は派閥を裏切り、沈みゆく船から脱出した。おかげで今も人事一課長の椅子に座っていられるのだが、彼を引き立ててくれた一派の領袖《りょうしゅう》は警察を去り、強固な縁で結ばれた仲間はちりぢりに離散した。吹越は、警察社会の和を乱し、体面をも傷つけてまで調査を強行した美貴らを、あからさまに煙《けむ》たがっている。

美貴はクリアファイルからプラスチックバッグを取り出した。吹越が怪訝《けげん》な表情になる。

「それは？」

「波木愛純の遺書です」

「なんだと。どうして今になってそんなものが？」

黒滝が口を開いた。

「見つかったんですよ。波木の実家から出てきました。学生時代に使っていた部屋の隅に落ちていたようで」

美貴は彼の横顔に目をやった。

黒滝はポーカーフェイスだ。おそらく嘘《うそ》だろう。吹越も露骨に顔を曇らせた。

「実家からだと？」

「報告が遅れました。たった今、入手したばかりだったので」

吹越は黒滝を怪しむように長々と見つめた。

しかし、カエルのツラに水というべきか。黒滝は誰が相手であっても、へりくだったりはしない。

上司である自分や吹越に対しても、いけしゃあしゃあと嘘をつき、ふざけた持論をとうとうと述べて煙《けむ》に巻こうとする。たとえ相手が警視総監でも、同じ態度を取るだろう。上下関係に厳しい警察社会では珍種というべき男だった。

吹越が手を伸ばした。

「見せてみろ」

プラスチックバッグと一緒に、ビニール製の手袋を渡した。吹越は手袋を嵌めると、メガネをかけて、茶封筒に入っている遺書を読んだ。

遺書をめくりながら、何度か重苦しそうな息を吐いた。額から汗を噴き出させる。もともとひどい暑がりで、小会議室の暖房のスイッチも切っている。汗の原因は室温のせいではなさそうだった。

吹越は読み終えると、慎重な手つきで便箋を茶封筒にしまった。黒滝が尋ねた。

「いかがですか」

「……注目には値する。セクハラ被害についても詳細に綴っている。とはいえ、これがかりに波木本人が書いたものであったとしても、行本班の調査結果をひっくり返すまでには到《いた》らないというのが、私の意見だ。告発スタイルの文書が見つかったところで、本人がすでに死亡しているのでは真偽は突きとめられんだろう」

「むろん、この段階では伊豆倉を処分できません。ですが、この遺書のおかげでさらに切りこむことはできます。まずは波木が駆けこんだという婦人科から事情を聴き、彼女がドラッグを盛られたというバーを調べる必要が――」

「待て」

吹越が掌《てのひら》を向けてさえぎった。「私が問いたいのは、なぜ上役のメンツを潰《つぶ》してまで、再調査を行おうとするのかという点だ。警視庁《カイシャ》の威信を維持すべき我々が、私情をもとに動くようなことがあってはならない」

「私情？」

美貴は首をわずかに傾《かし》げた。吹越が続けた。

「女性警察官はわずか十パーセント程度で、警察組織も旧態依然とした男性社会からなかなか脱せずにいる。君がその現状にすこぶる腹を立てているのは知っている。よその県警に出向していたときは、たとえ相手が上司であろうと、立場を利用して女性警察官を食事に誘うような不届き者には肘鉄《ひじてつ》を喰らわせ、いわゆるセクハラやパワハラに目を光らせてきた事実も把握している。昨春から、監察官となった君が、その手の事案に厳しく対処しているのもな。自殺を選んだ波木に、深い同情を寄せる気持ちはわかるが、我々にはやらなければならない事案が他にも山ほどあるということを――」

黒滝が大きなクシャミをし、ご大層な演説がかき消された。吹越が不愉快そうに黒滝を睨《にら》む。

「なにか言いたげだな。黒滝主任」

黒滝はポケットティッシュで鼻を拭《ぬぐ》った。

「お言葉ですが、私情を持ちだしているのは、課長のほうではないですか？」

吹越のこめかみに血管が浮かんだ。

「どういう意味だ」

「伊豆倉陽一を突っつけば、今度こそ立場を失う。残りの警察人生を地方《ドサ》回りに費やすことになり、二度と霞《かすみ》が関界隈《せきかいわい》には足を踏み入れられなくなる」

吹越が勢いよく立ち上がった。椅子が倒れて派手な音を立てる。全身から怒気を噴き出させている。

「黒滝主任」

美貴は黒滝をたしなめた。

直言でこれまで数々の上司を怒らせてきた。他人に注意できる立場ではないが、もっと言い方があるだろうと、黒滝に目で訴える。本音はまったく同じではあったが。

「すみません。口が過ぎました」

黒滝は頭を下げた。淡々とした所作で、言葉には感情がこもっていない。

吹越が倒れた椅子を起こした。冷静さを取り戻そうとするかのように、大きく深呼吸をして腰を下ろすと、美貴らにもっと近づくよう手招きした。

座っていた椅子を移動させ、吹越の傍まで近寄った。どうやら話は長くなりそうだ。

吹越が声をひそめて言った。

「君らは〝フリーソロ〟を知っているかね」

「ジャズかなにかの話ですか？」

美貴は訊き返した。黒滝もわかりませんと答える。

「音楽じゃない。ロッククライミングだ。ロープやハーネスといった安全装置を使わず、素手のみで断崖《だんがい》絶壁に挑む、じつにクレイジーな登山法だ。どれほど優れたクライマーであっても、フリーソロに取りつかれた人間はもれなく死ぬ。どこぞの高峰を制覇したところで、また別の山にトライするからだ。いずれどこかで足を滑らせ、地面に叩《たた》きつけられる。君らがやってるのはまさにそれだ。死ぬために登る狂人だ」

「警察官が不正に手を染めたと知れば、粛々と調査を行うのが監察官の役目です。たとえ一度シロと判断されたとしても、疑う余地があれば徹底して行う。それが私たちの任務のはず。じっさい、こうして遺書も再調査によって発見されました。伊豆倉は過去にも、類似した事案に関与しており、限りなくクロに近いと見ています。調査対象者《マルタイ》によって、手を緩めるほうがよほどクレイジーだと思料しますが」

吹越は舌打ちしてから、深々とため息をついた。

「腹を割って話そう。闇雲《やみくも》に伊豆倉陽一に嚙《か》みつけば、君らの言うとおり、私は警察人生を窓際《まどぎわ》族のひとりとして終えることになる。君らと心中するつもりはない」

美貴は不思議そうに見つめ返した。

「課長らしくありませんね。なぜ我々が負けると、端《はな》から決めつけるのですか」

「相手は警察庁《サッチョウ》の次長なんだぞ！」

顔をまっ赤にして怒鳴った。自分の声の音量に驚き、声のトーンを落とす。

調査対象者の伊豆倉陽一は一介の部長刑事に過ぎない。問題なのは彼の父親が警察庁次長の伊豆倉知憲《ともあき》ということだった。知憲の影響力は警察社会だけに留まらず、他省庁にも永田町にもその名を轟《とどろ》かせている。

父親はおもに公安畑を歩んできた切れ者だ。三十代で和歌山県警警備部長に就いたさいには、凶悪なテロ事件を起こしたカルト教団『ヴェーダ天啓の会』の特別手配被疑者のアジトを発見。数年にわたって逃走を続けていた被疑者の逮捕を指揮した。

それから出世街道を邁進《まいしん》し、警視庁公安部長、千葉県警本部長などを経て、公安警察トップの警察庁警備局長にまで就任している。知憲にケンカを売るということは、全国の公安警察を敵に回すようなものなのだ。

一方、息子の陽一は父のような道を選んではいない。都内の二流私大に一年浪人して入学し、ノンキャリアとして警視庁に入庁した。警官は退職するまで、警察学校での成績がつきまとうものだが、成績は同期のなかでも中位だった。

にもかかわらず、成績優秀者が卒配される本富士《もとふじ》署から警察人生を始めている。とくに大きな手柄を立てたわけではないが、上司や所属長による人事評価はよかった。リゾート署と呼ばれる伊豆大島の大島署に赴任すると、そこでじっくり腰を据えて昇任試験の準備に取り組んだらしく、二十八歳で受けた試験を一発でクリアしている。

五年目に刑事を目指し、その登竜門である捜査専科講習の署長推薦も得た。

この男の警察人生には、父親である知憲の力があからさまに働いてきた。刑事の道はひどく狭い。定員が決まっているために、どんなに優秀な警官であっても空きがなく、多くの志望者が署長推薦を得るために順番待ちの行列を作っているのが実情だ。また、たとえ推薦を受けたとしても、選抜試験が待っており、使えないと判断された者は容赦なくふるい落とされる。警察学校の成績が平凡で、警官となってからも、これといった実績のない陽一が、刑事になれること自体がおかしいのだ。

だが、彼は昇任試験のときと同じく一発で刑事の資格を得て、現在は公安刑事としてノンキャリアにおけるエリートの道を進んでいる。セクハラ騒動を始めとして、トラブルを数々起こしてきたにもかかわらずだ。

どこの世界でも、縁故や人脈のおかげで、本人の実力以上に評価されることはある。目の前の吹越にしても、鹿児島の士族を祖先に持つ警察一家に生まれ、父親もキャリアとして腕を振るった。吹越自身は東大法学部卒で行政官としての能力を評価されているが、奥の院といわれる警務部で人事一課長というポストにつけたのは、強い勢力の派閥の一員であり、家柄を含めて評価されたからだろう。

陽一のケースは明らかに身内贔屓《びいき》だ。異常とさえいえるほどの。

伊豆倉知憲自身が息子の人事についてあれこれと口を挟むようなことはなかっただろう。警察社会の将来のトップと目された時点で、下々にあれこれと働きかける必要はなくなる。下々のほうが勝手に知憲の顔色をうかがい、ある者は彼に貸しをつくるために、またある者は彼の不興を買うことを恐れて陽一を腫《は》れ物扱いしてきたのだ。

美貴は吹越の視線を真正面から受け止めた。

「警察庁《サッチョウ》の次長だろうが、警視総監だろうが、例外はありません」

「まったく……」

吹越は湯呑みを手に取った。すでに空っぽだとわかると、荒々しくテーブルに置く。

「調子に乗るなと言ってるんだ。去年の騒動で、我々の株は結果的に上がった。しかし、あんなのはただの無謀な博奕《ばくち》だ。現に君らは大ケガを負い、危うく二階級特進《ニトクシン》さえするところだった。相馬、拾った命をドブに捨てる気か？」

「すでに命を失った警官がいるんです。表面化はしていませんが、伊豆倉陽一は過去にも何度もセクハラを繰り返し、複数の女性職員を退職に追いやっていたことは、行本班のレポートに示されていたはずです。ここで引導を渡さなければ、また彼はどこかの女性警官を毒牙《どくが》にかけるに違いありません」

美貴は引かずに顔を近づけた。

吹越はいつも身体のどこかに湿布を貼《は》っている。メントールの臭いが鼻をつく。目に力をこめて吹越を睨むと、その瞳《ひとみ》がわずかに泳いだ。

吹越も陽一がクロなのを重々理解しているはずだった。彼にしても、もともとはルールに厳格で、堅物であるのを評価されて、人事一課長という要職を任されたのだ。陽一がなんの後ろ盾もない男であれば、サクラの代紋を汚《けが》す不届き者として、ただちに処分を前提とした調査に乗り出しただろう。

しかし、多くの人間がそうであるように、真面目《まじめ》で知られる彼でさえも例外を設けている。不正を働いた疑いのある者は徹底的に調査すべし……ただし、こちらの立場を脅《おびや》かすような相手には手を出すべからず。相手がどれほどの大物であろうと、首輪をつけて支配下に置こうと企む黒滝のような男が珍しいのだ。

吹越は不規則に、テーブルを指で突いた。

「道義の話をしているんじゃない。結果を出せるのかと訊いている。今の伊豆倉陽一がどこにいるか、わかっているのか」

「外事二課《ソトニ》ですね」

黒滝が即答した。

陽一は波木が自殺した約一ヶ月後、生活安全総務課から公安部外事二課へと移されている。まるで、波木の死から遠ざけるように。春や秋の異動シーズンでもない異例の人事だった。外事二課の課長の永守勝仁《ながもりかつひと》は、警視庁公安部長だった時に目をかけられた知恵の懐刀《ふところがたな》で、子息のお守り役を仰《おお》せつかったと見るべきだった。

外事課は国内の安全を維持するため、テロリストや外国政府の諜報《ちょうほう》機関の調査と監視を目的としたセクションだ。防諜のプロが揃っており、黒滝と同じように協力者を作るために手段を選ばない。二課は大国の中国や東南アジアを担当している。そのような部署にいる人間を洗うのは容易ではない。

吹越が黒滝を指さした。

「次長から圧力をかけられ、外事二課《ソトニ》には調査を阻《はば》まれる。首輪をつけるどころか、君のほうが犬に落とされるのがオチだ」

「それはどうですかね」

黒滝が腕時計に目を落としている。早く説教を終わらせてくれという無言のアピールだ。吹越が再び立ち上がって吠《ほ》えた。

「お前らの上司として命じる！　伊豆倉陽一への調査は即刻取り止《や》めろ」

吹越の唾《つば》が頭に降り注いだ。

美貴は黒滝と目を合わせた。使いたくないカードだったが、どうやらそれを切るしかなさそうだった。

「そうもいきません」

「相馬！　人をナメるのも大概にしろ」

「白幡《しらはた》部長が望んでいらっしゃるんです。もともと、陽一の再調査を行うように命じたのは部長です」

「なに――」

白幡の名前を出すと、吹越は泣き笑いのような表情に変わる。怒気が消え去り、困惑が顔いっぱいに広がった。

警務部長の白幡一登《かずと》はその名を知られたキャリアで吹越の上司にあたる。黒滝を監察係に招き入れるのを承認し、昨年の騒動では美貴らをなにかとバックアップしてくれた男だ。吹越にとっては目の上のタンコブにあたる存在だった。

大きな借りがあるものの、白幡は腹の底の見えない怪人物でもあった。

警視庁よりもゴルフ場や盛り場が職場で、職務はもっぱら人脈作り、得意技はゴマすりと保身。そんな悪評が囁《ささや》かれる一方で、昭和の政治家のような寝業を駆使し、激烈な政治闘争を勝ち抜き、警視庁の奥の院のトップとして君臨している。

　昨年の騒動で、彼は警視庁内でもっとも株を上げた。数々の不祥事の隠蔽を図る最大派閥と対峙《たいじ》し、美貴や黒滝を全面的に支援し続けてくれてもいる。警務部長としての力を行使するだけでなく、あるときは隠れ家を用意し、またあるときは正体不明の私兵まであてがってくれた。

　その甲斐あって、白幡は強力なライバルを蹴落《けお》としたのだ。美貴は支援を受けながらも、彼が隠し持つ爪《つめ》や牙《きば》の大きさに戦慄《せんりつ》したものだった。

　吹越が疑わしげに訊いてくる。

「本当なのか。部長の指示というのは」

「直接お尋ねになってみては」

　美貴はそっけなく答えてみせた。

「いや……いい」

　居丈高な態度から一転して、飼い主に叱《しか》られた犬みたいにうつむく。

　悪い気分ではなかった。ロイヤルストレートフラッシュで相手を打ち負かしたような気分になる。美貴は表情が緩まないように気をつけた。

この痛快な体験を得たいがために、白幡は日夜激しい権力闘争を繰り広げているのだろう。ここには、ドラッグにも勝る快楽と魔力がある。白幡の名前を出すだけで、警視庁の人事を握るエリートさえもひれ伏すのだ。

美貴自身は警察社会の政治に興味はない。職務そっちのけで政治闘争に励む上層部の幹部連中を嫌悪《けんお》さえしていた。

しかし、昨年の騒動以来、彼女は白幡派のメンバーと見なされるようになった。このまま白幡の名前を出し続け、彼との緊密な仲をアピールしてゆけば、仕事は劇的にやりやすくなる。圧力に悩まされることなく調査に励めるどころか、大抵の人間に対して、シロいものですらクロいと言わせることもできる。

こうして人は権力欲に溺《おぼ》れる羽目になる。組織の腐敗を憂《うれ》えていたはずが、自分をも腐らせてゆくのだ。

その名を出さずにいたのは、出来るだけ白幡の威光を借りたくなかったからだ。すでに黒滝というジョーカーを手札としている。さらに白幡というカードを乱用すれば、部下にセクハラをやらかす輩《やから》や蛇蝎《だかつ》の如《ごと》く嫌っていた政治屋どもとなんら変わらなくなってしまう。

吹越は肩を落としながら椅子に座り直した。

「文句をつけるつもりはない。ただ私の頭越しにそんな命令が下っていたとは。いい気分はしない」

黒滝が軽く頭を下げた。

「なにしろ、白幡部長から特命で動くように命じられていたものですから」

彼は白幡の名前を強調するように言った。

上司の葛藤《かっとう》など知ったことではないといわんばかりに、水戸黄門の印籠《いんろう》ばりに警務部長の名を使った。いかにも手段を選ばぬ彼らしい物言いだ。

白幡から調査を命じられたのは約三週間前だ。真夜中に、十一階にある警務部長室へと黒滝とともに呼び出された。そのさいに初めて波木愛純という警察官を知った。彼女の自殺の調査を担当したのは行本班であり、彼らが調べた結果、原因は痴情のもつれとのことだった。

その日の白幡は、やはりどこかの会合に加わり、酒をしこたま飲んできたらしく、芋焼酎の臭いをぷんぷん漂わせていたものだった。酔い覚ましのミネラルウォーターを飲みながら、テーブルのうえに行本班の調査報告書を置いた。

――ドッグ、波木と揉《も》めた野郎を嗅《か》ぎ回ってみろ。かぐわしい匂《にお》いがするぞ。相馬女史、あんただって興味を持つ。

白幡の声は掠《かす》れていた。会合の後はカラオケスナックに流れて、自慢の喉を披露してきたらしかった。

真冬にもかかわらず、沖縄のゴルフ場で肌を茶色く焼き、生まじめな警官からは〝五時から男〟と揶揄《やゆ》されている。

腐敗した高級幹部のひとりとして、彼をひどく嫌悪していた時期もあった。しかし酒の臭いやゴルフ焼けは、さらなる情報力を貯《たくわ》えた証《あかし》だとやがてわかった。

波木愛純の自殺の再調査を命じられ、相馬班は極秘に動いた。そこで白幡の爪の鋭さと大胆さを改めて思い知らされたのだ。

吹越は椅子を動かし、美貴らにさらに距離を近づけた。すがるような目で尋ねてくる。

「……勝ち目はあるんだろうな」

美貴はため息を漏らしそうになった。

昨年の騒動は警視庁の勢力図を大きく変えた。吹越が属していた派閥は崩壊した。彼は沈みゆく泥船から脱出して難を逃れたが、貴重な後ろ盾を失《な》くしてからは、背骨を失ったかのように弱々しくなった。

黒滝が怪訝な表情を浮かべた。

「それはつまり、場合によっては伊豆倉側につくというわけですか？」

「そうは言っていない。ただし、再調査までしてなにも出てこなかったとなれば、私たちは仲よくコレだ」

吹越は声を潜めて、手刀で首を切る真似《まね》をした。

黒滝がポケットから携帯端末を取り出した。電話がつながっているのか、液晶画面のライトがついている。

耳にあてて電話の相手と喋り出した。

「お聞きのとおりです。吹越課長は立場を明確にしてはいません」

「なっ――」

飛び出さんばかりに目を見開いた。黒滝は携帯端末をテーブルに置いた。

液晶画面には〝白幡〟の名前が表示され、通話時間が刻まれていた。美貴も知らなかったため、思わず眉《まゆ》をひそめる。

「ふざけた真似を」

怒りに震える吹越に対し、黒滝は淡々と問いかけた。

「白幡部長からの特命と知っても、なお拒むつもりでいらっしゃいますか」

「だ、だから、そうは言っていない」

「私は一介の兵卒に過ぎませんので、今をときめく警務部長からの命令となれば従うしかありません。命令に逆らえば、それこそコレもんだ」

　黒滝は吹越を真似て首を切る仕草をした。

　毒を喰らわば皿までだ。白幡の名前を出した以上、一匹狼《おおかみ》をきどっている場合ではなかった。

「私たちはとうにルビコン河を渡ったつもりで再調査に挑んでいます。伊豆倉陽一は警視庁《ホンチョウ》にとって、早急に切除すべき癌《がん》です。課長のご懸念《けねん》はもっともですが、せめてこの場で態度だけは明確にしていただけませんか。背後から撃たれるような真似はごめんですので」

　美貴の言葉に吹越の顔色が青ざめていった。白幡か、それとも伊豆倉か。目に力をこめて迫る。

　黒滝がつまらなそうに再び腕時計に目をやる。

「部長も課長の判断をいたく気にされています」

「どうするもこうするも……私は警務部の人間だ。上司の命令に逆らうつもりはない。この波木の遺書を読むかぎり、たしかに陽一は限りなくクロに近いと言っていいだろう。異論を差し挟む余地はない」

「吐いた唾は呑みこめませんよ」

「くどい」

吹越は声を裏返らせた。

部下を叱り飛ばすために呼んでおきながら、今にも逃げ出したいとでもいうように、視線をさまよわせた。再調査を止めさせるどころか、逆ねじを喰らわされた挙句、無理やり調査続行を承認させられたのだ。いわば、伊豆倉打倒の血判書にふたりがかりで、強引に加えさせられたようなものだ。

「改めてかけ直します」

黒滝は携帯端末を拾い上げると、スピーカーに声をかけて電話を切った。

美貴はうなずいてみせた。

「これで人事一課《ヒトイチ》の結束は固まったことになる。有意義な話し合いができました」

黒滝が席を立った。

「部長も安堵《あんど》されていることでしょう」

吹越は怒りに身体《からだ》を震わせていたが、なにも口にしようとはしなかった。

美貴らは小会議室を後にした。

通路をしばらく歩いてから、黒滝に小声で尋ねた。

「さっきの電話、ブラフよね」

「さあ、どうでしょう」

黒滝はしらじらしく首をひねるだけだった。

上長をいたぶるのを趣味にしている部下と、将来の警察庁長官と目される高官相手にクーデターを企てる上司。食わせ者揃いのなかで、自分だけは警官としての志を忘れてはならないと言い聞かせた。

波木愛純が抱えていた苦悩を、彼女が生きているうちに察知してやりたかった。同じ女性警察官として。警察官を取り締まる監察官として。

彼女の死を政争に利用しようとする白幡には苛立ちを覚える。とはいえ、彼から特命を与えられなければ、愛純の無念には永遠に気づけなかったのだ。最も腹が立つのは、自分の能力不足に対してである。

黒滝が小会議室のほうを指した。

「もっと念入りに釘《くぎ》を刺しておくべきでしたかね」

「充分よ」

吹越とは以前も激しくやり合っており、その自尊心を深く傷つけてもいる。

吹越としても、このへんで部下を押さえこまないと沽券《こけん》にかかわると焦《あせ》っていたのだろう。警務部長と監察係が、自分の頭を越えて、勝手に行動していたのだ。腹を立てるのは当然だ。

黒滝が腕を組んだ。

「それにしても、〝フリーソロ〟ってのは、なかなか達者な表現でした。今度ばかりは、ロープもなしに素手だけでアルプスだのの絶壁に挑むようなものかもしれません」

「憐《あわれ》みやためらいは禁物、と言いたいわけね」

「白幡の旗印を示せば、ある程度はスムーズにゆくでしょう。ただし、すべて峰打ちで切り抜けられるほど、この世界は甘くはない」

「返り血を浴びることを厭《いと》うな」

横目で黒滝を見やると、微笑《ほほえ》みを浮かべていた。

彼は吹越だけでなく、美貴にも釘を刺していた——ご清潔なままで生き延びられると思うな。躊躇《ちゅうちょ》せずに真剣でバッサリとやる覚悟がなければ、やられるのはこちらなのだと。

「ご忠告、しっかり耳に入れておく」

人気《ひとけ》のない廊下を、背筋を伸ばして歩いた。ふたりの靴音だけが鳴り響く。嵐《あらし》の前の静けさのように思えた。

3

真夜中の新宿駅はごった返していた。濁流のように酒をかっくらった老若男女《ろうにゃくなんにょ》が、終電を逃すまいと駅に殺到していた。人々が押し寄せる。

黒滝はその流れに逆らうようにして、歌舞伎町の盛り場を目指した。歩道にはゴミだけでなく、いくつもの嘔吐物《おうとぶつ》が撒《ま》き散らされており、慎重な歩行を余儀なくされた。

週末の真夜中とあって、朝まで飲み倒す気でいる者も多い。

歌舞伎町は著しく観光地化が進んでおり、ヤクザやホステスよりも、外国人観光客の姿が目立った。ゴールデン街はサッカースタジアムのようで、大人数によるチャントが聞こえる。

カラオケボックスの店舗には、順番待ちの列ができていた。条例で禁止されているにもかかわらず、コートを着たスカウトや客引きがうろついている。

八階建ての古びたビルに入った。すべてのフロアが飲食店で占められており、どの店も案内板やバナースタンドで、ひたすらに安さを謳《うた》っていた。

黒滝が向かう八階の居酒屋『海《うみ》りょうま』も、〝90分飲み放題980円!〟と大きく書かれた紙をエレベーターホールの壁に貼《は》ってアピールしていた。外国人観光客のために、英語とハングルと中国語の三か国語で記されている。

昨年末までは、『はちきん総本店』と名乗り、やはりツマミと酒の安さを大々的に訴えていた。

エレベーターを降り、店ののれんをくぐった。外の活気とは裏腹に、店内は沈んだ雰囲気が漂っていた。照明は薄暗く、客の数はまばら。見慣れた光景だ。

「らっしゃいませ」

レジの前を通り過ぎると、カウンターで作業をしていた東南アジア系の店員が、やる気のない声をあげた。

作務衣《さむえ》姿の男性店員が、にこりともせずにタブレット端末をいじりながら早口でまくしたてはじめた。

「お客様はひとりっすね。九十分飲み放題コースですと、最低三品オーダーをお願いいたしまーす。どうぞこちらに」

「呉《くれ》さんに会いたい。いるだろう?」

男性店員はふいを突かれたように顔を上げ、険しい目で見つめ返してきた。ふだんはバンド活動でもしているのか、耳にはいくつものピアスをつけている。

「黒滝と伝えてくれればわかる。古くからの友人だ」

「……ちょっと待って」

男性店員が店の奥のスタッフルームに引っこんだ。

店内を見渡した。ひとり客はいない。テーブル席や小上りにいる客のほとんどは外国人観光客のようだ。ゴールデン街の賑《にぎ》わいと違って、こちらは誰も盛り上がっていない。納得のいかない顔で、まずそうに酒を口にしている。テーブルには黒みがかった枝豆や、レモンだけが添えられた彩《いろど》りに欠ける唐揚げがあった。お通しは業務用の切干大根だ。どれもひどくまずいのだ。

壁には生ビールやハイボールの宣伝ポスターが貼られてあるが、客に出されているのは発泡酒で、ハイボールに使用されているのは量販店が売り出しているプライベートブランドのウイスキーと思われた。薬剤のような味がする最低の代物《しろもの》だ。

飲み放題で九百八十円なのはまちがいないが、ツマミの料金は他の居酒屋チェーンより割高で、その他にテーブルチャージ、サービス料、週末料金といった名目で過大に請求することで知られる札つきのボッタクリ居酒屋だ。ネットなどで悪名が轟《とどろ》くと、看板を変えて営業する。

おもに情報にうとい外国人観光客や、目当ての店が満杯でまごついている団体客をカモにしている。そんな悪徳酒場を経営しているのが、呉文音《あやね》なのだ。

スタッフルームから、その文音のかん高い怒声が轟いた。えらい剣幕だった。

「なに取り次いでんだよ！　使えねえ野郎だな。友人なわけねえだろ。どこに目つけて生きてやがる」

黒滝は店の奥まで進むと、スタッフルームのドアをノックした。返事を聞く前にドアを開ける。

「大きな声を出すな。外にまで聞こえるぞ」

「家宅捜索令状《ガサ》もないのに、勝手に入ってくるんじゃないよ！」

砲丸並みに重量があるテープカッターが飛んできた。

頭を振ってかわすと、テープカッターは壁にぶつかって派手な音を立てた。壁の漆喰が剝《は》がれ落ちる。

「かわさなきゃよかったな。暴行傷害の現行犯でしょっ引《ぴ》けた」

「なんの用よ、変態野郎」

文音が威嚇《いかく》するように歯を剝《む》いた。

カネの勘定をしていたらしく、テーブルにはゴムで束ねられた紙幣とコインカウンターが載せられていた。

五十をとうに過ぎた小柄な女だが、パワフルな怒気を放っている。他の店員と同じく、作務衣を着用していた。

しかし、台湾製と思《おぼ》しきヒスイのブレスレットに、サンゴのネックレスなど、男性店員のピアスとは比較にならないほどの派手なアクセサリーを身に着けてもいる。キャバクラやスナックでもないのに、化粧もむやみに派手なのだ。

「ごくろうさん」

黒滝は男性店員の肩を叩《たた》いてやった。「仕事に戻りな。お客さんがわんさか待ってるぞ」

客たちが伝票を手にして、ぞろぞろとレジに向かっていた。

ひどい料理と接客にうんざりしていたうえに、スタッフルームからわめき声が轟き、明らかにおかしな店だと悟ったらしい。既に手遅れではあったが。

文音は舌打ちして、幹部店員にレジへ向かうように指示した。彼は女ボスに頭を下げ、スタッフルームから逃げるように出て行った。

黒滝はドアを閉めた。

「その物騒なブツをしまえ。留置場《ブタバコ》の官弁は、ここの料理よりひどい」

「食い慣れてるよ、バカ野郎」

高級ブランドのバッグからスタンガンを取り出していた。飛びかかる寸前の獣のように身構える。

「喧嘩《ゴロ》を巻きに来たんじゃない。頼みがあって寄った」

「頼み？　ふざけんな」

文音の怒りは激しかった。

身に覚えがないわけではない。彼女が新宿一帯の生き字引なのをいいことに、組対四課のマル暴刑事だったころ、彼女に情報を流すよう、協力を求めたのは確かだった。

文音の本名は呉文音《ウー・ウェンイン》という。父親は新宿でサウナや大衆キャバレーなどを手がけた台湾人実業家だ。東京の華人社会で知られた顔役だったが、バブル期にゴルフ場経営に失敗し、おまけに国税局に目をつけられて脱税で逮捕。裁判で争っている最中に病死した。

父の事業を受け継いだ彼女は、莫大《ばくだい》な借金を返すため、利益率の高いビジネスに手を出した。エステと称する中国人風俗店や、性的サービスを含む個室マッサージ、偽装結婚や養子縁組を駆使した戸籍売買の仲介業などだ。

数億もの負債を瞬《またた》く間に返したが、非合法なビジネスに手を染めれば、当然ながら暴力団や愚連隊にタカられる。福建系マフィアとも揉《も》め、彼女は四面楚歌《しめんそか》の状態に陥った。その噂《うわさ》を嗅《か》ぎつけた黒滝は、警視庁組対四課をケツモチにするよう促した。黒滝の犬になれということだ。

文音は不承不承うなずいた。彼女から寄せられた情報をもとに、タカろうとした暴力団員や不良外国人を根こそぎ逮捕した。警視庁の庇護《ひご》下に置かなければ、彼女は魚のエサとなっていた可能性が高い。

黒滝は彼女のような裏社会の住民の命を数多く助けてきた。だが、感謝されることはほとんどない。暴力団のように金銭を要求したりはしないが、親友や身内をも売るように迫るからだ。

文音にタカろうとしたヤクザや不良外国人は軒並み追い払ってやったが、彼女とつるんでいた日本人ブローカーや個室マッサージ店に出資していた台湾人の親戚《しんせき》も有無を言わさず逮捕した。おかげで文音との関係にはヒビが入ったままだ。

黒滝は粒ガムを口に放った。

「二年も経《た》てば、怒りも和らいでいると思ったが、どうやら甘かったらしい」

文音はスタンガンのスイッチを押した。バチバチとアーク溶接のような音が部屋に鳴り響く。

「他媽的《ちくしょう》。和らぐわけねえだろ。あんたのせいでどんだけ損したと思ってんだ」

そう言って、肉食獣のようにうなった。

さすがに歌舞伎町に三十年以上も根を張っているだけあって、迫力のある脅し方だ。

スタンガンが放つ青い光が、不気味に彼女の顔を照らしている。

一時期は良好な関係を築いていた。彼女にタカる連中を追っ払ったときは、手料理を振る舞いながら、新宿一帯の裏情報を提供してくれたものだ。

黒滝が逮捕した日本人ブローカーや彼女の親戚も、隙《すき》あらば文音の財産を掠《かす》め取ろうとする食えない悪党だったのだ。優秀な犬に虫が取りつけば、払い落とすのが〝ドッグ・メーカー〟の仕事だ。寄生虫を刑務所に放り込んでやっているにもかかわらず、人のビジネスパートナーを勝手に捕まえるとは何事かと、彼女は黒滝を恨むようになった。

ガムを嚙《か》みながら文音に近づき、テーブルの椅子《いす》に座った。スタンガンが届く距離だ。

「怒ったままでいいが、おとなしく頼みを聞いておいたほうが得だぞ」

彼女のこめかみが痙攣《けいれん》した。

「あたしは優しい人間だからね。痺《しび》れて気を失ったら外に放り出しておいてやるよ。誰かが助け起こしてくれるでしょ。その間に財布や警察手帳《てちょう》を盗られてるかもしれないけど」

「一斉検挙があるぞ。近いうちに」

文音がスタンガンのスイッチから指を離した。耳障《みみざわ》りな音が止《や》む。

「いつ」

黒滝は咎《とが》めるようにスタンガンを見やった。

文音は黒滝をきつく睨《にら》んでいたが、ため息をついてスタンガンをバッグにしまった。

彼女はテーブルに座ると、マルボロメンソールに火をつける。

「来週末だ。金曜と土曜は客引きを立たせるな」

「ちくしょう。地元の刑事《デコスケ》どもは、なんにも知らせてくれちゃいなかった」

ゴミ箱を蹴飛《けと》ばし、深々と煙を吐いた。

「で？」

黒滝は内ポケットから写真を一枚取り出すと、テーブルのうえに置いた。生活安全部時代の伊豆倉陽一《いずくらよういち》が写っている。

陽一は小ざっぱりとした恰好《かっこう》をしていた。ライトブラウンに染めた髪を額が隠れるほど伸ばして、首にはポール・スミスの目にも鮮やかなマフラーを巻き、真新しいグレーのダッフルコートを着ている。清潔感をアピールする優男といった風体だった。六本木に出没するキャッチのようだ。

初台にある自宅マンションから出てくるところを捉《とら》えた写真だ。波木愛純《なみきあすみ》が自殺した後、行本班が調査のさいに撮影した、陽一の姿だった。

警察官には見えないファッションだが、生活安全部の刑事としては、オーソドックスなスタイルといえた。性犯罪や少年犯罪、違法風俗店の摘発など、繁華街に違和感なく溶けこめなければならない。また、不良少女や悪ガキの口を開かせるには、年の差を感じさせないように若作りもしなければならない。生安は交通課と並び、黒滝自身は一生関わりたくないと考えている部署のひとつだ。

行本班は吹越と同じく、黒滝らによる再調査を快く思ってはいなかった。調査に不備があったかのような扱いを受け、メンツを潰《つぶ》されたのだから当然といえる。

激烈な性格の美貴や、癖の強い吹越や白幡たちと異なり、人格者として知られる行本は出し惜しみせず、自分たちが得た資料を相馬班に渡してくれた。

陽一は先月、外事二課に異動している。同課に所属した彼の姿を撮りたかったが、公安は部署以外の人間を近寄らせたりはしない。

机を並べている同僚にさえ、自分の任務を知らせない。妻子には総務部あたりでデスクワークをしていると、嘘《うそ》をついている者もザラだ。王子署長の瑞枝《みずえ》のような隙を簡単に見せたりはしない。

うかつに突《つつ》けば、外事二課に再調査を知られる危険性が大きくなる。彼に接触するのはもちろん、張り込みや尾行も簡単には行えない。まずは外堀を埋めるように身辺を洗う必要があった。

文音は写真に目をやるなり言った。

「刑事《デコスケ》だろ」

黒滝はうなずいてみせた。

ボッタクリ居酒屋で糊口《ここう》をしのいでいるとはいえ、眼力は衰えていないようだ。高圧電流を浴びせてやりたい気持ちは失《う》せていないだろうが、感情を抜きにして算盤《そろばん》をきちんと弾《はじ》ける女ではある。

「こいつをどうしろっての？」

文音は面倒臭そうに頭を掻《か》いた。やる気を出した証拠だ。

「プライベートを新宿界隈《かいわい》で過ごしてる。こいつがひいきにしている店を知りたい。相当な女好きで、このあたりにも出没しているはずだ」

「なんで警官《ポリ》が警官《ポリ》を嗅ぎ回ってんの？」

「そういうところにまわされたからだ」

文音は鼻で笑った。

「警察《サツ》はよっぽど人材不足なんだね。あんたは嗅ぎ回られるほうでしょうに」

「同感だ。世も末だよ」

文音には、陽一の名前と初台に住んでいることを伝えた。さらに外事二課の刑事だとも。文音が顔を歪《ゆが》める。

「こいつ、公安野郎《ハム》なのかい。そのわりには目立つ格好をしてるね」

「公安に異動する前の写真だ」

探るような目を向けてきた。

「厄介事はごめんだよ」

文音の父親は実業家として名を成した一方で、国民党を支持する熱烈な反共主義者としても知られていた。

台湾の政治家や大物華僑《かきょう》、在日韓国人の暴力団組長などと太いパイプを築き、経営していたキャバレーには与党政治家や公安関係者も多数出入りしていたという。文音は幼いころから、ヤクザやその手の警察官を見ている。写真一枚で、その人物がカタギかそうでないかを見分けられる。

「そいつが小物じゃないのは確かだ。うまくやってくれれば損はさせない。役に立つ情報《ネタ》をくれてやるさ」

「空振りで終わっても、いちゃもんつけないでね。女のいる酒場なんて歌舞伎町には星の数ほどあるんだ」

「わかってる」

外れで終わる可能性は高いが、文音ならやってくれそうな気がした。

伊豆倉陽一という男は同僚を自殺に追いこんだとはいえ、それで懲《こ》りるようなタマではなさそうだからだ。

一浪して大学に入ったため、警察人生はそれほど長くはない。警察学校を出てから、本格的に警察人生をスタートさせたのは二十四歳だ。本富士《もとふじ》署地域課からスタートし、約十年の間に五度も異動している。キャリア顔負けの渡り鳥だ。

頻繁に職場が替わるのは、よほど優れた能力を評価されたエリートか、トラブルメーカーのどちらかだと相場は決まっている。

陽一は当時の上司から勤務態度を高く評価されており、一見すると前者のように見える。

しかし、警察官としての十年間で、大した実績を上げてきたわけではない。警察学校の成績は並で、ずば抜けた運動神経を持ってもおらず、特別な資格を有してもいない。どう考えても引っ張りダコとなるような人材ではない。

警察組織の首領となりそうな男の息子を手懐《てなず》け、出世の材料にしようと野心を持つ警察幹部が少なくなかったのだろう。現在の上司、外事二課の永守がその典型だ。

とはいえ、今のところ大切な預かり物にもかかわらず、どの部署も陽一を最長でも二年間しか管理できていない。手元に置いて手懐けるどころか、早々に手放さざるを得なくなるほどのトラブルメーカーだったという証明だ。

黒滝は陽一をまだ直接見ていない。行本班から譲ってもらった写真や報告書でしか知らないが、類《たぐい》まれな図太さを持った男なのは、行本班が残した資料から察することができた。

陽一は行本班の聞き取り調査に応じ、愛純と関係を持ったことを素直に認めたが、ただの一夜の出来事に過ぎず、彼女の自殺に自分が絡《から》んでいるはずはないと一蹴《いっしゅう》した。

愛純の自殺にショックを受け、体調を崩す同僚が多数出るなか、渦中の陽一はふだん通りに出勤している。休日は自宅近くでパチンコ屋に座ったり、同期を呼び出して、カラオケに興じたりしていたらしい。

蛙《かえる》の面《つら》に小便というより、人間性に根深い問題を抱えているというべきかもしれなかった。愛純の遺書を目撃した今となっては。

監察に呼び出されたといって、遊びを控えるようなタマではなかろう。のこのこテリトリーである新宿にやって来ていてもおかしくなかった。公務中はおいそれと近づけないが、プライベートとなれば隙を見せる可能性は高い。

黒滝は立ち上がった。

「頼んだ。時間はたいしてかからないだろう」

「黒滝」

「なんだ」

文音は上目遣いで睨みつけてきた。

「もう勝手な真似《まね》は許さないからね。おまわりを屁《へ》とも思わない連中に背中をブスッとやられたくねえんだろ」

「こんなしけた居酒屋で叫んでも迫力は出ないぞ」

金属製の灰皿が顔に飛んできた。

頭を振ってかわすと、灰皿は背後のロッカーに当たって、耳障りな音を立てた。

スタッフルームを出ると、案の定店員と客が揉めているところを目《ま》のあたりにした。

伝票を握りながら抗議をする客たちと、木で鼻をくくったような説明を繰り返す店員がレジ前でせめぎ合っている。警察に駆けこむぞと息巻く客もいるなか、黒滝は巻き込まれないよう、素知らぬ顔をしながら店を出た。

4

美貴は深呼吸を繰り返した。

部内の幹部会議では何度アクビを噛《か》み殺したかわからない。会議が終わると、二階の売店で缶コーヒーを空け、ミントタブレットを大量に買った。

日曜はしっかり休みを取ったものの、掃除や洗濯に明け暮れた。クリーニング店に預けっぱなしだった私服を引き取り、行きつけの美容院で髪のカットもした。

さらに夜が更《ふ》けてからはジムで鈍《なま》った身体《からだ》を鍛えた。休日に予定を目いっぱい詰めこむ悪癖がある。髪をすっきりさせてリフレッシュできたが、疲れがしっかり取れているとは言い難い。

疲れが残っているのを実感しつつ、週明けの月曜を迎えると、夜が明けないうちに田《た》町《まち》の官舎を出て、始発の電車に乗って登庁した。まだ空が暗いうちに未決処理をこなしたせいか、幹部会議ではひどい眠気に襲われた。

トイレに入って、ミントタブレットを一度に十粒ほど嚙み砕いた。舌が痺《しび》れるほどの辛さに襲われて涙を流したものの、倦怠感《けんたいかん》が吹き飛んだ。

十一階の人事一課のオフィスに戻ると、気合を入れ直して、伊豆倉陽一の案件に取りかかった。早朝に書類仕事を片づけたのはそのためだ。デスクには愛純の遺書のコピーを置いている。

疲労から脱せないのは、どれほど家事や運動に専念しても、ずっと団地から身を投げた愛純のことが忘れられなかったからだった。

あなたたちがしっかりと調査をしてくれていれば——遺書からは無念さと絶望が伝わってくる。

愛純の遺書には、陽一の悪行を告発し、生活安全総務課の人間たちから見放された苦しみが綴《つづ》られていた。

警察組織は大きな権力を持つがゆえに、厳正なルールに則《のっと》って運営されなければならず、警察官には清廉《せいれん》さが求められる。

その悪《あ》しき裏面として、一旦《いったん》不祥事が発生すれば、面子《メンツ》を保ちたいがため、組織的なもみ消しが図られることが少なくない。

監察係は、二つの力の軋《きし》みの中で、常に不正に目を光らせなければならないのだ。助けを求めるひとりの警察官の声をすくい取れなかった。その時点で監察係の敗北といえた。

相馬班の空気は重かった。班員の木下鮎子《きのしたあゆこ》と、石蔵謙吾《いしくらけんご》は、暗い顔をしながら書類仕事に取りかかっていた。

遺書の発見者である黒滝はペーパーワークを嫌う。若い部下たちに書類仕事や雑用を押しつけると、いつもさっさと単独で外に出て行くのだ。班員との情報共有を拒み、上司にも調査のプロセスさえも明らかにしない秘密主義者だ。

——書類仕事まで嫌がっていたら、お前らになんの取り柄がある。文句があるなら結果を出してからにしろ。

かつて鮎子らが黒滝に抗議したときにそう言い放った。黒滝は鼻で笑って取り合わず、班員たちは良好な関係にあるとは言い難かった。鮎子らには悪いが、監察係に彼を招いたときから、こうなるのは予想済みではあった。

黒滝誠治は異端のハンターだ。公安三課や組対四課で数多くの成果を挙げ、極めて優れた実務能力を有している。監察係にふさわしい男ではないが、今回も彼の力が必要だった。とはいえ、黒滝や白幡のような怪物たちに頼ってばかりもいられない。監察官として、自らの責務を果たしたかった。

引き継いだ資料には、伊豆倉陽一の警察学校からの勤務成績表が添付されてあった。本富士署で二年勤務した後、陽一は万世橋《まんせいばし》署地域課の神田駅交番に異動となっている。

当時の陽一の上司だった交番所長の名に目を留めた。富松守雄《とみまつもりお》という。現在は五十歳を過ぎている老警部補だ。神田駅交番在籍時に、陽一という〝壊れ物〟を預かることになった。

陽一は本富士署からスタートし、約十年の間に職場をいくつも転々としている。その時々の上司は高い評価を記していたが、富松のみが例外だった。

彼だけが陽一を「警察官としての資質に欠ける」と酷評した。能力不足に加えて、交番の風紀を著しく乱し、相勤者に悪影響を及ぼしたと記している。上司や先輩らの命令や指示に従わないこともしばしばで、公安職に必要な適格性に欠けると断じていた。つまり、警察官でいるべき者ではないのだと。

陽一は万世橋署を二年で去り、大島署へと異動となった。こちらでも二年を過ごしている。

島流しという言葉もあり、東京都島嶼部《とうしょぶ》への転勤には左遷《させん》というイメージがつきまとう。だが、じっさいは身を粉にして職務に励んだ者に対する慰労の意味がこめられており、有望な警察官をリフレッシュさせるために敢《あ》えて赴任させることが多い。つまり、英気を養えというメッセージが込められているのだ。事件の少ない土地でゆとりと時間を与え、昇任試験の受験勉強にじっくり取り組ませるのだ。観光シーズンに喧嘩《けんか》や窃盗といった小事件が発生するくらいで、相互監視のゆき届いた離島では殺人や強盗といった凶悪事件はめったに起こらない。

警視庁における巡査部長の昇任試験は狭き門として知られている。受験対象者が多いため、時には倍率が数十倍にも達する。

警察官たちは激務の合間を縫い、刑法や刑事訴訟法、警察法などを頭にたたき込まなければならないのだ。多くのノンキャリア幹部は、巡査部長の昇任試験がもっともきつかったと述懐している。

のびのびと勉強できる環境を与えられたためだろう、陽一は難関の昇任試験を一度で突破している。

大島署地域課の当時の上司は、勤務成績表で陽一を褒め称《たた》えている。そればかりか、捜査専科講習の受講資格の推薦まで与えたのだ。刑事になるのは、巡査部長の昇任試験よりもさらに難しい。勤務態度はもちろんだが、それまでの実績を手土産《てみやげ》にせねばならず、各種の訓練や武道の成績も考慮される。

これといった成果もなく、頭脳も運動能力も平均以下としか感じられない陽一に推薦が与えられた経緯は不透明だった。彼は約三ヶ月の講習を経ると、面接試験をクリアして刑事の資格を得た。

それから五年後、伊豆倉陽一は世間からも注目を浴びる本庁の〝さくらポリス〟の一員に抜擢《ばってき》された。そこで彼は女性や子どもを守るどころか、部下の波木愛純に性的暴行を加え、死に追いやった疑惑が持たれている。

エリートコースと言われる本富士署から職歴をスタートし、島嶼部で試験勉強に取り組める環境を与えられ、花形部署から選ばれている。刑事志望者にとっては妬《ねた》みさえ覚えること必定な人事だ。

富松の人事記録に改めて目を通した。こちらは陽一と正反対に、一見して左遷とわかるコースを歩まされている。八王子署に一年半、福生《ふっさ》署に一年、現在は町田署の交番勤務。典型的な罰俸転勤だ。

罰俸転勤とは、自宅から極力離れた職場に異動させる一種の懲罰人事である。

富松は妻と三人の子供を養い、三十歳で東京東部の西新井にマンションを購入。現在も住宅ローンを払い続けている。警察組織は警察官に対し、早めに家庭を持たせ、一国一城の主《あるじ》になるのを奨励する。家庭やマイホームを持たせることで、さらなる責任感を与えるためだ。

しかし、警察組織にとって好ましくない人物と判断された場合、このマイホームを足かせに使う。西新井の自宅から電車を使い、東京西部の八王子や町田の警察署まで通うには、片道二時間以上はかかる。

山間部や島嶼部のようなのどかな土地と違い、町田は繁華街を抱える多忙なエリアだ。ひとたび事件が発生すれば、自宅に帰れない日などザラだろう。

職場に慣れたころには、新しい遠隔地に移らせて一からやり直させる。心から反省していると上が判断するか、あるいは本人が辞表を出すまで、この懲罰は終わらない。富松こそが本物の〝島流し〟に遭っているのだ。警察組織にはそれ以外にも、まったく仕事を与えず飼い殺しにしたり、昇任試験でどれだけ高い点数を取ったとしても、面接で落とし続けるなど、有形無形の嫌がらせが存在する。

この罰俸転勤の原因が陽一との関係にあるとはまだ言い切れない。だが、富松は警察学校を上位で卒業し、警視総監賞をこれまで十九回受賞。連続窃盗犯や薬物所持者を数多く逮捕し、方面本部長賞や署長賞など数多く表彰を受けている。しっかりとした実績を残してきているがゆえに、島流しに遭っている現況が際立《きわだ》って見えた。

美貴は椅子《いす》から立ち上がった。

「石蔵君、車を用意して」

急に上司に命じられ、石蔵は戸惑ったような顔を見せた。

「わ、わかりました」

隣の鮎子が一瞬、同僚に対して羨《うらや》ましそうな視線を向けた。

ふたりとも、ここ数日はオフィスでのデスクワークに忙殺されている。

「それで、どちらに」

「町田市のリス園。なんだかテンション上がらないし。リスでも可愛《かわい》がって息抜きしましょう」

「ええ⁉」

揃《そろ》って目を丸くした。

どちらも奥の院である人事一課監察係のメンバーに選ばれるだけあって、有能で真面目《まじめ》だったが、冗談さえ通じない堅物とも言えた。通じないようにしれっと言う美貴にこそ、非があるのかもしれない。

「調査に決まってるでしょう」

石蔵に小声で告げて車の用意をさせた。十一階のオフィスを出ると、制服からスーツへと着替え、地下の駐車場へと向かう。

警察車両のセダンで首都高から東名高速を目指す。

石蔵に運転させている間、美貴は携帯端末で黒滝に電話をかけた。数回のコールの後、彼は朝寝でもしていたのか、くぐもった声で出た。

〈……黒滝です。どうかしましたか〉

どこでなにをしていたのかは問わなかった。尋ねたところで、まともに答えるとは思っていない。

「今、町田市に向かってるところ。あなたにそれを知らせておきたくて」

〈町田ですって〉

黒滝は不愉快そうな声を出した。

情報共有のために、陽一の上司だった富松の名前を出した。陽一への評価が目に留まったため、これから会うつもりでいると告げた。

黒滝は露骨に舌打ちした。

〈勝手な行動を取られては困りますよ。秘匿《ひとく》性が保てなくなるでしょう〉

美貴は口を曲げた。

いつも勝手な行動を取っているのはそっちだろうが。喉元《のどもと》まで文句がこみ上がる。

そもそも、指揮権は自分にあるのであって、黒滝は美貴の命令に従う一介の警部補《ブケホ》でしかない。ふざけた物言いに頭がカッと熱くなる。

「議論する気はないの。ただ、伝えておく必要があると思って連絡しただけ」

〈ああ、そうですか〉

黒滝はふて腐れたように返した。

彼を人事一課に呼び寄せたのは自らの意志だが、未《いま》だにこの部下を管理できているとは言い難い。

黒滝の危惧《きぐ》も理解できなくはなかった。極秘任務を課せられた公安刑事のように、慎重かつ孤独に調査を進めなければならないからだ。

警察官が罪を犯した場合、一般的には、他の部署と協力して調査を進める。かりに盗みに関与していたとなれば、捜査三課や所轄《しょかつ》の盗犯係とタッグを組む。性犯罪絡《がら》みとなれば、生活安全課とともに、犯人の警察官を追いつめていく。プロフェッショナルの力を借りて、速やかに不正を暴《あば》くのがセオリーである。

今回は勝手が違う。警視庁のあらゆる場所に敵が潜んでいると考えるべきなのだ。陽一とその周囲を嗅《か》ぎ回り、警察関係者に聞き込み調査を行えば、彼の父親とその一派の耳に入る可能性が高い。監察係が再調査に乗り出したことを即座に察知するだろう。それゆえに、身辺調査のエキスパートである黒滝でさえも、未だに調査対象者の陽一の周りには近寄らず、外堀を埋めるように調査を静かに進めている。

美貴は語気を強めた。

「信頼して。ドジは踏まない」

黒滝は露骨にため息をついた。

〈当たり前ですよ。まあ、いい。あなたが上司だ〉

傲岸不遜《ごうがんふそん》な態度は変わりなかったものの、現場を荒らされるくらいなら、上司だろうとお構いなしに排除を企《たくら》む男だ。駄々をこねられないだけマシ。自分を納得させながら電話を切った。

セダンは首都高3号線から、東名高速を駆け抜けた。東名川崎インターチェンジを過ぎている。今日もひどく冷えるが、澄み切った青空が広がっていた。

ハンドルを握る石蔵に尋ねた。

「あなたは大丈夫？」

「なにがですか？」

「今回の調査対象者《マルタイ》よ」

石蔵は美貴の顔にチラチラと目を走らせた。どう答えていいのか迷っているようだ。

ちゃんと前を向いて運転するよう指示しかけたとき、石蔵が重たそうに口を開いた。

「正直にいえば……頭を抱えています。なんだって自分らがこんな面倒なやつをと、運命を呪《のろ》ってもいます。同期に妬まれるほど順調に進んできたツケが回ってきたとしか思えません」

思いのほか率直に胸のうちを語ってくれた。

警務や総務といった管理部門に配属されるのは、極めて優秀かつクリーンと判断された者のみだ。

石蔵は警察学校を次席で卒業すると、交番勤務時代に多くの検挙実績を上げ、警備部公安課の道を進んだ。本庁の公安総務課で多くの協力者を獲得したのを評価され、警務畑へと引っ張られている。

学生時代は法科大学院に進んで弁護士になる道も考えていたらしく、そのせいか書類作成能力にも秀《ひい》でていた。法律に明るいため、巡査部長の昇任試験を一度で通過している。

彼のようなノンキャリアのエリートは〝一発組〟と呼ばれている。警察学校を優秀な成績で卒業し、叩《たた》いても埃《ほこり》の出ない清潔さと優れた実績が認められ、昇任試験を一発でクリアして管理部門に登用される。誰の目にも、着実に出世コースを歩んできているように見える。

だが、監察係に抜擢されたのは幸運だったのか否《いな》か。上司の白幡《しらはた》や美貴は警視庁最大の派閥に喧嘩を売るような常識外れの人間であり、かろうじて戦いを制したことにほっとしたのも束《つか》の間《ま》、今度は警察庁長官の座が確実視される男の敵方にまわらなければならないという。

対象者《マルタイ》の伊豆倉陽一は徹底して調査すべき危険人物であると同時に、強大な力をバックに持つモンスターだ。警察組織にいる人間にとって、できれば向き合いたくないと考えるのが普通だ。進んで喰らいつこうと考える白幡や黒滝が異常なのだ。

石蔵は眉間《みけん》にシワを寄せた。

「富松警部補の人事記録を読んで絶句しました。典型的な罰俸転勤じゃないですか」

「私たちも下手をすれば、片道二時間以上の職場に通わされるかもしれない。異動願を出す気はない？」

「退職願なら考えてます」

「え？」

思わず目をみはった。石蔵は自嘲《じちょう》的な笑みを浮かべて続けた。

「幸い妻子も持ち家もありませんし、まだやり直しが可能な年齢です。もし、警視庁《カイシャ》から嫌がらせをされることになったら、こっちから辞表を提出します。おそらく、木下も同じようなことを考えてるはずです」

美貴は若い部下の横顔を見つめた。腹をくくった人間特有の引き締まった顔つきをしている。覚悟を決めて戦うつもりでいるようだ。この部下とは約十ヶ月のつき合いになるが、案外図太い性格なのもわかった。

美貴は微笑《ほほえ》んでみせた。

「厄ネタの上司でごめんなさい」

「相馬警視のおかげです。もし、あなたが上司でなかったら、自分もさくらポリスの連中と同じように、見て見ぬフリをしていたかもしれません」

「茨《いばら》の道を行くのは、今度で終わりにしたいものね」

石蔵は深くうなずくと、ハンドルを左に切った。横浜町田インターチェンジを降りる。

国道16号線を走り、南町田へと入った。富松が交番所長を勤める鶴間《つるま》交番に向かう。同交番は住宅街のなかにあったが、近くには国道16号線と国道246号線が交差する東名入口交差点があり、巨大なロードサイドショップが軒を連ねている。

昼夜を問わず車の往来があり、夕方や休日には長い渋滞が発生するほど買い物客で賑《にぎ》わうという。交通事故や窃盗、暴走行為がひんぱんに起こる犯罪多発地帯でもあった。

鶴間交番から五十メートルほど離れた位置にセダンを停めた。交番には屋根つきの駐車スペースがあったものの、パトカー《PC》はなく、自転車もすべて出払っていた。

石蔵が双眼鏡を通して交番を見やった。

「やはり、まだいますね」

「他に勤務員は」

双眼鏡を借りて、美貴も交番を見つめた。

冬にもかかわらず、日焼けした白髪頭の老警官が、ひとりで交番内に留まり、デスクにかじりついていた。老眼鏡らしきものをかけ、書類仕事に打ちこんでいる。

石蔵が携帯電話を取り出した。警視庁の捜査員に貸与されるポリスモードと呼ばれる専用データ端末だ。都内の事故や事件発生を知らせるメールが届き、現場の位置情報などを即座に把握できる。

「朝七時に鶴間交番管内で交通事故が。約一時間前に、量販店で七十代男性による万引き事案が発生しています」

「なるほど」

美貴は腕時計に目をやった。昼の十二時を回っている。

交番を訪れる前に、町田署地域課の勤務表を調べていた。富松は昨日の午後から第二当番として出勤している。つまり夜勤だ。

本来なら十時半で退勤できるはずだったが、交通量の激しい道路が管轄内にある交番では、朝の出勤ラッシュで発生した事故の処理に追われ、残業が日常茶飯事となる。他の勤務員は万引き事案のため、現場に向かっているものと思われた。

美貴は石蔵の肩を叩いた。

「富松さんには申し訳ないけど、私たちには都合がいい。行きましょう」

セダンを近くのコインパーキングに停めると、美貴たちは足早に交番へと歩を進めた。

「ごめんください」

交番のスライドドアを開けた。富松がペンを止めて顔を上げた。

「どうかなさいましたか」

間近で見る富松は、年齢よりも老《ふ》けて見えた。

柔道四段の猛者《もさ》なだけに、がっちりとした骨格と太い二の腕は、いかにも頑丈そうに映ったが、日焼けした顔にはいくつものシミがあり、頭髪はだいぶ薄くなっている。仮眠を取る暇がなかったのか、目は落ちくぼんでおり、顔色も冴《さ》えなかった。ただ、瞳《ひとみ》には頑固な職人のような強い光がある。

「警視庁監察係の相馬と申します」

怪訝《けげん》な顔を見せつつ立ち上がる。

「手帳を見せていただけますか」

美貴と石蔵が警察手帳を見せると、深くうなずいた。

「受監報告の電話を署にしてもかまいませんでしょうか」

富松は電話機に目をやった。

落ち着いていた。監察官が前触れもなくやって来たというのに、慌《あわ》てる様子をまるで見せない。

監察係は警察官にとって死神のようなものだ。警察組織は、一般市民も警察官も等しく疑ってかかる懐疑主義で運営されており、監察はその象徴だ。度胸とタフネスを売りにしている強面《こわもて》の刑事だろうと勇猛果敢な機動隊員だろうと、監察官にいきなり訪ねられれば激しくうろたえるものだ。その動揺につけこんで、装備品の保管状況をすかさずチェックし、規律違反の有無を見極める。調査対象の交番や所轄の問題署員に灸《きゅう》を据えるのが、監察係の役割でもあった。

美貴は首を横に振った。

「我々は随時監察《ズイカン》で訪れたわけではありません。あなたに話をうかがいに来ました」

「話」

富松はオウム返しに言った。美貴らの真意を確かめるように、じっと見つめ返してくる。

「ここにいるのが私だけなのを、確認してからいらっしゃったというわけですか」

「ええ。あなたの部下が万引き犯を引き取るために外へ出ているのも織り込み済みです。そろそろ第一当番と交代して、あなたが非番になることも」

「つまり、本署には内密の話をしに来たということですか」

「町田署員だけじゃありません。現段階では、警視庁《カイシャ》の人間全員に知られるわけにはいかない」

富松は初めて目を丸くした。腕時計に目を落とす。

「まもなく部下が戻ってきますし、まだ引き継ぎ作業に時間がかかりそうです」

「そのようですね」

「七十分後に淵野辺《ふちのべ》駅前の『トライアングル・イン相模原』のロビーということで構いませんか?」

「ビジネスホテルの?」

意外な待ち合わせ場所を指定され、美貴は思わず聞き返した。

トライアングル・インは、全国に展開しているビジネスホテルチェーンだ。安さを売りにしており、美貴も出張のさい、過去に一度だけ利用している。格安料金ゆえに文句は言えないが、拘置所の独居房のような狭い客室に閉口させられたものだった。壁が薄くて隣の宿泊客の声がよく聞こえた。机上に置かれたパンフレットにも気が滅入ってしまい、それ以来利用していない。

富松はうつむいて答えた。恥ずかしそうに自嘲的な笑みを浮かべる。

「そこが今日のねぐらなんです。自宅には週に一度しか帰れていないので」

「わかりました」

この場で多くは聞かずに引き上げることにした。

富松の部下が無線を通じて、万引き犯をショッピングセンターの事務室で確保したと報告してきた。富松がマイクを手に取って答えた。

「鶴間、了解。被疑者《マルヒ》の逃走防止に留意の上、被疑者《マルヒ》を鶴間交番《PB》に連行せよ」

美貴は目で辞去を伝えた。彼に携帯電話の番号を記した名刺を渡すと、その場を後にした。

コインパーキングに戻って、セダンに乗り込んだ。石蔵が不可解そうに首をひねった。

「夜勤明けってことは、明日は休日でしょうに。それでも家に帰らないんですね」

富松の自嘲的な笑みを思い返した。帰らないというより、帰れないというのが正解なのかもしれない。

警察官は緊急の呼び出しに備えなければならず、デートや家族旅行のプランを立てても、事件のおかげで台無しになることなどザラだ。家族と共有する時間を持てず、家の問題を配偶者に押しつけがちとなり、家族関係を悪化させていく者も多数存在する。熱心にヤクザや泥棒を追いかけているうちに、息子や娘がグレて暴走族や万引きグループに属していたという笑えないケースもよく耳にする。

罰俸転勤を喰らっている警察官ともなればなおさらだろう。必然的に家族とのコミュニケーションが取れなくなり、不協和音が生じやすくなる。

つらい通勤と果てしない労働、あからさまな左遷という恥辱。辞職しないかぎり、この煉獄《れんごく》から解放される日はやって来ないのだ。

富松守雄には大学生の息子を筆頭に、高校生と中学生の娘という三人の子供がいる。しかし、今日は午後から非番で、明日が休日にもかかわらず、帰宅という選択をしないのであるなら、すでに家には彼の居場所がないということを示しているのかもしれなかった。監察官の突然の来訪にも怯《ひる》まず、まっすぐに美貴を見つめ返してきただけに、恥ずかしそうにホテル名を答える姿が心をざわめかせた。

町田市内には似たような格安ビジネスホテルはいくらでもある。にもかかわらず、神奈川県側の隣町のホテルを選ぶところに、彼のプライドが見え隠れしていた。島流しに遭っているうえに、自宅にも居場所がないのを、周りに知られたくないのだろう。

セダンを走らせ、国道16号線を北上し、県境をまたいで神奈川県相模原市に入った。国道沿いのファミレスで急ぎランチを取った。

約束の場所にはすぐに向かわなかった。他の警察官に知られぬように〝点検〟を行う。

〝点検〟とは尾行の有無をチェックする作業だ。歩行時であれば、商業施設のエスカレーターを上ったのち、すぐに下りを利用したりして、後から尾《つ》けてくる者の有無を確かめる。

自動車走行時においては、Uターン可能な交差点で反転し、もしくは住宅地の狭い路地を縫うように走る。公安出身者である石蔵はそのあたりをよく心得ていた。美貴も周りを走行する車のナンバーや形を頭に叩きこみ、不審車の有無を調べた。大丈夫、追われてはいない。

トライアングル・イン相模原は、淵野辺駅から徒歩三分の位置にあった。両隣を高層マンションに挟まれた小さなビルだ。駐車場にセダンを停めてロビーに入った。まだチェックインできる時間ではないため、ロビーには人気《ひとけ》がなかった。壁にはホテルのキャンペーン広告と注意書きがいたるところに貼《は》られている。複数のパンフレットスタンドがあり、ぎっしりとチラシを詰めこんだせいで、何枚かが床に散らばっている。

格安ホテルらしい雑然とした風景であるうえに、フロントにも人がいないため、弛《し》緩《かん》した空気が流れていた。清掃員が客室の掃除に追われているのか、掃除機の音やバタバタと走り回る音が遠くから聞こえた。ロビーの一角にあるソファに座り、自動販売機で缶コーヒーを買い、富松が来るのを待つ。

待っている途中で、フロントの奥から女性従業員が姿を現し、宿泊客かどうかを訊《たず》ねた。富松の名前を出すと、彼女はすぐに納得したようにうなずき、フロントへと戻っていった。彼がここの常連客であるのがわかった。

約束の時間の十分前にショートメールが届いた。引き継ぎに手間を要し、あと三十分ほどかかるという内容で、美貴は気にする必要はないと返信した。

石蔵が不安げに貧乏ゆすりをした。

「今ごろ、署の幹部あたりに我々のことを密告《チクッ》してたりしませんかね」

「その可能性は否定できない」

交番に足を踏み入れた時点で腹はくくっている。

富松の勘の良さは、これまでの実績が物語っている。おそらく、美貴たちの来意を見抜いているだろう。

けっきょく、彼がホテルに現れたのは午後二時を回ったころだった。目の力は失《う》せており、疲れ切っているのは一目瞭然《りょうぜん》ではあった。ノリの利《き》いたワイシャツに緩みなくネクタイを締めた姿が、富松の矜持《きょうじ》を物語っている。

「遅れて申し訳ありません」

富松は美貴たちに深々と頭を下げた。美貴は手を振った。

「とんでもない。夜勤明けでお疲れのところ、ありがとうございます」

「疲れていないといえば、嘘《うそ》になりますね」

彼はひっそり笑った。

富松は昨日の十五時に出勤している。仮眠の時間を与えられているとはいえ、ほぼ丸々一日働いていたことになる。五十過ぎの身体にはさぞ応《こた》えるだろう。自宅に戻らないのは、体力的な側面もあるかもしれない。

富松から尋ねられた。

「それで、お話はどちらで。ここの客室は言ったらなんですが……」

「そもそも宿泊客でもない我々が入室するわけにはいかない。会議室を手配しましょう」

ホテルの二階がレンタル会議室なのは調べていた。フロントの従業員に会議室のレンタルを申し込むと、自販機で飲み物を買って会議室に入った。三十人が入れるほどのスペースだ。奥にはホワイトボードがあり、椅子と長机が整然と並んでいる。

美貴らは会議室の一角に陣取り、長机を挟んで座った。飲み物を勧めた。

「失礼します」

富松がコーラのプルトップを引いた。缶コーラを喉を鳴らして飲んだ。

「仕事終わりにビールと行きたかったでしょうに」

「私は下戸《げこ》なんです。奈良漬けも食べられないほどでね。そのかわりに甘い物が好きで、疲れた身体にはこいつが一番なんです」

富松はほとんど空になった缶を置いた。好物にありついたからか、表情がわずかに和らいだ。

一礼して、切り出した。

「お疲れのようですから、さっそく本題に入らせてもらいます。我々の調査対象者《マルタイ》は外事二課の伊豆倉《いずくら》陽一部長刑事です」

「伊豆倉が公安《ハム》ですか。そりゃすごい」

富松は息を吐いた。

「ご存じないんですね」

「私のもとにいたのはずっと前のことです。その後、大島署に異動となったのは覚えてますが」

「本当にご存じなかった」

美貴は彼の目を見据えた。雑談は終わりだと無言で訴える。

「伊豆倉はあなたを〝島流し〟に遭わせた人物です。彼を部下に持たなければ、あなたはこうしてホテル暮らしを余儀なくされることもなかった」

富松は表情を消して、美貴をじっと見返してきた。

「知ったところで仕方がありません。伊豆倉と机を並べることは二度とないでしょうから」

コーラの残りをあおって続けた。

「伊豆倉を知るのに、なぜ私のところなんかへ来るのかが理解できない。他に詳しい人間はいくらでもいるはずだ。万世橋署にいたときも、あいつに取り入ろうとする幹部は引きもきらなかった」

「だからこそ、あなた以外に考えられなかったのです。伊豆倉の勤務成績表に、唯一《ゆいいつ》手心を加えなかった」

「買いかぶりですよ。あの男とソリが合わなかっただけです。まだ彼も二十代で若く、父親が警察庁《サッチョウ》の大幹部とあって、いささか尊大で生意気なところがあった。それをきちんと改めさせて、人間的にも成長させるのが、当時の上長である私の役目だった。にもかかわらず、当時の私は立場を忘れて、自分の息子のような歳《とし》の若者を潰《つぶ》そうとした。あの勤務成績表については、半ば私憤をこめて書き殴ってしまったというのが真相です」

「だから〝罰俸転勤〟も粛々と受け入れたと？」

富松は首を傾《かし》げ、不可解そうに美貴を見やった。

「相馬監察官からは、私に伊豆倉を悪く言わせたいという意図を感じますね」

「真実を知りたいだけです。そして、本当のことを話してくれそうな人物はあなたぐらいしか見当たらなかった」

美貴はひと呼吸置いてから続けた。

「伊豆倉巡査部長にはある非違事案を起こした疑いがあります。我々の調査はまだ途中ですが、彼はあなたの下にいたころから変わっていない。仕事に一向に身を入れず、尊大で女癖も悪い。だが、父親の威光に十重二十重《とえはたえ》に守られている」

「なるほど」

富松は他人事《ひとごと》のように答えた。

陽一の名前を出してから、彼の目の光が急に失せつつあった。かつての部下を悪《あ》し様に罵《ののし》るようなタイプではないと思ってはいた。

「あなたは私憤により部下を貶《おとし》めたりする人ではない。この目で見てそれが確信に変わりました。〝島流し〟に遭ってもあなたの職務への意志は変わっていない。交番所長ともなれば、残業など部下に押しつけて、定時に帰ることもできるでしょう。これだけ露骨に何度も転勤を繰り返されれば、普通なら勤労意欲を失ってしまうものです。だが、あなたは八王子でも福生《ふっさ》でも、この町田に来てからも実績を上げ続けてきた」

美貴は熱をこめて言った。富松は顔を曇らせるだけだった。

「ひとつ本音とやらを言わせてください」

「拝聴します」

「私はこの仕事を愛しています。つねに現場のほうを向いていたいし、警視庁《カイシャ》の政治にはほとほとうんざりしている。あなたがたは先ほどからきれい事を口にしているが、警視庁《カイシャ》の派閥争いに一枚噛んでいるだけではないですか?」

「そんな——」

石蔵が口を挟もうとした。彼の膝《ひざ》を叩いて黙らせた。富松がふいに遠くを見やる。

「確かに伊豆倉は好き勝手に振る舞うことが許されていた。万世橋署の次は伊豆大島のリゾート署だ。目に浮かぶようですよ。エリート幹部が手取り足取り、彼の家庭教師となって試験勉強につきあう姿がね。しかし、それも父親のポスト次第で、〝政変〟でも起きれば息子の待遇もころっと変わることになる。雲の上では激しい政争が繰り広げられていることぐらいは、下っ端《したっぱ》ながら察しています」

美貴は舌を巻いた。富松は監察係の状況をもピタリと言い当ててみせたのだ。

「相馬監察官、あなたもあなたの上司も私から見れば雲上人のキャリアだ。父親の失脚を目論《もくろ》んで、伊豆倉の調査をしているのではないですか?」

彼女は押し黙った。本当のことを言えと迫った以上、美貴としても嘘をつくわけにはいかなかった。

「上層部にそうした意図があるのは否定できません。陽一の非違事案を理由に、父親を警察庁次長の座から引きずり下ろしたいと」

石蔵が咎《とが》める視線を向けてきた。そこまで喋《しゃべ》るやつがあるかと、目で文句を言ってくる。

富松は落胆したようにため息をついた。

「警察官は私にとって天職です。とはいえ、警視庁《カイシャ》にはとっくの昔に絶望している。あなたがたキャリアにもね。そのあたりの政治には一切関わり合いたくない。伊豆倉について話せることはありません。お引き取りください」

富松の口調は冷静さを保っていた。一方で必死に怒りを押さえているようにも見える。ときおり言葉が震えていた。彼の警察人生は、まさに組織内の政治に翻弄《ほんろう》されてきたのだ。

「失礼します」

彼は席を立った。石蔵が制止しようと声をかけるが、富松は足早に出入口へ向かおうとする。

美貴は彼の背中に声をかけた。

「伊豆倉陽一は気の毒な男です。警視庁《カイシャ》に入ってから、誰も彼をひとりの人間として見てあげなかった」

富松は出入口の扉のドアノブを摑《つか》んだ。だが、出て行こうとはしない。

「彼はずっと〝大物の息子〟としか見てもらえず、伊豆倉陽一個人として指導してくれる上司や先輩に巡り会えなかった。あなただけはその例外でした」

思わず声を張り上げていた。

富松が警察官という職に強い誇りを抱いているとわかった。本人が言うとおり、現場に特別なこだわりを持っていることも。彼の人事記録だけでもそれは伝わってきたが、本人に接して、よりはっきりした。

富松の人事記録によれば、彼は地域警察官のベテラン職人であるだけでなく、後進を育てる名伯楽でもあった。彼の過去の部下には、実力が認められて刑事になった者も少なくない。

富松はドアノブを握ったままだった。会議室から出て行こうとしないところに、逡《しゅん》巡《じゅん》が見て取れる。

現場経験が少ない美貴には、黒滝のように他人の秘密を握って飼い慣らすやり方は選べない。白幡のような腹業や寝業も習得していない。誠意と覚悟を持って、相手の心を開かせるしかないのだ。

「富松所長、あなただけが伊豆倉を本気で心配し、現状を認識させたうえで、ひとりのまっとうな警察官に鍛え直そうと考えていたのではないですか？」

富松がドアノブから手を離した。張りつめた表情で美貴らのもとへと戻ってきた。テーブルに両手をついて訊いてくる。

「伊豆倉の非違事案とはなんです？」

美貴はカバンからクリアファイルを取り出した。

そのなかには、愛純の遺書の写しがあった。クリアファイルごと富松に渡す。険しい顔で遺書を読みはじめた。もともと顔色が優れなかったが、ますます青ざめていくのがわかった。手の震えもひどくなる。

「なんと、むごい……」

遺書を読み終えてから、彼は肩を落としてうなった。

「……伊豆倉は危険きわまる男です。警察官になどなるべきではなかった」

「危険きわまる男。ただの七光りではないということですね？」

「……ええ」

富松は少しためらってからうなずいた。コーラの缶を手にしたが、すでに中身が空っぽのようで、テーブルに置き直した。カツンと軽い音がする。美貴は石蔵に二本目を買いに行かせた。

「厄介なゴンゾウが配属されてくると、伊豆倉が万世橋署に配属される前から聞いてはいました。やつが卒配された本富士署には同期がいたので、ある程度の情報を以前から得ていたのです」

ゴンゾウとは、使えない警察官を意味する隠語だ。やる気を見せない、仕事ができないくせに態度だけはやけにでかいといった意味で使われる。

「上司たちは戦々恐々としたことでしょう」

「ええ。やつの親父《おやじ》さんはすでに警察庁《サッチョウ》の長官か警視総監候補と目されていました。その息子とトラブルになるようなことは避けろと、口酸《す》っぱく言われたものです。ただ、私は天邪鬼《あまのじゃく》な人間で、それならきっちり鍛えてやるのが本人のためではないかと思ったのです。伊豆倉は卒配されて二年かそこらでゴンゾウ呼ばわりされていた。事なかれ主義でやつを甘やかし続けるのは、本人にも組織のためにもなりません。モノにならなければ、辞表を書かせてカタギにさせるまでだと」

石蔵がコーラを買って戻ると、富松は礼を言って口にした。さっき一本空けたばかりだが、喉が渇いているらしく、勢いをつけて喉に流しこむ。

「じっさいの伊豆倉は、思ったよりも面倒のかからないやつだと思いました。厳しく指導されてこなかった分、生意気なところがありましたし、確かに仕事の出来もいまいちでしたけどね。こいつは学校や前の職場でなにを学んできたのかと呆《あき》れたこともあります」

富松は意を決したように表情を引き締め、ときおりコーラで口を湿らせながら打ち明けてくれた。

陽一は軽薄ではあるが、愛嬌《あいきょう》のある若者だったという。父親の威光を笠《かさ》に着たドラ息子に違いないと思いきや、父の名前などおくびにも出すことなく、陽気な性格もあって、すぐに職場に溶けこんだ。

富松の部下も当初こそ身構えたが、実物の彼と接して安堵《あんど》したらしかった。きちんと育てれば一、二流とは言わないまでも、それなりの警察官に仕上がるのではないかとさえ思ったという。

美貴は相づちを打ちながら言った。

「ですが、残念ながらモノにはならなかった」

「……交番の様子がおかしいと感じたのは、やつが着任して三ヶ月経《た》った頃でしょうか」

陽一は相変わらずだったものの、周りに異変が生じたという。相勤者たちの陽一に対する態度が変わっていったのだ。

とくに陽一と組ませた三十代の巡査部長は、彼を厳しく教え諭す立場にあったにもかかわらず、やけに顔色をうかがうようになっていたという。陽一の洗濯物を洗ってやり、弁当を買うためにコンビニへ出向くなど、本来なら陽一がやるべき雑用を引き受け、彼がミスを犯しても、声を荒らげもしない。

首を傾げながら、尋ねた。

「彼に取り入ろうとするようになったのですか？」

「カネですよ」

予想外の答えに、美貴は眉《まゆ》をひそめた。

陽一は相勤者たちと円滑につきあっていた。指導役の巡査部長とは非番や休日のときも、ともに行動するほどの仲だったという。並んでパチンコを打ち、上野界隈《かいわい》で酒を呑《の》み、そして吉原のソープランドに繰り出した。

「伊豆倉の奢《おご》りだったのです」

「奢り……カネの出所は？」

富松に訊きながら、陽一の預金口座の金額を思い出した。

彼の給料は警視庁職員信用組合の口座に振り込まれている。行本班の調査報告書には、陽一が警視庁に入庁してから現在までの入出金明細が記されていた。そちらに美貴はすでに目を通していた。

警察組織は警察官を信用していない。一度疑惑を抱いたなら、カネの流れをつねに調査し、使い道も隅々までチェックする。

陽一は確かに堅実に貯蓄するタイプではなかった。給料日ともなれば、ＡＴＭで振り込まれた金額の半分を引き出し、残り半分はクレジットカードの引き落としや、公共料金の支払いできれいに消し去るといった調子だ。

それは現在も変わっていない。昇進して給料が上がったとはいえ、現在は初台《はつだい》の値の張るマンションで一人暮らしをしているため、借金こそしてはいないものの、家賃の支払いなどもあって、毎月の給料をその月のうちに使い果たしていた。

危険をともなう警察官の給料は、公務員のなかでもとりわけ高く設定されており、福利厚生面も充実している。とはいえ、若手の給料などたかがしれている。他人に酒や女を振る舞えるような身分ではない。

「弟にカネを無心しているようでした。母方の実家が太いうえに、弟はいずれ病院を継ぐ身だから、カネに困っていないのだと」

富松はうつむいた。自らの恥を告白するように視線をさまよわせる。

伊豆倉家の家族構成を思い出す。警察庁次長の伊豆倉知憲《ともあき》にはふたりの息子がいた。

長男の陽一と次男の博樹《ひろき》だ。

陽一の母方が裕福なのは確かだ。知憲の妻の父はかつて埼玉県内で病院を経営していた。今もその病院は親族が営んでいる。弟の博樹は東大医学部を卒業し、現在は外科医としてこの病院に勤務している。

「やつは奇妙な才能を持っていたといえます。わざわざ父親の名前を出す必要などないのをよく知っていた。自分で口にしなくとも、周りは勝手に意識してくれる。特別な存在であるうえに、気前よく、カネまで撒《ま》かれれば、同僚先輩はもうなにも言えなくなる」

「あなたもその種の饗応《きょうおう》を受けましたか？」

富松は顔をしかめた。

「酒もダメなうえに、私は恐妻家なもので。その手の夜の遊びは恐ろしくて楽しむ余裕がない。かりにどっちもいけるクチだったとしても、巡査《サ》の坊やに奢ってもらった酒なんかで、気持ちよく酔えはしないでしょう」

美貴はうなずいた。

富松という男と会って、まだいくらも時間は経っていない。しかし、彼が屈辱的な人事に遭いながらも、警察官を続けている理由がわかった気がした。己に嘘をつくことなく、信念に基づいて生きている。それを誇りに思っているからこそ、日々、事故や事件を黙々と処理し、地元の治安を守り続けているのだ。

「とはいえ、立派なことは言えません。やつの教育に見事に失敗したのですから。気がついたときは、自分以外は誰もやつになにも言えなくなっていた。一度、やつを含めて部下たちと、交流を深めるために秋葉原の居酒屋でメシを食いました。安さだけが取り柄のチェーン店ですが、図体の大きな男たちが飲み食いしたら、それなりの額になる」

上司として全額出そうとした富松だったが、そのなかでもっとも若輩である陽一がカードで会計を済ませており、呆然《ぼうぜん》としたという。

彼がもっと驚いたのは、他の部下たちがそれを当然のように受け止め、財布すら見せようとしなかった点だった。感覚がすっかり麻痺《まひ》してしまうほど、年下の巡査から奢られ続けていたのだ。

「伊豆倉たちを叱り飛ばしました。上司や先輩が奢るならともかく、若輩者から奢られたとなれば、立場を利用して下の人間にカネをたかったと取られかねない。かりに伊豆倉が進んでカネを出したとしても、仕事に悪影響が出ている以上、見過ごすわけにはいきません。その場は私が支払い、今後は一切の饗応を禁じました」

石蔵がぼそっと呟《つぶや》いた。

「そりゃ厄介なゴンゾウだ」

警視庁ほどの巨大組織ともなれば、やる気も実力も伴わない警察官は一定数出るものだ。しかし、その手の警察官にかぎって、周りとの人間関係は悪くなく、相勤者から実績を分けてもらうなどして、分限処分を免れてしまう。

分限処分とは、勤務実績不良や仕事に必要な適格性がないと判断された職員に下される処分のことだ。ゴンゾウは仕事のごまかし方を覚えた年配の警察官に多い。だが、陽一は二十代で早くもそのような小器用さを身につけたらしい。

美貴は尋ねた。

「伊豆倉陽一は弟に無心していると言いましたが、どれほどの金額だったかはわかりますか？」

「はっきりとは……ただ月に一桁《けた》で済む金額ではないでしょう。交番の相勤者だけじゃなく、万世橋署の女性警察官たちにも羽振りよく接していましたから」

美貴は興奮で顔が熱くなるのを感じた。陽一は弟から多額の資金援助を受けていた。それは行本班がたどり着けなかった領域の話だった。

弟の博樹は兄と一歳違いの三十三歳だ。医師の給料が総じて高額とはいえ、陽一が万世橋署にいたころは、まだ医者になり立てのはずだ。研修医に過ぎなかったかもしれない。いずれにしろ、一介の外科医がそれだけ兄に資金援助できるとは思えないし、いくら兄弟とはいえ、兄の陽一にそれだけのカネを回すのは異常といえた。きわめて不健全な香りがする。

美貴は陽一の勤務成績表に再び目をやった。

「あなたは陽一に饗応を一切禁じると命じた。ですが、これを読むかぎり、あなたの命令は行き届かなかったようですね」

「……そうです」

「伊豆倉陽一を、警察官としての資質に欠けると厳しく断じているのは、それが原因ですか？」

すぐに答えは返ってこなかった。

ここまでは意を決して打ち明けてくれたが、苦しげな顔つきになって沈黙した。会議室内は空調が効いており、適度な温度に保たれていた。にもかかわらず、彼の額にはうっすらと汗がにじんでいた。

「ただのゴンゾウであれば、ああまで書いたりはしなかったでしょう。今までも実家が地主で、派手に札びらを切る野郎もいれば、大幹部とのコネをひけらかして、面倒な仕事を押しつけるようなろくでなしは見てきました」

美貴は椅子を引き、富松との距離をつめた。

「なにがあったのです」

「……やつが交番に配属されて、約八ヶ月が経ったころでした」

富松は重い口を開いた。

同僚同士の馴《な》れ合いをきつく戒めたものの、部下たちの陽一に対する指導や教育は及び腰のままだった。富松の見えないところで、相変わらず陽一に〝ごっつぁん〟になっていたのだろうと思われた。

ただし、富松は当時の部下を責めきれなかったとも述懐した。年齢も階級も下とはいえ、ある意味では上司よりも怖い存在だ。そんな立場にいる男からの誘いを断るのは容易ではない。きっぱりと拒んだ富松こそが異端であり、だからこそ彼は飛ばされたのだ。

「私は奥で仮眠を取り、伊豆倉ともうひとりが交番に詰めていました」

ある初冬の真夜中に、仮眠中の富松は目を覚ました。

交番の見張り室で、なにかが破裂する凄《すさ》まじい音がしたためだ。慌てて宿直室から飛び出すと、見張り室は白煙に包まれ、火薬の臭《にお》いが充満していたという。

陽一と相勤者が交番を飛び出し、逃げようとするガラの悪そうな少年ふたりを取り押さえていた。交番のなかには爆竹の燃えカスや打ち上げ花火の筒が落ちていた。

酒に酔った不良少年たちが悪戯《いたずら》目的で、交番に打ち上げ花火を向け、爆竹を投げこんだらしかった。思わぬ不意打ちを食らった陽一らは、すばやく不良少年たちを取り押さえ、交番のなかへと引きずりこんだ。

「すみやかに確保したまではよかった。ですが……」

ひどく言いづらそうだった。

ここまで証言してそれでもなお言い淀《よど》むところに、陽一の抱える闇《やみ》の深さがうかがえる。

「伊豆倉も相勤者も腹を立てていました。当然、私もです。悪ガキを奥の相談室に連れていって手錠《ワッパ》をかけ、本署に連絡を入れようとしたときでした」

青ざめた顔をした陽一がベルトホルスターに手をかけたという。リボルバーを抜き出し、床に押さえつけられた不良少年の口に拳銃《けんじゅう》を突っこんだ。トリガーを引いてさえいたという。

「本当ですか」

美貴は耳を疑った。石蔵も顔を凍《い》てつかせている。

「安全ゴムのおかげで、発砲には到《いた》りませんでしたが……」

　そう言って、肩を落とした。

　陽一の話に及んでからは、富松の姿が小さく見えた。

　警察官の拳銃は暴発防止のため、安全ゴムをトリガー後部に噛ませている。おかげで弾は発射されず、不良少年の頭に風穴も開かずに済んだ。

　富松の話が事実なら、本人の懲戒処分はもちろん、銃刀法違反として罪に問われるべき重大な非違事案だ。警視庁全体の威信をも揺るがすほどの事案である。手錠で拘束した者に対して拳銃を向けるのは、市民に対する深刻な加害行為であり、決してあってはならない事態なのだ。

「伊豆倉の怒りは尋常ではありませんでした。私と相勤者が拳銃を奪い取りましたが、その暴れっぷりは不良少年よりも激しかった。ふだんは愛嬌を振りまいて、へらへらと摑みどころがなかっただけに、ひどく驚かされました。あれでようやく理解できたんです。これが伊豆倉の本性なのだと」

　頭に血が上った陽一を宿直室に追いやった。本署に事件を伝え、上司の地域課長に非違事案として報告した。自分にもまた重い処分が下されるのを覚悟しながら。

　だが、万世橋署は事件をなかったことにした。不良少年たちは万世橋署に勾留《こうりゅう》されたが、検察に送致されずに翌朝には釈放された。陽一と富松にも処分は下されなかった。

美貴は呟いた。

「もみ消したんですね」

「悪ガキたちの口にチャックをさせるのに、相当力を入れたと聞きます。ふたりとも北千住在住だったのですが、生活安全課《セイアン》やマル暴担当が動いては、地元の暴力団員《マルB》や暴走族《マルソウ》のOBの名前を出すなどして、なりふり構わず脅したようです」

万世橋署は事件の痕跡《こんせき》を消し去るため、他の部署の者まで動員したらしい。

少年の母親が経営しているカラオケスナックに顔を出しては焼酎《しょうちゅう》をボトルキープし、もうひとりの少年の職場をこれ見よがしに監視した。間違っても言いふらすような真似《まね》はするなと、長期にわたって圧力をかけた。

「それだけなりふり構わずに押し潰したというのなら、あなたに対してもきつい箝口《かんこう》令《れい》を敷いたことでしょう」

「表向きはなにも。署内異動さえありませんでした。ただし、つねに監視はされていました。西新井の自宅付近にも、警察車両らしき車が停まっているのを目撃しています」

石蔵がたまりかねたように口を開いた。

「監察係への告発はお考えにならなかったのですか? 警部補の話を伺うかぎり、陽一はただのゴンゾウなんかじゃない。組織にとって危険どころか、同僚や市民にすら危害を及ぼしている。お読み頂いたように、女性刑事が自殺を選んでいます」

富松はためらいがちに言った。

「……しましたよ」

「え?」

「手紙を認《したた》め、妻にポストへ投函《とうかん》させました。あの夜の詳細を綴っています。事件から約一ヶ月後のことです」

「そんな……」

石蔵は面食らったように身体を仰《の》け反らせた。美貴は語りかけた。

「監察係は黙殺したのですね。それどころか、万世橋署に手紙の件をリークした可能性が高い」

「わかりません。私にわかるのは、調査は今日にいたるまで行われなかったということだけです」

七年前といえば、警務部に白幡も吹越もいなかった。自分や黒滝もだ。当時の人事一課は万世橋署と同じく、不祥事を葬り去ることを選択したのだろう。

富松は最後のカードを切った。仲間から裏切り者扱いされるのを覚悟で、〝警察の警察〟に訴え出たものの、そちらにも黙殺されたばかりか、罰俸転勤の処分を受けたのだ。

「誠に、申し訳ありませんでした。監察官としてお詫《わ》び申し上げます」

美貴は頭を深く下げた。富松は掌《てのひら》を向けて制した。

「よしてください。私はあの男を正しく導けなかった。あの事件のときも、伊豆倉と刺し違える覚悟までは持てなかった。いずれ犠牲者が出るとわかっていながら」

富松は遺書の写しに目をやった。その目には涙が浮かんでいる。

「ただし……今度こそあいつを頼みます」

富松は声を絞り出すように言った。美貴は首を縦に振ってみせた。

5

黒滝はビジネスバッグを手に、歌舞伎町のさくら通りを足早に歩いた。

観光客やカップルでひどくごった返している。かつては怪しい風俗店や裏ＤＶＤ店が並び、アウトローの臭《にお》いを漂わせた呼び込みがうろつくなど、不健全を煮染《にし》めたような通りで、一般人が気軽に入りこめるエリアではなかった。

人混みをかき分けるようにして花道通りに出ると、ホストクラブの巨大な看板に囲まれたコインパーキングがあった。派手な高級ミニバンや米国製の戦車みたいなSUVのなかに、商用車そのものの白いサクシードが停まっていた。

ポケットの携帯端末が震えた。黒滝は右耳のイヤホンマイクのスイッチを押し、ハンズフリーで電話に出た。

〈よう、ドッグ。合流できたか〉

「おかげさまで。急な要請に応じていただき感謝します」

相手は警務部長の白幡だ。

まだ夜八時前だというのに、ロレツが怪しかった。ラウンジかスナックにでもいるらしく、スピーカー越しにカラオケのメロディが聞こえてきた。さっさと退庁して、今宵も情報活動に繰り出しているらしい。

〈殊勝な言葉を吐くようになったじゃねえか。感謝しなきゃならねえのはこっちのほうだ。波木巡査の遺書を読ませてもらった。おれにもどうやら警察官魂《サツカン》ってもんが残ってたらしい。怒りでわなわな震えちまったよ〉

「そうですか」

〈相馬とはちゃんと情報《ネタ》共有してるだろうな。あいつもあいつで、いい情報を引っ張ってきたぜ。伊豆倉陽一はただのボンボンじゃない。思いきり物騒な輩《やから》で、警視庁《カイシャ》のあちこちに火をつけて回るのが好きな放火魔のようだな。たちの悪いことに、周りはそれを咎《とが》めようともせず、バレないようにこそこそ火消しに回っている。あの野郎の親父が長官になったら、倅《せがれ》はもっとアンタッチャブルになっちまうかもな。兵隊ぐらい用意するさ〉

三日前、美貴は陽一のかつての上司である富松と接触した。彼の重たい口を開かせ、陽一の素行を聞き出している。母方の太い実家からカネを引っ張り、巡査時代から分不相応な暮らしを送ってきただけでなく、不良少年に悪戯《いたずら》を仕かけられたことに理性を蒸発させ、拳銃を突きつけたという。

富松の証言が事実なら、陽一本人はもちろんだが、ケツ拭《ふ》きに奔走した警察組織も異常といえた。

白幡は正義不正義の二分法で語れるような男ではない。波木の遺書を読んで、わなわな震えたどころか、伊豆倉知憲のアキレス腱《けん》だと確信し、小躍りしたことだろう。

白幡が陽一の身辺を洗わせているのは、綱紀粛正の名を借りて、上位の政敵の知憲を権力の座から引きずり下ろすためだろうとも思っている。

〈外事三課《ソトニ》の課長の永守《ながもり》にしても、陽一が相当やばい厄ネタだってことは知っていたはずだ。ろくすっぽ仕事を与えず、ほとぼりが冷めるまで大事にお荷物として預かるつもりだろう〉

「そうでしょうね。宵の口だってのに、あなたと同じように早々に盛り場に顔を出すくらいですから」

〈ちょいちょい皮肉を入れてくるじゃねえか。野郎のキンタマを摑《つか》め、ドッグ〉

「ええ」

白幡との通話を終えると、コインパーキングに入って、サクシードの運転席の窓をノックした。車内には白幡の〝私兵〟である井筒時雄《いづつときお》がいた。さも待ちくたびれたと言わんばかりに両腕を伸ばし、億劫《おっくう》そうにサクシードから降りた。

「待ちくたびれたず。どごや？」

井筒はきつい東北弁で訊《き》いてきた。

相変わらず無愛想な老人だった。約三ヶ月ぶりに会ったというのに、これといって挨拶《あいさつ》もない。

井筒は都内で便利屋を営んでいるという。山形県警の元公安刑事で、白幡が同県警の警備部長を務めたころからのつきあいというふれこみで、県警退職後も白幡のために尽くしている。なで肩で背も低く、枯れた雰囲気を漂わせているが、都内の地理にも明るく、実力は折り紙つきだ。

昨年、美貴と黒滝は白幡の命令で、警視庁内の組織的腐敗の調査に取り組んだ。そのさいにサポートをしてくれたのが、この老人だった。死線を共に潜《くぐ》り抜けた間柄ともいえたが、かといって絆《きずな》が生まれたわけでもない。白幡と同じく腹のうちの読めない男だった。

黒滝は訊いた。

「準備はいいのか？」

「ああ」

井筒はネクタイの結び目に触れながら、ぶっきらぼうに答えた。

今夜の彼は垢《あか》抜《ぬ》けた恰好《かっこう》だった。グレーのチェスターコートに三つ揃《ぞろ》いのスーツ。ノリの利いたストライプのワイシャツにワイン色のネクタイを締めていた。

スダレのようだった頭髪も、薄毛隠しのスプレーでボリュームを増していた。前は地味なブルゾンをユニフォームのように身につけていたが、今夜はカネを持っていそうな恰好をしてもらう必要があった。

黒滝は鼻をひくつかせた。

「酢昆布の臭いがするぞ」

井筒は無表情のまま、内ポケットに手を伸ばすと、マウススプレーを口内に吹きかけた。

コインパーキングを出ると、花道通りを東に向かって区役所通りの交差点に出た。ベンチコートを着た客引きが何人も立ち、行き交う人にそっと声をかけている。

そのうちのひとりに声をかけた。呉文音《くれあやね》が経営する居酒屋の男性店員だ。安さをアピールするためのパウチ加工された料金表を手にしている。

男性店員は稲荷鬼王《いなりきおう》神社のほうを見やり、ビルの一角を顎《あご》で指した。ぶっきらぼうに情報をよこす。

「一階の『よね田』って寿司屋。いっしょにいたのは楓《かえで》って嬢だ」

「いつ入店した」

「小《こ》一時間前」

「ご苦労さん。オーナーによろしく言っといてくれ」

男性店員は舌打ちして、さっさと交差点から離れると人混みにまぎれ込んだ。

文音も男性店員も態度がなってはいなかったが、依頼はしっかりとこなしてくれたようだ。陽一が歌舞伎町に足を踏み入れると、黒滝にすかさず知らせてくれた。

伊豆倉陽一は夜の新宿で知られた顔だったらしい。文音の調べによって、やつのテリトリーがおおむね割れた。寿司屋から焼き肉店、バーやラウンジなどを回遊している。

最近は歌舞伎町でも高級で知られる『トーキョーラビリンス』なるラウンジに通っており、その店のキャストの楓という娘に入れあげているという。今夜、その娘と同伴出勤するところまでを摑んだ。

黒滝らはよね田の前を通り過ぎた。老舗《しにせ》で知られる高級寿司店で、ホストクラブやキャバクラのけばけばしい看板が並ぶなか、白い暖簾《のれん》と提灯《ちょうちん》を掲げ、壁や窓を縦格子《ごうし》で覆《おお》うなど、品のある雰囲気を醸《かも》し出そうとしていた。

黒滝が新宿署にいたときから知られた店で、急に羽振りがよくなった暴力団員や半グレも立ち寄るため、何度か近所で張りこんだこともある。お任せで握りをオーダーすれば、最低でもひとり三万円は取られるという。ちんけな公務員にはとても寄れそうにない。

よね田から二十メートルほど離れた位置にコンビニがあった。缶コーヒーをふたつ買うと、コンビニの前で井筒とダべっているフリをしつつ、寿司屋を見張った。

路上には客引きのホストや、缶チューハイを飲んでいる学生風、ダウンジャケットを着た職業不詳の中年などが、放置自転車のサドルやガードレールに腰かけて過ごしていた。缶コーヒーを飲む黒滝たちに注目する者はいない。通りの向こう側にはバッティングセンターがあり、軟球を次々と打つ音が耳に届く。

缶コーヒーをすすりながら訊いた。

「そういやあんた、本当に便利屋なんかやってるのか？」

「なにや、急に」

井筒は暗い目を向けてきた。

「ただの雑談さ。本気で知りたいわけじゃないし、とりわけ興味があるわけでもない。いくら賑《にぎ》やかな通りだといっても、おっさんふたりがむっつり黙りこくっていたら、どう考えても不自然だろう」

「やってたず。しかもけっこう人気なんだな。ゴミ屋敷の片づけから犬の散歩、スズメバチの巣の除去まで手広くやってる。最近はIT関連の依頼がけっこう多い。パソコンの初期設定サービス、スマホの使い方教室も開いっだ」

「そいつは意外だ。てっきり暇を持て余してるもんだとばかり思っていたがな。白幡部長があんたにこの件を依頼したのは今朝だぞ」

「おれひとりでやってんでねえ。こう見えても社員を何十人も雇ってる社長様で、年収は下級公務員のお前より遥《はる》かに上だず。あれぐらいの寿司屋にだっていつでも行げる。そこそこの寿司ぐらい出すんだろうが、おれの地元に行けば半額で腹いっぺえ食える。お任せで三万なんてバカくせえ。ボッタクリだ」

井筒は無表情のまま訥々《とつとつ》と語った。

人間は嘘《うそ》をつけば、目つきや表情、仕草などに現れるものだ。それとなく注意を払っていたが、井筒の表情は変わらず、温度のない目をよね田に向けるだけだった。

変化があるとすれば、地元について言及したさい、わずかに語気を強めたことぐらいだろうか。きっと彼の地元には、うまい握りを安く食える寿司屋が実在するのだろう。あとの話は真偽不明だ。

「あんたの地元といえば、おれの知ってる新聞記者《ブンヤ》の故郷《クニ》が同じく山形でな。向こうの地元紙で県警に食いこんでる。そいつに連絡を取ってみたんだが、警備部長時代の白幡部長を知っていたよ。ただし、井筒時雄という名の警察官《サツカン》には心当たりがないそうだ」

井筒は眉《まゆ》をひそめた。

「なにが言いてえ」

「田舎県警といっても二千人を超える組織だ。下っ端《したっぱ》の警察官《サツカン》まで覚えてるわけねえべや」

「もちろん、そうだ」

　井筒は黒滝の目を見据えた。

「白幡部長が言ってたなや。お前は放っておくと、ＦＢＩのフーヴァー長官みたいになっちまうってよ」

「つまり？」

「総理大臣や天皇陛下のプライベートまで嗅《か》ぎ回ろうとする限度を知らないのぞき魔だってことだず。勘違いすんでねえぞ。お前がスパイごっこ出来るのは、白幡部長のおかげだってことをよ。嗅ぎ回る方向を間違えると、せっかくのおもちゃを即座に取り上げられっぞ」

「心しておく」

　よね田の引き戸が開き、ガウンコートを羽織った若い女が先に出てきた。

　口を閉じてコンビニ内のゴミ箱に空き缶を捨てる。井筒の正体が気になってはいるが、雑談の時間は終わりだ。


「ただの雑談さ」

携帯端末の画像ファイルを開いた。すでに楓の宣材写真は入手済みだった。黒目をコンタクトレンズで拡大させ、長い髪をライトブラウンに染めている。ほっそりとした首と小さめの顔が特徴的な美しい女だった。

宣材写真は盛大に修整を入れるのが常だが、驚いたことに写真と実物の差はほとんどない。身長は百七十センチ近くあるだろう。手足はのびやかでモデルのような体型だった。

ブランド品のバッグや一目で高価とわかるガウンコートのせいもあって、高級ラウンジのキャストらしい華やかな雰囲気をまとっている。プロ意識もしっかりしているようで、パール色のつけ爪《づめ》から、一見してハイブランドとわかるハイヒールまで一切隙《すき》は見られない。通りがかりの男たちはみな彼女に目を奪われている。

楓に続いて調査対象者《マルタイ》の伊豆倉陽一も寿司屋から出てきた。グレーのテーラードジャケットを着て、首には赤い派手なネッカチーフを巻いていた。胸には同じく赤のポケットチーフを挿している。酒が入っているためか、頬にまで赤みが差している。

この繁華街では警察官であるのを明かさず、実業家を名乗っているというが、着こなしを見て納得できた。履いているブラウンのローファーは鏡のように磨かれており、街のネオンによって輝きを放っている。楓と並ぶと、夜の蝶《ちょう》とそのパトロン以外の何者にも見えない。

公安やマル暴にいた黒滝も、その場に合わせて変装はしてきたが、広い肩幅や肉体の厚みに邪魔されたものだし、警察官特有の圧力はなかなか消せないものだ。ハイブランドのスーツを捜査のために購入したものの、いざ着用してみると、どうしても服に着られているような違和感が生じる。その点では、陽一はうまく化けていた。

寿司屋を出たふたりは、ゆったりとした足取りで歩き出した。黒滝らは充分に距離を取った。警察官を尾行するのは容易ではない。公安刑事となればなおさらだ。しかし、陽一は隙だらけに見えた。楓とぴったり寄り添って歩き、会話に夢中のようだ。

傍らの井筒にそっと尋ねた。

「どう見える?」

「公安《ハム》にはとても見えね。もっとも、見えちまったらダメな仕事だけんどよ」

井筒の目に鋭さはなく、ぼんやりと摑みどころがない。いかにも元公安刑事らしい目つきだった。

刑事の習性は身についてなかなか離れないものだ。非番であっても、いつ呼び出されるかわからないため、ぴりっとした緊張感が肌身を包んでいる。

異動して日が浅いとはいえ、名うての諜報員《ちょうほういん》と情報戦を繰り広げる外事二課の刑事ともなれば、自分が尾《つ》けられていないか、防犯カメラの位置はどこかと、つねにアンテナを張って警戒するものだ。背中に目がついているとしか思えない凄腕の職人もいる。

陽一の悪評は飽きるほど耳にしていた。とはいえ、噂《うわさ》と現実は必ずしも一致しないものだ。いくら周りからゴンゾウ扱いされる男とはいえ、彼もまた捜査員に違いないのだ。

それゆえ、コンビニの前で寿司屋を張っているさいも、雑談を装いながら、黒滝たちこそ何者かに監視されていないかを細かくチェックしていたのだ。こうも無警戒に女と歩く陽一が、不気味な存在にすら思えてくる。

陽一たちは区役所通りの交差点を西に曲がった。ラウンジ・トーキョーラビリンスは交差点の近くにあった。スナックやキャバクラの突き出し看板の並んだビルへと入っていく。楓が在籍する店はビルの五階にあった。営業中を知らせるかのように、英語で記された看板が赤く輝いている。

井筒が看板を見上げた。

「そんじゃ、おれもいっちょ楽しんでくっか。運転はおめえに任せっぞ」

井筒からサクシードのキーを受け取った。

「お代は白幡部長に回してくれよ」

「当たり前《めえ》だ。お前みでえな三下《さんした》の財布じゃ、焼酎《しょうちゅう》にあたりめが精々《せいぜい》だべ。情報《ネタ》を得るには、それなりの銭っこがいる。お前のほうこそ、そいつの使い方はわかってるべな」

「ああ」

黒滝はバッグを掲げてみせた。

近寄ってくる客引きたちを払いのけ、しばらく間を置いてから別れた。井筒はビルへと向かい、黒滝は交差点近くの喫茶店に入った。

事前に空けさせておいた壁際《かべぎわ》の席に陣取り、コーヒーを頼んだ。歌舞伎町のど真ん中に位置する店で、職業不詳の怪しげな恰好の人間や、頭を丸坊主《ぼうず》やツーブロックにしたヤクザ風がコーヒーをすすっている。知った顔はなく、黒滝に興味を示す者はいなかった。

壁を背にして、ビジネスバッグからタブレット端末を取り出した。

画面をタッチして、監視カメラアプリを起動させる。イヤホンをつなげて耳に装着した。

井筒の仕事は早かった。思ったよりも鮮明に、トーキョーラビリンスの店内が映し出される。黒を基調とした落ち着いた雰囲気で、間接照明と赤いカーペットが温《ぬく》もりを感じさせる。井筒が持ちこんだネットワークカメラは、店内のインテリアだけでなく、楓を傍にはべらせた陽一当人をしっかり捉《とら》えていた。

伊豆倉陽一は上客のようで、奥の広いボックス席をあてがわれていた。

シャンパングラスを手に取り、黄金色の酒を飲んでいる。洒落《しゃれ》た衣服で身を固め、足をゆったりと組んでくつろぐ姿は、夜の世界に慣れた若い金持ちのようだ。

隣には、赤いドレス姿に着替えた長身のラウンジ嬢がぴったりとついている。同伴で陽一と飲食を共にした楓だ。シャンパングラスを両手で持ち、うやうやしく酒を口にする。ヘルプと思《おぼ》しき女が水割りセットを用意していた。

キープしていたウイスキーは白色のラベルが貼《は》られてあり、ボトルの形やデザインから、マッカランの18年と思われた。ヘルプにも気前よく振る舞われたシャンパンは、緑色をしたボトルから、クリュッグの白だとわかった。

酒の値段設定は店によってピンキリだ。この店はラウンジという業態であり、キャバクラのような時間制ではなく、酒自体の価格も比較的リーズナブルだが、席料やサービス料、タイムチャージだのが次々と加算されるので、最終的には高額な料金が請求される。

高級ラウンジ嬢と値が張ると評判の寿司店に行き、高いシャンパンをオーダーしたとなれば、今夜だけで十万円は軽く超えるカネを遊興に費やすことになる。

陽一が暮らす初台の賃貸マンションは、1LDKで私鉄の駅からも近かった。管理している不動産屋で家賃を訊いたところ、約二十万円だとわかった。一介の警察官にはふさわしくない浪費家ぶりだ。

すでに寿司屋で時を過ごしたというのに、陽一は楓とここでも熱心に話しこんでいた。他の女など眼中にないといった様子だ。シャンパングラスが空になると、ヘルプの嬢から水割りのグラスを受け取ったが、顔は楓に向けたままだった。

ネットワークカメラは音声も拾ってはいた。ただし、マイクまでは高性能とはいえず、店内の雑音にまぎれ、陽一の会話はわからない。

代わりに井筒とラウンジ嬢の会話は耳に届いた。

〈山形の田舎で林業してんだ。月に二、三度スギの木を売りに東京さ来《き》っだ〉

井筒は訛《なま》りを隠そうとせず、しれっと偽りの経歴を口にしていた。

〈山形なんですね。じつは私、宮城なんです〉

〈んだのが。どのへんや？〉

〈岩沼ってわかります〉

〈ああ、うまいラーメン屋がいっぱいあっどごだな。ラーメンが好きだがらよ。たびたび仙台空港の帰りに立ち寄っずね〉

〈本当ですか。なんか嬉《うれ》しいです。もう何年も帰ってないから懐《なつ》かしい〉

東北出身らしきラウンジ嬢と、ラーメン談義をきっかけに、愉《たの》しげに会話を弾ませていた。岩沼市内のグルメや、隣町の閖上《ゆりあげ》港の朝市について語り、ラウンジ嬢と短時間で打ち解けてみせた。

ラウンジ嬢が重度の花粉症であり、スギ花粉に悩まされていると聞くと、抗体療法やアレルゲン免疫療法といった最新の治療法を教え、無花粉スギを植えて花粉を半減させるつもりだと今後の植林プランを語った。花粉症やスギの知識を淀《よど》みなく話すところは、いかにも林業の専門家のようでラウンジ嬢を感心させていた。

井筒は優秀な取調官でもあったのだろう。知識が豊富であり、かといって自慢げにひけらかすわけでもなく、ラウンジ嬢が興味を持ちそうな話題を振り、値の張るウイスキーのボトルをスマートに入れ、懐《ふところ》の深いジェントルマン像を完璧《かんぺき》に演じていた。

山形県警にいたかどうかは定かではないが、白幡がこの男をわざわざ東京に連れてきた理由を、ようやく理解できた気がした。気配を消して人をつけ回すだけでなく、役者の才能まで持ち合わせているらしい。

黒滝とコンビニの前で寿司屋を見張ったさい、彼は便利屋稼業《かぎょう》だけでなく、ＩＴ関連の依頼をこなし、スマホの使い方教室まで開いていると言った。こちらについても本当か嘘かはわからない。わかっているのは、白幡と同じく、息をするように嘘をつけるタイプであるということだ。

ラウンジ嬢が井筒に訊いた。

〈それ、スマホの充電器ですか〉

〈んだ。今じゃこれが一番の仕事道具だがらよ。暇などきはゲーム機になっぺし。新幹線の移動中はこれでゲームしったんだ〉

〈社長、ゲームもするんですね。若《わ》っかーい。どんなの、やってるんですか？〉

井筒がゲームの名前を口にすると、ラウンジ嬢が手を叩《たた》いて喜んだ。

なにやら有名なパズルゲームらしく、操作が簡単なうえに可愛《かわい》い動物キャラクターが活躍するため、女性にも人気があるという。プレイ内容にまで話が及び、ふたりはしばらくその話題で盛り上がっていた。

その間もネットワークカメラは陽一を捉え続けていた。カメラは携帯端末とほぼ同じ大きさのモバイルバッテリーの形をしている。携帯端末とケーブルでつなぎ、充電をするフリをしながらテーブルに置き、レンズを陽一がいる席に向けているのだ。

井筒はジャケットの内ポケットにモバイルWi-Fi《ワイファイ》ルーターを入れ、ネット回線を通じて黒滝にリアルタイムの映像を流していた。

モバイルバッテリー型のカメラは陽一の華麗な夜遊びを捉え、内蔵されたマイクは井筒の嘘にまみれた会話を拾っている。黒滝は目と耳に神経を集中させて、タブレット端末の画面を睨《にら》み続けた。

黒滝自身はこの手の遊びを面白いと感じたことはない。見ず知らずの人間に愚痴をぶちまけたり自慢話をかましたりしたいという欲求がそもそも理解できないのだ。女の前で酒が入れば気も緩むだろう。なぜ高いカネを払ってまで、進んで弱みを握られに行くのか、未《いま》だにわからずにいる。

警察官になってからは盛り場には出入りをし、身内や一般人を誘って、キャバクラやガールズバー、ラウンジに繰り出した。若い女を相手にしているうちに、男たちの理性のタガはぐらついてゆく。昼間はガードの堅い男であっても、上司や先輩に対する愚痴があふれ出し、低俗なゴシップ話に花を咲かせるものだ。

職場の誰と誰がひそかにつきあっている。妻子ある身のくせに、行政職員の女性に手をだした。どこそこの署長の娘がグレて、SNSで援助交際をしている、などなど。

タイミングよく相槌を打ち、聞き役に徹し、ときにはホステスに小遣いを渡し、濃い水割りをどんどん勧めるように命じては、店に連れてきた者の口を軽くさせようと心を砕いた。

組対四課時代でも、多くの情報提供者《エス》を獲得するのに、女のいる店を活用した。とても経費で落ちるような金額ではなく、身銭を切ってラウンジやクラブにボトルキープをした。家に給料を入れられなくなるほどのカネを使い、挙句の果てに妻から離婚届を突きつけられる羽目にもなった。

今夜のセッティングでは、対象者の会話は耳に届かない。しかし、視覚だけでも多くの情報を得ることができる。陽一は景気づけにシャンパンを気軽にオーダーし、高級ウイスキーをケチらずにぐいぐいと飲んでいる。イケる口だとは聞いていたが、危うさを感じさせる飲み方だ。入店してから一時間も経《た》つと、身振り手振りが激しくなり、会話が弾んでいるのか、盛んに手を叩いて笑っている。どうやら陽一は笑い上戸のようだ。

寿司屋でけっこう飲んできた様子だったが、ラウンジに来てからもシャンパンを瞬《また》く間に空け、半分ほど残っていたボトルをあっという間に空にしている。ウイスキーは三万円はする代物《しろもの》だ。それをまるでウーロン茶のように勢いよく飲むのだから、他の警察関係者が見たら目を剝《む》くだろう。大抵はその十分の一以下の値段のウイスキーや焼酎を愛飲しているものだ。

今でも潤沢な仕送りを受け取っているようだ。交番勤務の巡査時代から、カネで同僚や先輩を手懐《てなず》ける術《すべ》を身につけていたらしく、酒やメシだけでなく、ソープの料金まで出していたという。金銭感覚はずっと狂ったままなのだ。

美貴が富松から聞き出した話によれば、医者である弟にカネを無心しているらしい。

美貴は現場の経験こそ乏しいが、怜悧《れいり》な頭脳の持ち主であり、そこいらの男よりも肝が据わっている。彼女の実力は認めざるを得ないし、黒滝としても陽一本人を見張るので精一杯だった。

ウエイターが陽一の席に新たなボトルを持参した。またもマッカラン18年だ。

井筒が驚いてみせた。

〈ありゃマッカラン18年でねえが。いい酒扱ってんなや〉

〈社長も入れます?〉

ラウンジ嬢が尋ねてきた。だいぶ酒が入っているようで、親しげな口調に変わっている。

〈いくらすんのや?〉

〈うちでは六万円〉

井筒は小さく笑った。

〈飲みてえとこだけんど予算オーバーだ。母ちゃんに怒られちまうべ。んだけんど、なんかカッコつかねえな〉

〈あ、ご無理なさらなくても大丈夫ですよ〉

〈ここが気に入ったんだ。新宿のわりにはガチャガチャうるさくもねえし、落ち着いてて上品だ。同じ東北人に会えたのもご縁というやつだべ。おれはグレンモーレンジイにしとく〉

〈いいんですか？〉

〈予算内だ。これくらいなら経理の佐藤ちゃんからも母ちゃんからも叱《しか》られねえで済む〉

〈ありがとうございます〉

ラウンジ嬢が弾んだ声で男性スタッフにオーダーした。リーズナブルなシングルモルトではあるものの、売り上げにはなる。井筒はボトルキープをし、これからも店に通う意思を示した。

ラウンジ嬢を喜ばせたところで、井筒は純朴な田舎者を装《よそお》ってさりげなく質問を投げかける。

〈しっかし、やっぱ東京は別物《べつもん》だなや。ドンペリに高《たけ》えスコッチか。あのあんちゃん、この景気悪い時代によっぽど稼いでるみてえだや。なにしっだ人だべ〉

〈ヘルプでしかついたことがないんで、あまり詳しくないんですけど、ＩＴ関係の実業家だって〉

〈んだのが。たいしたもんだ〉

〈えっと……ここだけの話ですけど〉

ラウンジ嬢が小声になった。

黒滝はタブレット端末の音量を上げた。店内のざわめきやグラスが触れる音が鼓膜を震わせる。

〈たぶん、嘘だと思うんですよ。実業家〉

〈んじゃ、なにや。ヤのつく稼業の人が？〉

〈あ、たぶん、そっちのほうじゃないです。というか、すみません。陰口とかＮＧだってママから言われてるのに〉

〈気にすんでねえ。むしろ、ありがてえよ。おれも上京するときは、パーティだのセミナーだのでいろんな野郎と会う。そのたびに、上等なスーツ着た紳士にうまい話を持ちかけられるんだ。なんのことはねえ。この田舎爺《じじい》からむしってやろうと企《たくら》む詐欺《さぎ》師《し》ばかりだず。東京は怖えところだがら、その手の話は大歓迎だ。それによ、ここまで聞いちまったら、眠れなくなっちまうべ〉

井筒が猫なで声《こえ》で言った。

〈よかったです。ヘルプで何度かついたんですけど、スマホのゲーム作ってると言ってるわりには、社長さんと違って全然詳しくなさそうだったし、お酒が回ったらネットワークシステムの保守管理をしてるとか言い出したり、話がころころ変わるんですよ〉

〈なるほど……〝設定〟がぐだぐだなのが。あの調子だと詐欺師ってわけでもなさそうだ。なんにしろ、お金持ちでらっしゃるみてえだなや。隣の娘《こ》もえらくベッピンだ〉

〈社長、『次はあの娘を指名しよ』って顔に書いてありますよ〉

〈んなごどねえ。知り合いの娘に似っだもんだがらよ。山形出身でねえよな〉

〈どうだったかな……楓ちゃんっていうんですけど、入ったばかりだから〉

〈ほう〉

さして興味がないフリをしつつ、ラウンジ嬢から楓についても聞き出した。

楓は入店して二ヶ月程度しか経っていないが、ナイトビジネスの経験者であるらしく、瞬く間に客の心を摑んだ。陽一のような太客を獲得し、今月の営業成績で二位の位置につけているとの話だった。

とくに陽一は楓にだいぶ貢《みつ》いでいるらしく、週末はほぼ必ず顔を見せ、ときには平日の夜にも時間を割いて会いに来るほどだという。

黒滝はタブレット端末を見つめつつ、手元のメモパッドに、ラウンジ嬢の言葉を書き記した。

彼女の証言は信頼に値した。陽一と楓を監視し続けて二時間が経つ。ヘルプの女の子にも気前よくドリンクを奢《おご》っているものの、陽一の目は楓に釘《くぎ》づけだ。

赤のナイトドレスは胸の谷間を強調した大胆なもので、陽一が幾度となく胸に視線をやるのを見逃さなかった。酒が身体《からだ》の芯まで回っているようで、楓の肩に身体を預けて甘えはじめている。

楓は陽一から幾度となくウイスキーを勧められていたが、崩れる様子を見せなかった——もっとも、酒に見せかけてウーロン茶でも飲んでいたのかもしれないが。恋人を相手にしているかのように、陽一の腕に手を回している。

黒滝は顎をなでた。楓という女は使えそうだ。彼女をこちらの陣営に引き込めば、陽一にまつわる情報はぞくぞくと集まるだろう。今日の派手なカネの使いっぷりを見るかぎり、捜査費の流用をしていてもおかしくない。

伊豆倉陽一は間違いなく破滅型の警察官だ。黒滝の知らない秘密がまだまだありそうだった。父親の知恵もよくこんな息子を警察社会に置いておくものだと思う。己の地位をも揺るがしかねない爆弾にしか感じられないが、息子の不品行など隠しきってみせると過信しているのだろうか。

陽一のほうで動きがあった。ふいに頭を起こすと、楓の耳元に口を近づけてなにかを囁《ささや》く。アフターに誘っているのだろうが、彼女の表情を見るかぎり、誘いには乗らなそうだった。

困ったような笑顔を見せ、デカンタの水をグラスに注いで、彼に渡した。酔い覚ましに飲めと促している。たしかに陽一は頭をふらつかせていた。

警察官にプライベートはない。最近は酔い潰《つぶ》れるまで飲んではならないというお達しまで出ている。飲酒関連の不祥事が多発したため、宅飲み以外での飲酒は届出を行わなければならない。部内の飲み会はもちろん、同僚や友人と一杯引っかけたり、恋人とデートをするのにさえ上司に知らせる必要がある。部署によっては、二時間を超える飲酒を禁止しているところもある。

陽一が属する外事二課がどのようなルールを設けているのかは知らない。しかし、他国の諜報員と熾烈《しれつ》な戦いを繰り広げる部署の人間が、意識が怪しくなるまで飲むことが許されているはずがなかった。

陽一がカードで精算を済ませるのを見て、井筒もラウンジ嬢に告げた。

〈もうこだな時間が。愉しくて時間が経つのを忘れちまったず。おれもそろそろお暇《いとま》しねど〉

〈また来てください。私も愉しかったです〉

〈長々とつきあってけでありがとうな。こいつは少しばかりだけんど〉

〈いいんですか？〉

ラウンジ嬢が驚いたように言って、チップを受け取った。

液晶画面には相変わらず、陽一と楓の姿が映り続けている。井筒が最後まで羽振りのいい社長を演じているのが音声を通じてわかった。

黒滝もタブレット端末をしまって喫茶店を後にした。

深夜に入った歌舞伎町には、乾いた冷風が吹きつけていた。巨大な建造物がいくつも建ったせいか、昔よりも風が強く感じられる。客引きや歩行者のコートの裾《すそ》がまくれ上がる。

早足でコインパーキングまで戻ると、サクシードに乗り込んでハンドルを握った。サクシードを走らせ、トーキョーラビリンスのあるビルから約五十メートル離れた位置に停めた。

ちょうど井筒が店から出てきた。上客と思われたようで、ママ風の中年女と四人のラウンジ嬢に派手に見送られていた。井筒もニコニコと笑いながら手を振る。

井筒はサクシードの傍を素知らぬ顔で通り過ぎた。区役所通りの交差点で一旦《いったん》姿を消す。ラウンジ嬢がエレベーターで店へとぞろぞろと引き上げる。見計らったように来た道を戻ると、サクシードの助手席にすばやく乗り込んだ。

車内が強烈なアルコールの臭いに包まれた。当の井筒の顔色はさして変わりなかった。お見送りを受けたときのような笑みはそこにはない。

むっつりとした無表情に戻り、チェスターコートとスーツを脱いだ。ワイン色のネクタイも外すと、後部座席からいつもの着古したブルゾンをつかんで着用し、ソフト帽を目深《まぶか》にかぶった。洒落た恰好から、いつもの辛気くさい姿に戻る。

黒滝は声をかけた。

「いい調子だったようだな。社長さん」

「他人のカネで飲む酒はうめえ。愉しませてもらったよ。んでも、あいつほどではねえけどな」

ビルの前にタクシーが停まり、エレベーターが開いた。

陽一が大勢のラウンジ嬢と男性スタッフに見送られ、千鳥足でタクシーに乗り込もうとしていた。複数の人間に支えられなければ立っていられないほどの酩酊《めいてい》ぶりだ。タクシーの運転手も乗車を手伝い、うんざり顔で後部座席に押しこむ。

井筒がソフト帽で顔を隠しながら尋ねた。

「どう思う？　あのあんちゃん」

質問の意図がわかりかねたが、映像を通じて見たままの感想を口にした。

「どうもこうもない。品の悪い成金みたいにカネに飽かして飲んだくれていた。あれはまぎれもなくゴンゾウだ」

「警視庁の公安《ハム》といや、田舎県警にいた人間にとっちゃ、精鋭中の精鋭に見えたもんだ。質がとんでもなく劣化したとしか思えねな」

「あいつが特殊なだけだ。いつの時代でも、不良品は混じるもんだろう」

井筒が鼻で笑った。

「自分がまっとうな正規品だと言いたげだなや」

「勘違いはしちゃいない」

警察組織はチームワークや上意下達をなにより重んじる。それらを軽んじている自分が正規品のはずがない。そんな人間を監察係に呼び寄せた上で、警察組織のナンバー2の座にいる男に喧嘩《けんか》を売る白幡や美貴も、同じくまっとうとは言いかねる。

陽一を乗せたタクシーが走り出した。サクシードをその場に留《とど》めた。

井筒に訊かれた。

「追わねのが」

「監視対象《マルタイ》はあっちだ」

黒滝はラウンジ嬢を顎で指した。陽一と同伴出勤し、彼のテーブルについていた楓だ。ラウンジ嬢たちはへべれけの酔っ払いを送り出すと、それまでの営業スマイルを消し、気だるい足取りでエレベーターへと引き上げていく。

井筒はうなずいた。

「陽一坊ちゃんは、随分とあの嬢にご執心のようだな」

車のデジタル時計に目をやった。すでに零時を過ぎていた。井筒とラウンジ嬢との会話で、店は一時までの営業だとわかっている。そろそろ店じまいとなりそうだ。

閉店になるのを待った。さして広くもない一車線の道路が人と車でごった返す。仕事を終えた女たちを乗せた送迎車やタクシー、酔っ払いやホストが路上にあふれだした。耳障《みみざわ》りな笑い声や大声が飛び交う。

サクシードに蹴《け》りを見舞う輩《やから》がいた。邪魔臭《くせ》えとばかりに窓を小突く者も。この車がいかついベンツであれば、静かに過ごせるのだろうが、なんの変哲もない商用車はマトにされやすい。

蹴ってきたのはダークスーツに長髪の酔ったホストたちだった。ポケットに手を突っこみ、地回りのヤクザのように歯を剝いて威嚇《いかく》してくる。

運転席の窓を開け、微笑《ほほえ》みかけながら手錠を見せつけた。ホストの顔色が一瞬で変わる。怯《ひる》んだ表情になると、ポケットから手を出してペコペコと頭を下げた。黒滝は鷹揚《おうよう》にうなずいてみせながら窓を閉める。男たちは逃げるように去っていった。

やがて男性店員がビルの玄関にあったスタンド看板をしまい、ビルの袖《そで》看板のライトも消えた。トーキョーラビリンス以外にも、似たような業態の夜の店が入っていたが、夜一時を境に閉店となり、ビルの玄関の灯りが消えた。

女たちがぞろぞろと姿を現し、玄関の前に留まる者と、そのまま街へと消えていく者のふたつに分かれた。すでに終電は出てしまっているため、大抵の店は車での送迎サービスを行っている。何台かのワンボックスカーがビルの前で停まり、働き終えた女たちを乗せていた。

トーキョーラビリンスの女たちも例外ではなかった。送迎の車を待つ女たちのなかには、ネットワークカメラで見たラウンジ嬢もいた。その一方でアフターにでも臨むのか、さらに濃いめの化粧を施して、足早にどこかへ向かう者、あるいはラウンジ嬢同士で遊ぶのか、何人かのグループで街に繰り出す者と様々だ。

「おっと」

井筒がブルゾンのポケットからマスクを取り出し、顔の下半分を隠した。

女たちのグループがサクシードの横を通り過ぎていった。喋《しゃべ》りに夢中で、商用車に目をやる者などひとりもいない。

イヤホンマイクをつけた。運転中でもハンズフリーで会話ができるように。バッグから赤外線双眼鏡を取り出す。

見覚えのあるガウンコートを着た長身の女が出てきた。楓だ。顔の下半分をマスクで覆っているものの、ハイブランドのバッグや特徴的な靴のおかげですぐに見分けがついた。

彼女は送迎車を待とうとしなかった。同僚らに別れを告げると、東へ足を向けて明治通りのほうへと進んだ。スカウトやホスト風の男たちがハエのように寄ってくるが、それらを無視して早足で歩く。陽一と長い時間にわたって飲み続けていたにもかかわらず、その足取りはしっかりしている。

サクシードのエンジンをかけ、彼女と同じく明治通りへと走らせた。

楓は新宿六丁目の交差点でタクシーを拾った。明治通りを北に走らせる。黒滝らのサクシードは通りに出るのに、多少の時間を要した。似たような形のタクシーだらけの群れにあっても、長身の彼女はやはり目立った。ライトブラウンの長い髪が目印になった。

黒滝は二台分の距離を取って、楓が乗るタクシーを追った。

彼女を乗せたタクシーは諏訪町《すわちょう》の交差点で西に曲がり、高田馬場方面へ向かった。さらに大久保スポーツプラザ入口交差点を経て、オフィスビルが並ぶエリアに入る。近くには複数の予備校や専門学校、鎖のオブジェが有名な日本点字図書館があり、多くのマンションが並ぶ住宅街でもあった。タクシーはその一角で停まり、ハザードランプを灯《とも》した。

昼間は多くの学生やサラリーマンでごった返すところだが、今は人気《ひとけ》も車の行き交いもほとんどなく、街灯のみがひっそりと道路を照らしている。

「家《ヤサ》はこのへんが」

井筒もイヤホンマイクを装着した。

タクシーの車内灯がつき、楓が降りようとしていた。

黒滝はタクシーを追い越すと、約五十メートル先の路地を左折し、彼女の視界に入らない位置でサクシードを停めた。車一台ほどの幅の細い道で、目の前は西武新宿線とJRの線路だ。

井筒がすばやくサクシードを降りた。腹の中が読めない老人ではあるが、阿吽《あうん》の呼吸で楓の住処《すみか》の割り出しに出た。同僚の鮎子《あゆこ》や石蔵《いしくら》ではこうもスムーズにはいかないだろう。

サクシードをゆっくり進め、線路沿いを走らせて、タクシーが停まった地点へと回りこもうとした。

井筒の声がイヤホンマイクを通じて聞こえた。

〈楓《マルタイ》が自宅に寄る様子はねえ。ずっと北に歩いっだ。もうビッグボックスに差しかかる〉

「なに？」

黒滝は思わず聞き返した。

楓は住宅街を通り過ぎて、高田馬場駅前へと向かっていることになる。コンビニに寄り道するわけではなさそうだった。タクシーを降りた住宅街にもあるからだ。

駅前の繁華街で誰かと会う予定なのか、深夜営業のバーや居酒屋にでも飲みに行くのか。そうであれば、わざわざ離れた位置でタクシーを降りる必要はない。引っかかる動きだ。

〈ビッグボックスまで車を回せ。急げ〉

サクシードのアクセルを踏みこんだ。井筒の指示通りに高田馬場駅前へと走らせる。井筒は駅前広場の横にある商業ビルの傍で立っていた。ビルの壁に背中をつけ、JR駅のほうを窺《うかが》っている。道路脇《わき》にサクシードを停めると、井筒は駅前のほうを顎で指した。黒滝はシフトレバーをパーキングに入れ、赤外線双眼鏡で高田馬場駅を見やる。

黒滝は凝視した。終電を過ぎてからも、駅前には複数のタクシーが停まっている。楓は再びタクシーに乗りこんでいた。わざわざここで乗り換えたのだ。

二台目のタクシーは早稲田通りを東へと走った。タクシー会社と、ドアに記された車番を頭に刻みこむ。

井筒がサクシードへと駆けこんできた。助手席に滑りこむ。

「追わねえのが?」

黒滝は粒ガムを三つ口に放った。

「深追いは禁物だ。あの念の入った撒《ま》き方は普通じゃない」

ガムを噛《か》みしめながら、自分に言い聞かせるように答えた。舌が痺《しび》れるほどのミントの辛さが、熱くなりかける頭を冷やす。

追い続けたかった。本人はもちろん、自宅がどこにあり、室内になにがあり、家族関係や交友関係にいたるまで調べ上げたい。相手がミステリアスであればあるほど、黒滝の欲望を刺激するのだ。

楓の行動には迷いがなかった。黒滝らの尾行に気づいたというより、尾けられているのを想定しているかのような動きだ。

「こりゃ面白いことになってきたなや」

井筒はマスクを外した。摑《つか》みどころのない目は相変わらずだが、表情は引き締まっている。

安易に近寄れない人物が、陽一以外にもうひとり追加された。厄介さが増したといえるが、陽一の今を知る重要な鍵《かぎ》を見つけたという感触は得た。

6

美貴《みき》は思わず目を疑った。

喫茶店に入ってきたのは、不健康そうに太った中年男だったからだ。着ているスーツのサイズが合わず、袖《そで》や太腿《ふともも》のあたりがひどく窮屈そうだ。突き出た腹のおかげで、前ボタンはおそらく留められはしないだろう。

頭髪を長いことカットしていないらしく、硬そうな剛毛が伸びっぱなしで、まるで巨大なウニのように見えた。東大ラグビー部の花形選手だった面影は見られない。

中年男は美貴のいるテーブルへとやって来た。椅子《いす》から立ち上がって迎える。

「相馬《そうま》さん、どうもお久しぶりです。ちっとも変わっていませんね」

「え、ええ」

美貴は戸惑いながら答えた。

相手が屈強なナンバーエイトだった三坂泰之《みさかやすゆき》とは思えず、おそるおそる切り出した。

「大変失礼だけど……三坂君よね？」

中年男は目を白黒させてから豪快に笑った。ぽっこりとせり出た腹を叩《たた》くと、首から提げていたIDカードを美貴に見せた。それには顔写真とともに、勤務先の病院と氏名が記されていた。

「これでどうでしょう」

「本当にごめんなさい。こちらから呼び出しておきながら」

「いいんです、いいんです。みんなに言われますから。ＯＢの集まりでも、身分証を見せないと信用されなくなっちゃいました」

見た目こそすっかり違って見えるが、朗らかに笑うところは大学時代と変わっていない。

ウェイトレスにコーヒーを頼むと、美貴は名刺を差し出した。三坂は恭《うやうや》しく受け取り、珍しそうに目をやった。

「松谷《まつたに》先輩から、警察庁に入庁されたとは聞いてましたけど……警視といったら、確か署長クラスじゃないですか。すごいですね」

「三坂君こそ、今じゃ〝先生〟といわれる立場でしょう」

「いえいえ、駆け出しもいいところで。松谷先輩も今じゃ課長クラスでバリバリやってるみたいですね。ビジネスプロデュース局のなんとかって偉い肩書きで、ときどき新聞とか経済誌とかで見かけるし。体育会系で有名な代理店だから、いかにも先輩の肌に合ってそうな気がします」

「同期のなかでは出世頭かも」

「先輩の結婚式、凄《すご》かったもんな。奥さんがテレビ局の人だから、アナウンサーや芸能人もいっぱい来てて」

「何百人と招待客が来てたみたいね。私は仕事があって行けなかったけれど」

美貴は微笑を浮かべて相づちを打った。松谷の話はなるべくしたくはなかった。彼の結婚式に招待されてはいなかったし、かりに招待されても決して出席はしなかっただろう。

松谷は東大法学部の同窓生で、学生時代に美貴と交際していた時期もあった。

検事を目指して文科一類に入学し、当初は政治家の汚職や大企業の不正に憤《いきどお》るなど、若々しい正義感を見せてもいた。警察官になることをまだ考えていなかった美貴には、彼の熱意が眩《まぶ》しく見えたものだった。

三坂と同じくラグビー部に属していたが、見聞を広めるためと称してあちこちのサークルを掛け持ちしていた。兼部を認めている医学部系の運動部にも属して独自の人脈を形成していった。大手企業や霞《かすみ》が関《せき》へと進んだOBとつきあううちに、彼の持ち味だった青臭さは急速に失われていった。

法学部に進んだころには、検察官の道を捨て、社会起業家を目指すと宣言。雑誌や新聞に取り上げられたりもしたが、具体的なアイディアや方針はなにひとつ定まらず、最後まで会社を興すことなどなかった。最終的に、東京大学という看板と人脈とを誇示し、ハッタリをかますだけの空虚な男に成り下がってしまった。

連絡を取るのは苦痛だったが、陽一の弟である伊豆倉博樹《いずくらひろき》を洗うため、松谷自慢のコネクションを頼ろうと考えたのだ。

――誰かと思ったら、相馬さんじゃないか。知らない番号だったんで出るのをやめようと思ったよ。

松谷に電話をかけると、さっそく嫌味を口にした。お前の電話番号を電話帳登録してはいないという意味だ。

――いきなり、ごめんなさい。

――どういう風の吹き回しだよ。

松谷は鼻で笑った。今さらどのツラ下げてかけてきたと言いたげだ。

不愉快そうな態度を見せるのは当然といえた。二年ほどつきあったが、最後はひどい喧嘩《けんか》別れとなったからだ。

挨拶《あいさつ》もそこそこに要件を切り出した。我々の後輩にあたる伊豆倉博樹という男を知っているかと。

彼は怪訝《けげん》そうに答えた。

――一年後輩の医学生？　誰だっけ。おれの顔がいくら広いといっても、学生全員と知り合いだったわけじゃない。

嘘《うそ》をついてはいないようだった。顔の広さこそが彼のアイデンティティであるとさえいえた。そいつは知らないが、友人や知り合いなら見つけられるかもしれないと豪語した。

——待てよ。伊豆倉といえば、うちの学部のOBにいたな。君のカイシャのお偉いさんじゃなかったか?

——そのとおり。博樹というのは、そのお偉いさんの息子。彼にお近づきになりたいの。

乾いた笑い声を浴びせかけられた。

——さんざん、おれを最低だの卑《いや》しいだのと批判したくせに、君もなかなかのタマじゃないか。

——この歳《とし》になってやっと大人になれた。仕事で結果を出すのはもちろんだけど、もう一つのアプローチも必要なことに気付いたの。

博樹に接触したい理由を語った。警察組織で女が出世するには、コネを築くのが大切だと。

——『将を射んと欲すれば先《ま》ず馬を射よ』ってことね。

──なるほどな。ところで、このおれが協力するとでも？　おれは記憶力がいいほうでね。君から罵《ののし》られたのを根に持ってるんだ。往復ビンタを二度喰らったこともさ。君に『男芸者』だの『張りぼて野郎』と言われたのも忘れてない。

怒りを押し殺しているのか、松谷は声を震わせていた。

──協力してくれないの？

──当たり前だ。こうして電話に出てやっただけでもありがたいと思え。だいたい、君の願いなんぞ聞いたところで、おれになんのメリットがある。警察のキャリアにだって何人も知り合いはいるんだ。

──メリットは大きい。黙っておいてあげる。

──なにを？

──女子大生を大学ＯＢのおっさんどもに上納してたことをよ。記憶力がよかったんじゃないの？

息を吞《の》む様子が伝わってくる。

彼は有力者のコネ作りのため、しょっちゅうイベントや合コンを催し、女子大生のきれいどころを用意すると、彼女たちに東大出身のビジネスマンや若手官僚の接待をさせた。

松谷はそれを「社会を知るための勉強会」「業界の最前線を行くトップランナーとの有意義な意見交換会」などと名付け、大志を抱く若者たちからカネを巻き上げてさえいた。

かつて運動部の女子マネージャーからの相談を受けた。彼女は松谷主催の合コンに参加。渋谷の居酒屋で大酒を飲まされ、意識を失いかけた。我に返って目が覚めると、シティホテルのダブルベッドに寝かされ、合コンに参加していた大手IT企業の社員の三十男に胸を揉《も》まれているのに気づいたという。

衣服も半ば脱がされていた。ショックとおぞましさに震え上がり、酒と胃液を男に吐きかけると、裸足《はだし》のまま部屋を飛び出し、タクシーに乗りこんだ。

主催者の松谷に被害を訴えたが、彼は一切取り合わなかった。男女の恋愛関係まで知ったことではない、と。美貴は女子マネージャーに警察へ相談しようと持ちかけたが、当人が被害を周りに知られたくないと泣き寝入りを選んだ。松谷が彼女以外にも女衒《ぜげん》のごとく、OBたちに女子大生を献上していたと知ったのは、彼と別れて大学を卒業してからだった。

松谷は声を荒らげた。

――一体、いつの話をしてるんだ！　そんな昔のことなど知るものか！

――そっちが知らなくても、彼女たちはしっかり覚えてる。あなたはもう有名人だから、公にすれば、記者たちがそちらの本社にどやどや押しかけてくるかもしれない。

――切るぞ。そ、そんな脅しが法学部のおれに通じるもんか！

在学時からプレゼンを得意としていた。下手な政治家よりも弁が立つ。それでも、ひどく動揺しているのか、何度も言いよどんでいた。

――どうぞ。キャリアを敵にまわして何事もなくやり過ごせると思うのなら。

松谷は電話を切ろうとしなかった。彼にしてみれば、亡霊に足首を摑《つか》まれたような気分かもしれない。美貴が知っているだけで、四人の学生が松谷の手によって売られていた。

なかにはそれを機に恋愛に発展したカップルや、女の武器を使って希望の会社に就職したものもいたかもしれない。だが、娼婦《しょうふ》のごとく使い捨てにされた女子学生の数は比べものにならないほどいるものと思われた。

沈黙が続いた後に、美貴は口を開いた。

――あなたのオンラインサロンとやらは、女子大生やＯＬにも人気があるんですって？

――もうよせ！　つなぐよ、つなぐさ。黙っててくれるというのは本当だろうな。

――ええ。念書を書いてもいい。

――ご立派な警察官僚になったもんだな。

――おかげさまで。

松谷を脅しあげて、ラグビー部の後輩である三坂に連絡を取らせた。学生時代、松谷とともに何度か酒を飲んだことがあった。

松谷との約束は守るつもりだった。過去について蒸し返しはしない。ただし、現在についても黙っていてやる気はなかった。

オンラインサロンの話題を露骨に嫌がった。女性を差し出してのし上がったノウハウを、社会人になって家庭も持ったからといって簡単に手放すとは思えない。

おそらく、現在は上納させる側となって、成功者を夢見る昔の松谷のような学生たちを巧みに煽《あお》り、若い女を食い物にしているのだろう。部下の鮎子を通じて、生活安全特捜隊の刑事たちにその疑惑について伝えた。鮎子によれば、刑事たちは松谷に関心を示したという。

目の前の三坂はそうした暗い駆け引きとは無縁なようだった。ＯＢ会に参加したかのように懐《なつ》かしそうな顔をしていた。

美貴は三坂に切り出した。

「それで、伊豆倉博樹さんのことだけど」

「はいはい。あいつのことはよく知ってます。初めて会ったときに意気投合しました し、研修医時代も職場は同じ病院でしたから。よくあいつのボロアパートで安酒を酌《く》み交わしたもんです。今もちょくちょく会ってますが、とにかくいいやつですよ。偉そうなところは一切ないし根性は人一倍ある」

三坂は屈託なく答えた。彼は声のトーンを落として続けた。

「恋人も長いこといないはずです。ただ、そこが唯一《ゆいいつ》の難点でもありまして」

「というと？」

三坂は頭を掻《か》いた。

「仕事バカというか、真面目《まじめ》すぎるというか。私も働きすぎなところを心配してるんです。近年は顔色もちょっと悪くて。親父《おやじ》さんからも、病院を経営している母方の親《しん》戚《せき》からも、とにかく早く身を固めろと言われてるんですが、今のところ結婚願望はからっきしないみたいで。見合い話を何度も持ちかけられていると聞いてもいるんですが、仕事を理由に会おうとすらしない。つきあいがいいとは言い難いですね。先月だって、せっかく合コンに誘ったのに、すぐに断りの返事が来たくらいです」

「そうなのね」

三坂は博樹の交友関係を話してくれた。美貴が博樹を狙《ねら》っているとでも吹きこまれたのかもしれない。

相槌《あいづち》を打ちつつ、彼の言葉に耳を傾けた。このまま嘘をつき通していても、博樹に関する情報をそれなりに得られそうな気がした。

美貴を疑うことなく話す無邪気さに心が痛んだ。三坂は博樹の父親が警察庁次長であるのも知らないようだった。

「でも、応援します。これといった根拠はないんですけど、相馬先輩ならうまくいくような気がします。あいつを振り向かせられる方法を考えます」

「いえ……そうじゃないの」

美貴は首を横に振った。

キョトンとする三坂に事実を告げた。口止めはしたが、口が堅いと判断してのことだ。自分が〝警察の警察〟である監察係に所属し、警察官である博樹の兄を調べているのだと。博樹の父親が警察庁次長であり、組織内の政争が絡《から》んで、極秘での調査とならざるを得ない現状についても。松谷と美貴が険悪な仲にあり、博樹について知りたいのは、恋人の座を狙っているのではなく、彼の兄を追っているからなのだと。

三坂はハトが豆鉄砲を喰らったような顔をした。とはいえ、頭の回転は速い。美貴の嘘や込み入った事情を聞くにつれて、医師らしい気難しそうな表情に変わった。

「そんなことが……博樹の親父さんやお兄さんが、公務員だというのは知ってましたけど、まさか警察官だったとは。今日、初めて知りました」

美貴は頭を深々と下げた。

「本当にごめんなさい」

三坂は顔をうつむかせた。

「申し訳ないんですが、そうと知った以上はペラペラと話すわけにはいきません。相馬先輩が重要な任務に携わっているのは理解できます。でも、僕は博樹の友人です。親友といってもいい。ひととおりお話はうかがいましたが、『はい、そうですか』と友達を売るわけにはいかないんです」

「そうでしょうね」

「すみませんが」

美貴は食い下がった。

「ひとつだけ教えて。博樹さんが見合いや合コンを断るのは、貯蓄はもちろんだけど、収入のほとんどを吐き出さざるを得ないからでは？　他人と一緒に生活するどころか、交際するのにさえ差し障《さわ》るほど、苦しい状況に追いこまれているからじゃないの？」

ふいに顔を強《こわ》ばらせた。思い当たる節があるのか、席を立とうとしない。美貴は続けた。

「母方は大病院の経営者の一族で、父親は東大卒の警察キャリア。そんな華麗な家系に生まれたサラブレッドが、どうして築五十年も経《た》ってるボロアパートで暮らさなきゃならないんだろうと、不思議に思ったりはしなかった？」

三坂は視線をさまよわせた。

相馬班の調査は二手に分かれて進められていた。本丸である陽一は黒滝に任せ、美貴はもっぱら彼の家族関係を洗っている。

一介の警察官に過ぎない陽一が、父親の権威をバックにしているだけでなく、まだ駆け出しに過ぎないころからカネを周囲に撒《ま》いていた実態が明らかになった。そのカネを主に提供しているのは博樹で、まだ医者の卵でしかなかったころから、それは行われていた。

いくら高収入の代表格である医者といっても、研修医の給料は中小企業社員の年収くらいだ。豪快にカネをばら撒く兄とは対照的に、博樹にはつねに貧困の影がつきまとっている。

彼が学生時代に住んでいたアパートが文京区にあった。築五十年を過ぎた昭和の遺物のような建物で、ほとんど日も差さないジメジメとした六畳の和室だった。管理している不動産屋によれば、彼の住んでいた当時の家賃は四万円だったという。

大学には三鷹《みたか》や西巣鴨《にしすがも》などに学生宿舎がある。とはいえ、経済的に恵まれない学生が優先されるうえ、実家からの通学時間が九十分以内の者は基本的に選考の対象にならず、ボロアパート暮らしを余儀なくされた。

博樹は六年間をそこで過ごし、国家試験に受かって研修医となってからは横浜の公立病院に勤務した。一人前の医者となってからも、その稼ぎを兄に提供しているであろうことは、陽一の金遣いの荒さからうかがえた。

美貴は携帯端末の液晶画面を三坂に見せた。

「この人を見たことは？」

三坂は半身の状態で液晶画面に目を落とした。好奇心を隠しきれないようで、その場から立ち去れずにいる。その彼が息を呑むのがわかった。

「借金取り――」

「え？」

液晶画面に映っているのは陽一の姿だった。三坂は彼を借金取りと呼んだ。聞き逃せない言葉だ。

「どうか教えてほしいの。この男は伊豆倉陽一。借金取りなんかじゃなく、博樹さんの実の兄よ。しかも現役の警察官である」

「兄ですって」

液晶画面に触れてスライドさせた。制服を着た陽一の顔写真に切り替わり、それを訝《いぶか》しむ三坂に見せる。

「伊豆倉陽一はすでにいくつも服務規程に違反し、法も犯している。そのおかげで死人まで出てしまった。弟さんが研修医のころから、兄に仕送りをしている事実もわかっている。博樹さんが望んで差し出しているのか、この兄に無理やり奪われているのかが知りたい。いずれにしろ、博樹さんがこの兄のために今も苦しい生活を余儀なくされているのは事実。心当たりはあるでしょう？」

喫茶店は暖房があまり利いていない。寒いくらいだ。しかし、三坂は汗を滴《したた》らせていた。

周囲の目が気になった。客も店員も美貴たちがただならぬ状況にあるのに気づき、チラチラと視線を投げかけてくる。

根負けしたように息を吐いた。ハンカチで顔の汗を拭《ぬぐ》うと、ぬるくなったコーヒーを一度に飲み干す。カップを持つ手がかすかに震えている。

「自分が恥ずかしくなります。親友などと言いながら、僕はあいつのことをなにも知らなかった。いや、気づいていたのに、ずっと見て見ぬふりをしていた」

美貴は液晶画面の陽一を指さした。

「借金取りとは？」

三坂は顔を赤らめた。

「この人が兄だなんて……。研修医だったころ、横浜の職場で見かけたんです。一度だけですが、あまりに強烈だったので覚えています。警察官というより、ヤクザみたいでしたよ」

三坂が打ち明けてくれた。

彼が陽一を見かけたのは五年前の秋だ。三坂も博樹も研修医として、横浜の公立病院で寝る間もないほど仕事に追われていた。

陽一が現れたのは深夜一時を過ぎたころだったという。夜間の急患を担当しつつ、職場のデスクに突っ伏して泥のように眠っていた。そこへ陽一が大声を張り上げて乗りこんできたという。宿直の女性看護師の悲鳴で目を覚ました。

「最初は患者かと思いました。大きな病院だけあって、モンスタークレーマーがひっきりなしに現れるんです。看護師が１１０番通報しようとしたところで、慌《あわ》てて博樹

が止めに入りました。その男は博樹を見つけると、あいつの胸ぐらを摑んで外に引っ
張り出そうとしたんです」
腹を立てた三坂は、親友に喰ってかかる男にタックルを仕掛けようとしたが、当の
博樹に止められた。
外に連れ出された博樹が、財布にあった現金をすべて男に渡すのを目撃した。博樹
の頭を小突き回し、有り金を奪い取った男は、上等なスーツに身を包んでいたが、顔
つきからも立ち振る舞いからも野卑な臭《にお》いを漂わせ、筋者にしか見えなかったという。
「博樹に訊《き》きました。『なんなんだ、あの野郎は』って。そのとき、あいつは借金取
りだと。なんでも伊勢佐木町《いせざきちょう》のキャバクラでボッタクリに遭って、スジの悪いところ
からカネを借りてしまったとか。さすがの僕でも嘘だとわかりました。浮いた話ひと
つないあいつが、歓楽街に通うはずもない」
三坂は空になったカップに目を落とした。
「カネに困っているといっても、なにもあんなスジの悪そうな輩《やから》から借りる必要はな
かっただろうと。自分も当時は大した稼ぎなんてありませんでしたが、あんなヤクザ
じみた借金取りと縁を切るようにと、なけなしの貯金をあいつに渡そうともしました。
決して受け取ろうとはしませんでしたがね……。ふだんは物静かなやつですが、ひど

く頑固な一面もあるんです」

三坂はかしこまったように背筋を伸ばすと、美貴に向かって頭を下げた。

「詳しく教えていただけませんか。あいつの身になにが起きてるんでしょう。なにかよからぬ犯罪にでも巻き込まれているんですか？　死人まで出ているとか……」

「まずは頭を上げて」

美貴はウェイトレスを呼んだ。

コーヒーのおかわりを注文する。三坂はアイスコーヒーを頼んだ。空になったお冷やのグラスに、冷水をたっぷり注《つ》いでもらった。

松谷に連絡を取るのは苦痛極まりなかったが、三坂と久々に出会えたのは幸運だった。伊豆倉家について詳しいとは言い難いが、博樹を心の底から心配しているらしく、ウェイトレスが水を注いでいる間、過去を思いだそうと必死に虚空《こくう》を睨《にら》んでいた。

「さっきも言ったとおりよ」

美貴は調査に支障を来《きた》さない範囲で打ち明けた。伊豆倉兄弟の父親が警察庁次長の地位に就き、警察組織内の政争が絡んでいることはすでに話していた。

さらに〝スジの悪そうな輩〟こと、兄の陽一の所業について話した。そればかりか、彼警察関係者の多くが父親の威光にひれ伏している実情に触れた。

が現在も実の弟からカネを吸い上げ、歓楽街で派手に浪費している実態までを伝えた。

三坂は顔を紅潮させながら、新たに運ばれたアイスコーヒーには手をつけずにじっと聞いていた。彼は額の汗をハンカチで何度となく拭っていたが、単に肥満で暑がりだからというわけではなさそうだった。

二杯目のコーヒーに口をつけた。まだ日が高かったが、アルコールが欲しくなる。

美貴も落ち着いてはいられなかった。伊豆倉家について語るたび、調査の前に立ちはだかる巨大な壁に恐れおののきそうになる。陽一を腫《は》れ物扱いして、彼を甘やかしていた警察官たちと気分はそう変わらない。

酒でも飲んで気を紛らわせたいと思う日もあるが、愛純《あすみ》や富松《とみまつ》を思うと、当分は酒瓶に手をつける気にはなれなかった。

「このお兄さんは警察官としての資質に欠けるけれど、他人を支配する能力だけはやけに優れてるみたいでね」

「わかるような気がします。会ったのは一度だけですが……あのときの博樹の様子を見れば。弟からカネを巻き上げて、遊びに費やしていたなんて。警察官のくせに……なんてやつだ」

「博樹さんは学生のころから、ずっと兄に搾《しぼ》り取られながら生きてきた。一人前の医者となった現在もね。陽一になんらかの負い目を感じているのか、なにか弱みを握られているのではと考えています。心当たりはない？」

三坂の表情が一層張りつめた。

明らかに思い当たるフシがあるようだ。しかし、容易に打ち明けられないのか、唇を震わせたまま言葉をなかなか発しようとしない。

美貴は急《せ》かさずにじっと待った。彼の様子からよほど重要な事柄だと察した。

三坂が深々と息を吐いてから口を開いた。

「おれたちが医学部六年生だったころです。卒業試験と国試を突破するために猛勉強してました。少し息抜きでもしようと、博樹のボロアパートで酒を酌み交わしました。お互いにカネがなかったんで、スーパーで売ってる安いウイスキーの水道水割りです。勉強の疲れもあって、あっという間に酔いが回りました」

美貴は黙って相槌を打った。三坂はアイスコーヒーをひと息に飲んだ。

「目を据わらせて、あいつは言ったものでした。医者になる資格など自分にはないんだと」

「どういうこと？」

伊豆倉博樹の顔を思い浮かべた。

彼を目視したことはないが、勤務先の病院のサイトには顔写真が掲載されていた。羽振りのいい青年実業家のような華やかな雰囲気をまとった陽一とは対照的で、長いこと貧窮生活を続けながら苦労して医師の道を進んだためか、修行僧のようなストイックさをまとった痩《や》せた男だった。

美貴より年下のはずだが、前頭部の頭髪が薄くなっているためか、実年齢よりも十歳以上老《ふ》けて見えたものだった。

三坂はあたりを見回してから言った。

「人を……人を殺してしまったからだと。酔っ払った挙句、哲学的な意味で言ったのだろうと思って、とくに気に留めませんでした。冗談半分に聞き返しましたが、あいつはそれ以上話そうとはしませんでした」

「人を殺してしまった」

美貴は小さく呟《つぶや》いた。

聞き逃せない言葉であり、三坂が言い淀《よど》む理由がわかった気がした。

真剣に受け取らなかったのは当然かもしれなかった。額面通りに受け取る者はそういないだろう。ただし、実の兄から長年にわたって給料を巻き上げられていたとなれば話は違ってくる。しかも、博樹は人の命を預かる医者なのだ。陽一と博樹の歪《いびつ》な関係を考えれば、そこに重要な意味が隠されている気がしてならない。

自分自身も大量の汗を掻いているのに気づいた。目に汗が入りこみ、三坂と同じくハンカチで拭う。

三坂は空になったグラスを握りしめていた。その手はわずかに震えている。

「相馬さん、どうかお願いします。あいつを……博樹を、救ってあげてください」

美貴は深くうなずいてみせた。打ち明けてくれた三坂の意気に応《こた》えてやりたかった。

7

〈楓《マルタイ》が明治通りでタクシーを捕まえました。追跡を開始します〉

イヤホンマイクを通じて、黒滝の耳に若い男の声が届いた。同じ相馬班の石蔵《いしくら》だ。緊張しているようで、わずかに声が上擦っている。

石蔵からタクシーの会社名と車種、ナンバーを聞き出した。隣の助手席に座っている鮎子がすばやく書き取る。彼女もイヤホンマイクを装着していた。携帯端末のアプリを利用し、グループ通話で相馬班のメンバーとやり取りをしていた。

黒滝は石蔵に告げた。

「何度も言ったが、楓《マルタイ》が警戒の動きを少しでも見せたら、さっさと退《ひ》くんだ」

〈わかりました〉

黒滝はサクシードのデジタル時計に目をやった。

午前一時を過ぎたところで、楓《かえで》が勤めるトーキョーラビリンスが閉まったころでもあった。彼女は日曜を挟んで、四日ぶりに店に姿を見せた。陽一は来店していない。

楓は首輪をつけるのに相応《ふさわ》しい人物だった。陽一のアキレス腱《けん》となり得る女なのだと。

高田馬場で尾行を撒《ま》かれてからの四日間、その間に黒滝は準備を整え、班員を動員して再び楓の追跡を実行した。今夜も彼女は歌舞伎町の夜の店に繰り出さず、店の送迎サービスも利用せず、ひとりタクシーに乗りこんだ。

行動確認《コウカク》はきわめてデリケートな作業だ。とくに普段から尾《つ》けられているのを意識しているような相手には、細心の注意を払わなければならない。ひとつの些細《ささい》なミスで、膨大な時間と手間をかけてきた捜査が水泡に帰すこともある。

井筒《いづつ》の手を借りたとしても、ふたりで楓を尾行するのは不可能だと判断せざるを得ず、不本意ではあるものの、鮎子ら同僚に協力を求めた。楓なる女をきれいさっぱり洗うには、少なくとも三台の車と五人以上の人間が必要だった。

用意したのは捜査員や車だけではない。黒滝らが手にしている携帯端末も一般のものだ。

警視庁の警察官にはPフォン、あるいはポリスモードと呼ばれるカメラ付きのデータ端末が支給される。

容疑者の写真を撮影し、他の捜査員に一斉配信することが可能だ。現場の地図情報を確認したり、GPSで他の捜査員の現在位置を把握できる。大人数での同時通話も可能な優れものだ。ただし、警視庁総務部の通信管理運用センターのサーバーのもとで一元管理されている。

伊豆倉知恵《いずくらともあき》が警視庁幹部に多くの子分を抱えている以上、相馬班の動きが総務部から知恵に報告されないとも限らない。

警務部長の白幡《しらはた》にその旨《むね》を伝えると、井筒を通じて人数分の携帯端末が与えられた。

鮎子らは出所の知れない携帯端末を使わなければならない事態に、少なからずショックを受けたようだった。一介の札つきの警察官ではなく、警察組織を丸ごと相手にしなければならないのだと、改めて気づかされたらしい。ただのラウンジ嬢の行動確認にも通常以上に気を引き締めて臨んでいるのがわかった。楓が店に出勤してから監視を始めたため、すでに五時間以上が経《た》っていたが、表情はずっと硬く、肩に力が入りすぎていた。彼女を見ているだけで、こちらまで肩が凝ってきそうだ。

石蔵が報告した。

〈楓《マルタイ》を乗せたタクシーが、東新宿駅を通り過ぎて、大久保二丁目の交差点まで来ました。さらに明治通りを北に進むようです〉

「おれたちも動く」

サクシードのエンジンをかけた。

黒滝らは西早稲田の公営団地の公道で待機していた。明治通りや高田馬場とは目と鼻の先だ。前回の尾行で、楓が新宿の職場から北上するものと睨《にら》んではいた。サクシードを走らせて都道25号線に出た。石蔵の車といつでも追跡を交替できるように備える。

鮎子が訊《き》いてきた。

「高田馬場駅のロータリーに移動しますか?」

「賭《か》けるか? 楓《マルタイ》が駅のロータリーに来たら千円やる。来なかったら千円よこせ」

「なっ——」

鮎子は目を見開いて絶句した。

「五千円のほうがいいか?」

「ふざけないでください、こんなときに」

お前がアホなことを訊くからだ。黒滝は言いかけたが、余計に鮎子を怒らせるだけだ。今日くらいは協調性とやらを重んじなければならない。

楓はわざわざタクシーの乗り換えまでして尾行を警戒しているのだ。そんな女が前回と同じルートを使うとは考えにくい。

「ガチガチのお前をリラックスさせようと思っただけだ。見ているだけで筋肉痛を起こしそうなんでな」

「冗談が過ぎます。監察係の我々が賭け事だなんて」

彼女は不愉快そうに顔をしかめた。

鮎子はとりわけ頭が固い。黒滝とは正反対の性格といってよかった。もっとも、監察係の人間は元来こうでなくてはならないのだが。

一緒にいて楽しい女ではないものの、美貴を敬愛しており、伊豆倉陽一に対して強い怒りを抱いている。陽一に丸め込まれ、彼の悪徳行為に見て見ぬフリをした連中よりはずっと骨がある。

石蔵が声を張り上げた。

〈タクシーが諏訪町《すわちょう》交差点に入りました。さらに明治通りを北上してます〉

「賭けに勝ち損なったな」

黒滝は舌打ちしてアクセルを踏んだ。

石蔵に追いつくために速度を上げ、片側一車線の都道で前の車を抜き去り、諏訪町の交差点を左折した。信号は黄色だったが、迷わずに明治通りへと入る。警察官が張っていたら、違反切符を切られただろう。

「……相馬警視に報告しますからね」

「好きにしろ」

深夜の明治通りを走っているのは、ほとんどがタクシーだった。行灯《あんどん》と称される屋根の社名表示灯を光らせている。タクシーを追い抜き、高戸橋《たかとばし》で石蔵らが乗るセダンを見つけた。

「楓《マルタイ》が乗るタクシーを発見しました」

鮎子が赤外線双眼鏡で前方を睨んだ。石蔵らは間に二台挟んで、黒のクラウンのタクシーを追っていた。

黒滝は石蔵に命じた。

「交替しよう。適当なところで曲がれ」

〈了解〉

石蔵が追った距離は約二キロに過ぎない。彼が乗るのはシルバーのセダンの警察車両で、目を引くような特徴はない。しかし、タクシーやトラックが大半を占める夜の環状道路では、浮いて見えなくもなかった。

石蔵らが乗るセダンが左折して明治通りを離れた。黒滝のサクシードが引き継ぐ。黒滝の読みは正しかったらしく、楓が乗るタクシーは高田馬場を完全に通り過ぎた。豊島区に入ると空が広くなった。道路はずっと高層マンションやオフィスビルに挟まれていたが、学習院の広大な敷地の横を走るため、視野が急に広くなった。

タクシーは千登世《ちとせ》橋下を左折した。目白駅方面へと向かう。

黒滝はタクシーの後を追いつつ、井筒にイヤホンマイクで語りかけた。

「井筒さん、楓《マルタイ》が降りたら頼む」

〈ああ〉

井筒は黒滝らの後方を走っていた。

車両を尾けるには最低三台の車が必要だ。今回は、石蔵に黒滝、それに井筒が追跡にあたっている。

井筒とやり取りしていると、鮎子が再び苦虫を嚙《か》みつぶしたような顔つきになった。

「あの老人は何者なのですか？」

「おい、本人にも聞こえてるぞ」

「わかってて訊いてるんです」

「チームワークを乱すなよ。前にも言ったはずだ。白幡部長の懐刀《ふところがたな》で、我々の協力者だ。文句があるのなら、それも相馬警視に言ってくれ」

「公安や組対ならともかく、監察が調査に民間人の手を借りるなんて……」

「後にしろ。今は楓《マルタイ》をしっかり見張れ」

鮎子はしかめっ面《つら》のまま、赤外線双眼鏡を使ってタクシーを睨んだ。

彼女の気持ちは理解できた。きっと相馬も同じ疑問を抱いているだろう。

相馬美貴は陽一の悪行を憎み、愛純や富松といった犠牲者の存在に心を痛めている。陽一を厳しく処分するどころか、保身や出世のために甘やかしている組織にも怒りを感じている。

かりに陽一の尻尾《しっぽ》を摑《つか》んだとして、監察係が引導を渡せるかどうかはわからなかった。

警察は概して身内に甘い。組織防衛のために、不祥事を起こした警察官に退職を促し、メディアにすっぱ抜かれないよう内々に火消しを図る。強制わいせつやひき逃げなど、一般人が起こせば確実に公表されるケースでも、その加害者が警察官であったときは非公開で懲戒処分を下し、事件化さえしないで隠蔽《いんぺい》を図る県警も存在する。警視庁も同様だ。監察係が警察官の不祥事の証拠をかき集めたとしても、上層部がきちんと厳罰を下すとは限らない。

陽一を追放できるほどの証拠をどうにか収集できたとする。その上で、白幡が伊豆倉知憲の圧力に屈するか、取引を交わして適当なところで手打ちにしてしまう可能性があるのは否定できない。相馬班が井筒と同じく白幡の私兵と化すこと。それを鮎子は憂慮しているのだ。

黒滝はハンドルを握り直した。上の連中の政治闘争について、下の人間が考えても仕方がない。黒滝の関心は、陽一を屈服させられるかどうかだ。

タクシーは目白通りを西に走った。学習院大学の学舎やグラウンドが目に入る。目白駅付近に着くと、目白通りを外れて、学習院椿《つばき》の坂に入ったところで停まった。タクシーがハザードランプを灯《とも》す。

目白通りをまっすぐに走り、学習院椿の坂を通り過ぎた。横目でタクシーを見やる。精算中らしく、車内灯をつけて停止していた。井筒に楓の居場所を知らせる。

黒滝は目白駅前を通過した。路地に入ってサクシードを停止させる。同じく目白駅へ向かっていた石蔵に、楓に近づきすぎないよう命じた。

しばらく路地で待機しているうちに、井筒の声がした。

〈何者かわからねえジジイから報告すっぞ。楓《マルタイ》だけんど、やっぱ今度もタクシー乗り場に向かってだ。しかも東向きのほうだ〉

「贅沢《ぜいたく》な乗り方しやがる」

黒滝は息を吐いた。

駅前には、目白通り沿いに飯田橋駅方面の東向きと、中野駅方面の西向きのタクシー乗り場があった。

楓は先日と同じくタクシーを乗り換えた。東向きのタクシーに乗るということは、元来た道を戻るのを意味していた。乗り換えの場所までマメに変えているのを見るかぎり、やはり彼女は尾行を極端に警戒している。

〈楓《マルタイ》が乗ったぞ〉

井筒からタクシーの会社名と車種、ナンバーを聞き出した。

サクシードを走らせて路地を出た。再び目白通りに入り、東へと走る。目白駅を通過し、楓を乗せたというタクシーを見つける。

黒滝は鮎子に尋ねた。

「見えるか？」

「後部座席にいます」

鮎子が赤外線双眼鏡を覗《のぞ》きながら緊張した様子で答えた。

楓を乗せたタクシーが、今度は目白通りを東へ走った。学習院大学の敷地が右側に見える。

タクシーは千登世橋上の交差点を左に曲がり、明治通りを北に走った。池袋方面へと向かう。黒滝も後を追うが、石蔵の車と交替して後方へと下がった。南池袋一丁目の五叉路《ごさろ》で左折し、埼京線や山手線の下を潜《くぐ》り、池袋駅の西側へと進んだ。池袋駅付近の歓楽街へと入ってゆく。

石蔵が声を張り上げた。

〈楓《マルタイ》のタクシーが、池袋駅北口で停まりました〉

「おれが後を追う」

黒滝はサクシードを走らせ、池袋駅北口から数十メートル離れた東武百貨店の立体駐車場の傍で停めた。鮎子に待機を命じ、北口へと歩んだ。

池袋駅北口は、正式名称を〝池袋駅西口（北）〟という。その傍の道端に、楓が乗っていたタクシーが停まっていた。彼女自身はみずき通りを西に歩いてゆく。

池袋駅北口付近には新たな中華街が形成されている。どこにでもある牛丼《ぎゅうどん》店やチェーン系居酒屋に混じり、中国語の看板をあちこちで見かけた。雑居ビルの窓には中国語の書店を示すウィンドウサインがあり、二十四時間営業の中国食材店の真っ赤なネオンが目に飛び込んでくる。

飲食店や酒場が軒を連ねる歓楽街で、とても自宅があるようには見えない。彼女の行動パターンからすれば、ここでまたタクシーを拾ってもおかしくはなかった。

鮎子にはサクシードをコインパーキングに停め、黒滝のもとへ来るよう命じた。楓が西一番街に入ったからだ。車がなんとかすれ違えるほどの道幅しかない。おまけに路肩にはゴミ箱が置かれ、スクーターが何台も停まっている。流しのタクシーが来るような通りではなかった。楓は歩くスピードを落とし、あたりのビルに目をやっていた。

雑居ビルの前で足を止めた。とっさにアーケードの柱の陰に身を潜める。彼女はあたりを見回すと、雑居ビルのカラオケ店へとすばやく入った。どこの街にもあるチェーン店だったが、楓は誰かに見られるのを警戒しているようだった。わざわざ遠回りをし、タクシーを乗り換えた女が、これからひとりカラオケを愉《たの》しむとは思えない。

西一番街のアーケードの下で頃合いを待った。駆けつけた鮎子と合流すると、彼女とともにカラオケ店へと入った。J‐POPがけたたましく鳴り響き、個室から歌声や騒ぎ声が聞こえた。

「いらっしゃいませ。二名様ですか」

受付カウンターに向かうと、赤い髪の若い男性店員が気だるそうな声で尋ねてきた。頭の両サイドを短く刈り込むなど、かなり攻めたヘアスタイルだった。トレーナーの制服の下には、手の甲まで覆《おお》うアームカバーをつけて刺青《いれずみ》を隠している。

「ああ」

黒滝はカラオケ店の会員カードを見せつつ、懐に手をやった。警察手帳を提示すると、男性店員が目を見開いた。

「な、なんですか?」

男性店員の声が掠《かす》れた。

受付カウンターに身体《からだ》を預けた。至近距離からすばやく観察する。男性店員の耳にはいくつも穴が空いており、眉毛《まゆげ》は極細に剃《そ》っている。バンドマンのように見えた。お前のすべてを知ってるぞと、思わせぶりに長々と見つめ、無言の圧力をたっぷり加えてから切り出した。

「カラオケを利用したいんだ」

「あ……そうなんすか」

「さっき若い女性が入店しただろう。その隣の部屋がいいんだが。空いているかい？」

黒滝が猫なで声で訊くと、男性店員はほっとした様子で、ディスプレイに目をやった。

「空いてます、空いてます。大丈夫っす」

「悪いね」

鮎子に肩を叩《たた》いて語りかけた。

「会員カードはあるだろう？　ここの系列は、おれだけじゃなく、利用する人間全員持ってなきゃならない」

「いえ……カラオケは苦手なので」

首を横に振った。

「有名な系列店には全部入っておけ。おれたちの周りは敵だらけだ。警視庁《カイシャ》でいつものんきにミーティングができるとは限らない」

男性店員に入会申込書を持ってくるように頼んだ。受付カウンター近くのテーブルで、鮎子に申込書を記入させる。

彼女がペンを走らせている間、男性店員を手招きして呼び寄せる。黒滝は財布から千円札を取り出し、男性店員の胸ポケットに入れた。男は慌《あわ》てたように手を振る。

「そんな、悪《わり》いっすよ」

「いいんだ。手間かけさせて済まないね」

「あの……ひょっとしてなんかの捜査ですか?」

黒滝は周りに目配りし、秘密を打ち明けるように小声で囁《ささや》いた。

「じつはそうなんだ。張り込みってやつかな」

「マジっすか。やべえ」

バックヤードから年かさの店員が出てきて、若い店員に険を含んだ声で指示を出した。

「23号室にカシオレと唐揚げ。急げよ」

「わかりやした」

水を差されたように若い店員は、不満タラタラといった様子で返事をした。受付カウンターを離れ、料理を載せたトレイを運ぶ。年かさの店員が代わって鮎子の会員証を作成し、マイクなどを用意してくれた。

黒滝は鮎子とともに、二階の部屋へと進んだ。階段を上りながら鮎子が言った。冷ややかな視線が向けられる。

「見てましたよ。店員にお金を渡すところ」

「領収書をもらってる暇はない。文句なら相馬警視に——」

「もういいです。だけど、なんで張り込みのことまで話すんですか。黒滝さんらしくない」

「見てりゃわかる。ぶつくさ言わずに職務に集中しろ」

単独で動いていたら、もしくは井筒と組んでいたのなら、こんな文句を垂れられたりはしないだろう。だが、今は彼女が必要だった。男同士では怪しまれる可能性が高い。

カラオケを終えた若い集団がどやどやと部屋から出てきた。だいぶきこしめしているらしく、千鳥足でタンバリンやマラカスを鳴らし、奇声を上げながら一階へと降りていく。とくにこちらに注意を払う者はいなかった。

楓がいるという部屋の前に差しかかった。鮎子に声をかける。

「見るんじゃないぞ」

彼女は素直にうなずいた。

部屋のドアの中央には覗き窓がついていた。横十五センチに縦八十センチほどの長方形のガラスが嵌《は》めこまれてある。ここから室内の様子が窺《うかが》えそうだが、あれほど用心している楓がいるのだ。視線ひとつでこれまでの苦労が台無しになりかねない。

部屋の照明は明るめで、覗き窓から灯りが漏れており、室内に人がいるのは確認できた。伴奏や歌声は聞こえてこない。

隣室に入ってドアを閉めた。二畳程度の狭い部屋で、息苦しさを覚えた。大きなテーブルが真ん中に陣取っているため、ソファとテーブルの天板に脚が挟まる。

「さてと」

黒滝はドア近くのソファに腰かけてメニューを開いた。

「おれは天ぷらうどんだ。ここらで腹ごしらえしておこう。それに芋焼酎《いもじょうちゅう》のロックといこう」

「公務中ですよ。なに考えてるんですか」

「黙ってみてろ。お前も食っておけ」

リモコンで、酒と食事をオーダーした。彼女は納得いかないような顔でウーロン茶と焼きおにぎりを頼んだ。注文を済ませると、黒滝はスタイラスペンを握った。鮎子が目を丸くする。

「まさか歌うんですか？」

「お前がな。曲名を言え」

「カラオケは好きじゃないと言ったじゃないですか。黒滝さんに譲ります」

「いちいち突っかかるな。おれは凄《すさ》まじい音痴なんだ。周りの耳目を集めるぐらいにな。こんな時間だ。最近はビジネスで利用されることも多いが、お隣と同じく静かに過ごしていたら怪しまれるだろうが。相馬警視にパワハラを受けたと告げ口したけりゃすればいい。酒もカラオケも、全部理由あってのことだ」

「私も歌は苦手なんですよ」

「安心しろ。お前の歌声なんか誰も聴いちゃいない。隣室の動向に集中してる」

「ああ、そうですか」

鮎子は顔を紅潮させてマイクを摑んだ。リラックスさせるつもりだったのだが、かえって苛立《いらだ》たせてしまったらしい。挑むような顔つきをすると、曲名を口にした。

それは黒滝が子供のころに放送されたロボットアニメの主題歌だった。伴奏が始まると、ソファから立ち上がり、直立不動の姿勢で歌い出した。ビブラートもこぶしも利いてはいないが、音程が外れることはない。実直な性格が歌声に表れていた。

鮎子が小学校の教諭のように朗々と歌っている間、黒滝はドアの覗き窓から通路に目をやっていた。

楓のいる隣室からは、依然として歌声は聞こえなかった。一緒にいる人物が気になるものの、動きがあるまで静かに待つしかない。

店員がドアをノックして、ドリンクと料理を運んできた。あのバンドマン風の男だ。大真面目《まじめ》にアニメソングを歌う鮎子を訝《いぶか》しげに見つめる。

黒滝は男性店員を見上げた。

「どうかしたか？」

「いや、普通に歌ってたんで。張り込みのわりには」

「捜査上のテクニックってやつさ」

「かっけー」

男性店員は料理を置くと、気を遣っているようで、そそくさと部屋を後にしようとした。黒滝は再び財布を抜いて微笑《ほほえ》みかけた。

「そう急ぐなよ。もう少しだけ話を聞かせてくれないか。隣にも料理を運んだんだろ？」

「ええ。おれが運びました。どっちもお茶っすね」

男性店員は黒滝が睨んだとおり、口の軽そうなタイプで、使い道がありそうだった。彼の胸のプレートには野口と記されてあった。

千円札を野口の胸ポケットに差し入れた。

「野口君、どっちもということは、隣にいるのはふたりだけか？」

「そうです。えらくきれいなキャバ嬢と、背広着たサラリーマン風のおっさんです。四十代くらいっすかね」

「名前と住所もわかるか？」

「住所もですか……さすがにそれはちょっと」

二枚の万札を野口に握らせた。野口の目が一万円札に吸い寄せられる。

「さっきバックヤードから出てきたのは店長だろ？　人使いが荒そうで、いかにも陰険そうだ。違うか？」

野口の胸ポケットにさらに万札を入れてやった。胸ポケットが折り畳まれた紙幣で膨らむ。彼の喉《のど》が大きく動いた。

「え、ええ。……とんでもねえクソ野郎っす。『人手不足の時代じゃなきゃ、お前みたいなやつは雇わねえのに』とか、平気で言ってくるんで。安い時給で一生懸命働いてやってんのに」

野口の肩を親しげに叩いた。

「だったら店に義理立てすることもないだろう。もしバレてクビになったら、おれがもっといい職場を紹介してやる」

「弱ったなあ……」

野口は頭を掻《か》いた。大して弱った様子はなく、棚からぼた餅《もち》が落ちてきたといった調子だ。鮎子がずっと咎《とが》める視線を向けていたが、スルーする。

野口はインターフォンを指さした。

「これで知らせます。あ、でも……」

彼は首をひねった。

「どうした」

「名前は日本人だったんですけど、あのおっさん、言葉に訛《なま》りがあるんすよ。たぶん、外国人だと思います」

ちょうど隣室で動きがあった。

ドアの覗き窓から通路を見やると、野口が言うサラリーマン風の中年男らしき人物の後ろ姿が目に入った。

外国人という証言を得たが、中年男は黒髪の黄色人種だ。見た目は日本人と変わらない。中肉中背のなで肩で、黒色系のスーツを着ている。ジャケットはいささかくたびれていた。歌舞伎町の人気ラウンジ嬢を池袋くんだりまで呼び出し、カラオケに興じられるだけの財力があるとは思えない風采《ふうさい》だった。履いている革靴もくたびれている。

中年男はフロアの隅にある男子トイレへと向かっていた。黒滝は芋焼酎のグラスを摑むと、すかさず自分のジャケットに浴びせた。

「わっ」

野口が声をあげ、鮎子がアニメソングの音程を外した。

おしぼりでジャケットを軽く拭《ぬぐ》った。生地は芋焼酎をたっぷりと含み、特有のクセのある甘い香りを放った。

「名前と住所。頼んだぞ」

野口の労をねぎらうように背中を叩いた。

芋焼酎の臭《にお》いを漂わせたままシートから立ち上がると、黒滝は部屋のドアを開けて通路に出た。

中年男の正体を見極めるため、酔っ払いに化けながらトイレへと歩んだ。ジャケットからはプンプンと酒の臭いがする。

トイレのドアを開けた。なかは狭く、個室がひとつと小便器がふたつあるのみだ。

男性店員の労働の質を見るかぎり、予想はしていたが、タイル張りのトイレは清潔とは言い難い。嘔吐物《おうとぶつ》とアンモニアが混じり合ったひどい悪臭がした。先客の中年男は用を足し終え、股間《こかん》のファスナーを上げている。

通路はほとんどないに等しい。黒滝は酔っ払いを演じて頭をふらつかせつつ、手刀を切って中年男とすれ違った。肩がわずかに当たる。

中年男の横顔に目を走らせたさい、心臓がひときわ大きく鳴った。しかし、態度を表に出すことなく個室に入った。ドアを閉めて内鍵《うちかぎ》をかける。

その顔に見覚えがあった。何者かを思い出すのに多少の時間がかかったが、池袋北口という独特の土地と、野口の証言のおかげで記憶が蘇《よみがえ》った。

手洗い器の水が流れる音がし、中年男がトイレのドアを開けて、通路へと出て行くのが音と気配でわかった。個室の内鍵を外し、トイレの内部を見回す。すでに男は姿を消していた。

中国人だ。名を陳梓涵《チェンズーハン》という。八年前、黒滝が公安三課にいたころにその存在を知った。

公安三課は、右翼団体の監視を目的としたセクションだった。陳を知ったのは、大《だい》日本憂志塾《にほんゆうしじゅく》なる団体への内偵捜査を進めたのがきっかけだった。

大日本憂志塾は日本版ネオナチとも評すべき集団であり、塾生の数は三十人程度と小規模な組織だった。過激な排外主義を唱えては、外国人が多く居住する新大久保や高田馬場、川崎に街宣車を走らせ、差別的で品のない演説を毎週のように繰り広げて悪目立ちしていた。

本部のある中野界隈《かいわい》では、自警団気どりで揃《そろ》いの活動服を着ては繁華街を練り歩き、通りを歩く者に因縁をつけるなど、SNSの一部では熱狂的な支持を集めていたものの、地元住民や外国人としばしば喧嘩《けんか》沙汰《ざた》を起こし、町の鼻つまみ者として嫌悪《けんお》されていた。

内実はともあれ、安心安全かつ多様性に満ちた都市として名を売ろうとする東京都にとって、外国人差別をこれ見よがしに唱える排外主義者はさすがに目障《めざわ》りだったようで、上層部から同団体をきつく締め上げるよう公安三課に命令が下ったのだ。

大日本憂志塾を洗うのはさほど難しくなかった。同団体は主張に共鳴したネット中毒者や、学校や職場に居場所を見つけられない孤独な青少年などを積極的にリクルートしていたが、すぐに逃げ出す者も数え切れないほどいたからだ。

アルバイトをして納めた活動資金を暴力団に上納したり、幹部が遊興に使ったりしていると知り、幻滅する者も多かった。暴力団員と引き合わされ、無理やり盃《さかずき》を交わさせられて、構成員にされた者さえいる――政治団体の皮をかぶったエセ右翼に過ぎなかった。

黒滝は同団体に愛想を尽かした若手幹部を情報提供者に仕立て上げ、内部情報を徹底的に集めた。公安三課は、黒滝から得たネタをもとに捜査を展開し、塾頭で代表者の轡田隆盛《くつわだりゅうせい》と幹部たちを恐喝や暴行傷害罪等で一斉に逮捕した。

大日本憂志塾は政治思想に共鳴した複数の実業家に近づき、まずは機関紙や高額な書籍を売りつけた。そのうちにウォーターサーバーや絵画の押し売りを始め、つきあいを止《や》めたいと切り出す実業家に脅し文句を吐くと、塾生を使って自家用車のタイヤにアイスピックで穴を開けさせたりしていた。

中野にある本部と、轡田の自宅を家宅捜索したところ、奇妙なデータや書類が見つかった。国内最大手の半導体メーカーに関する調査書で、同団体が半導体メーカーから億単位のカネを奪い取ろうと目論《もくろ》む計画書だった。

轡田自身は、誇大妄想に取りつかれた反共主義者であり、一山いくらの右翼標榜《ひょうぼう》団体の頭目に過ぎない。日本に滞在する中国人留学生と会社員のすべてを、中国共産党の息がかかったスパイと見なすような男で、自宅のパソコンには膨大な監視リストまでが収められていた。そのなかには半導体メーカーに勤務する中国人エンジニアの名前もあった。

半導体メーカーは多国籍コングロマリットの系列会社で、一兆を超える売上高と、五千名もの従業員を抱える大企業だった。そのあたりのエセ右翼が手を出せる相手ではない。

轡田は取り調べに素直に応じ、黒滝相手に熱っぽく演説したものだった。すでに我が国の政財界は中国共産党や朝鮮労働党の浸透を受けている。政治家はカネや脅しで骨抜きにされ、あらゆる大手企業には中国や北朝鮮、さらには韓国の産業スパイが入りこんでいるのだと真顔で主張した。

その内容のほとんどは、ネット右翼の主張を拾い集めたようなものばかりで目新しさはなかったが、半導体メーカーの件だけはやけに詳細で真実味があった。

半導体メーカーの頭脳というべき厚木市のテクノロジーセンターから、メモリの微細化に関する研究データを、社員である中国人エンジニアが不正に持ち出し、広東省《カントン》深圳《しんせん》市に本社があるライバル企業に提供したのだという。

中国人エンジニアの行為は、不正競争防止法違反にあたるが、半導体メーカーの役員とその親会社は不正の発覚によるイメージダウンを怖《おそ》れた。警察には通報せず、中国人エンジニアやライバル企業に対して訴訟も起こさず、むしろ極秘に協議を持ちかけて内々に処理しようと隠蔽工作を図った。轡田はなぜか中国人エンジニアの名前や研究データの内容、研究所から盗まれた日時まで正確に把握していた。

――腐れ切った大企業にも我々の思想に深く共鳴を覚える同憂の士がいるということだ。

　轡田は取調室で胸を張ってみせた。半導体メーカーの同じ研究所に勤務する日本人研究員が、自社の隠蔽工作を知り、日頃から大国の中国に対して激しく抗議する大日本憂志塾に内部情報をリークしたのだという。けっきょく同団体が取った行動は、半導体メーカーの不正を暴《あば》くのではなく、不正をネタにカネを強請《ゆす》ることのみだったのだが。

　チンケなエセ右翼の摘発によって、外交問題に発展しかねない大きな企業犯罪を察知し、公安三課は色めき立った。

　警視庁は捜査二課を加えた捜査チームを結成し、不正競争防止法違反の容疑で、半導体メーカーに踏み込んだ。轡田に内部情報をリークした研究員と接触し、機密情報を持ち出したという中国人エンジニアの足跡を追った。その男は研究所の幹部クラスの端末から機密情報へとアクセスし、まんまとオンラインストレージにデータを転送したのだという。

　中国人エンジニアはすでに故国へと去っていたが、その男が情報を盗み出す前に、何度も居酒屋やカラオケ店で接触していたのが、たった今トイレですれ違った陳梓涵だった。

現在の肩書きは不明だが、今も日本で暗躍しているようだ。

陳は二十年前に河南《かなん》省の市職員として、友好都市である東北の地方都市に国際交流員として初来日。その後も仙台の大学院で学ぶなど、何度も日本に滞在している。

八年前は、中国政府のシンクタンクの研究員として、東京大学東洋文化研究所に在籍していた。その折は多くの国会議員が輩出したことでも知られる公益財団法人の政治塾にも特別塾生として入りこみ、政治家や実業家とも幅広いコネを形成するなど、精力的に活動していた。

陳こそが中国人エンジニアに情報を盗ませたエージェントではないかと睨んだとき、上層部から待ったがかかった。この事案については、防諜《ぼうちょう》のプロである外事《ソトコト》に任せるよう命じられたのだ。

中国を相手にする外事二課は、公安部内でも大きな影響力を有していた。それまでかき集めた情報をすべて横取りされ、轡田や研究員といった情報提供者まで持っていかれた。

外事二課が大きな顔をして事案を引き継いだものの、けっきょく半導体メーカーの情報漏えいが事件化されることはなかった。中国人エンジニアの訴追はおろか、半導体メーカーと駆けこんだ中国のライバル企業が手を結び、記録用半導体を共同開発するというオチまでつく始末だった。

轡田も同様だった。暴力団とつながりがあり、前科も豊富にあるエセ右翼の男には長期刑が科されるものと思われたが、検察は暴行傷害のみで起訴。懲役二年のションベン刑を背負わせるだけで済ませた。岐阜刑務所で短い務めを終えると、地元中野に戻って怪しげな健康食品販売会社やフィットネスジムを立ち上げ、再びSNSを中心に「救国活動」に精を出しているという。

「しくじった」

黒滝は思わず呟《つぶや》いた。

陳が今、どのような組織に籍を置いているのかは不明だ。彼が楓とどのような関係にあり、カラオケの部屋でなにを話し合っているのかもわからない。はっきりしているのは、黒滝が痛恨の失策を犯したという事実だった。

トイレのドアを開けて通路に出た。陳は再び部屋に戻ったらしく、通路には誰もいなかった。黒滝は酔っ払いの真似《まね》を止め、足早に歩きながら耳をすませた。

カラオケ店の二階には九つの部屋があった。そのうち三つの部屋が空いており、ドアが開けっぱなしになっている。つまり、陳や黒滝たちを含めて六つの部屋に客が入っていることになる。にもかかわらず、鮎子の歌声しか聞こえなかった。二階にいる者全員が、誰一人としてカラオケを愉しんでいない――。

部屋に戻ると、鮎子が直立不動の姿勢で少女漫画原作のアニメソングを真剣に歌っていた。そのバカ正直な姿に初めて好感を抱いたが、褒め称《たた》えてやる暇はない。

彼女は歌いながら目を丸くした。黒滝の表情や気配で、ただならぬ事態に陥ったと悟ったようだった。黒滝は口を覆ってみせ、もう歌う必要はないとジェスチャーで命じた。

鮎子はリモコンを操作して伴奏をストップした。

「な、なにがあったんですか」

「ここを出る準備をしろ。説明は後でする」

「監視対象者《マルタイ》にバレたんですか？」

「もっとタチが悪い」

携帯端末を取り出した。井筒に電話をかける。

〈なにや〉

「あんた、この近くで待機してるな」

〈池袋駅北口付近の道端でスタンバイしっだ。カラオケ店からだいたい二百メートル

ってところだな〉

「その場から離れろ。あんたまで連中に知られるわけにはいかない」

〈ああ？〉

しばし間があったが、井筒はなにが起きたのかをすぐに察知したようだった。スピーカーを通じて、彼が車のエンジンをかけるのがわかった。

〈……わがった。離脱する。おれはバッジのねえ一市民だ。しょっ引かれたらかなわねえ。白幡さんの名前出すわげにもいがねえべしよ〉

「すまない」

通話を終えるのと同時に、壁のインターフォンが鳴った。黒滝は受話器を取った。

〈もしもし。あの……名前と住所、わかりました〉

野口があたりを憚《はばか》るように小声で囁いた。携帯端末のメモ帳アプリを起動させる。

「言ってくれ」

〈男のほうが王同学《おうどうがく》で、女のほうは松川成海《まつかわなるみ》です〉

心臓の鼓動が速くなるのを感じた。手汗で携帯端末が濡《ぬ》れそぼる。

王同学《ワントンシュエ》は、陳梓涵が使う偽名のひとつだ。野口から彼らの住所も聞き出す。

陳の住所は中国大使館と同じく元麻布で、楓こと松川成海は豊島区長崎の住所だという。黒滝は陽気な口調で野口を褒め称えた。

「よくやってくれた、野口君。礼は弾もう。コーラを大至急で頼む」

〈喜んで〉

当初こそかったるそうに働いていた野口だったが、現金を手にした今は元気はつらつといった様子だ。

「黒滝さん」

鮎子がバッグを抱えて立っていた。しびれを切らしたように、黒滝に口を尖らせる。

「隣室の男に見覚えがあった。陳梓涵という中国人スパイだ」

鮎子に陳の経歴を簡単に伝えた。彼女は目を白黒させながら聞いていた。

「かりにそれが本当でも、なぜ我々が撤退しなければならないんです？」

野口が割って入るように、とびきりの笑顔でコーラを運んできた。

「お待たせしました」

二枚の万札を抜き、すかさず野口の胸《こわ》ポケットに入れる。彼は黒滝の危うい気配を感じ取ったのか、笑顔を消して顔を強ばらせた。

「あの……なんかやばいことになったんすか？」

「ちっともやばくなんてないさ。他の部屋の様子を聞かせてほしい」

「隣じゃない。それ以外の部屋のことだ。さっきから誰ひとり歌ってない。どんなやつらがいるんだ？」

黒滝は早口で尋ねた。野口は黒滝に気圧《けお》されて目を泳がせる。

「え、えーと」

「コレか」

人差し指で頬をなぞった。不良という意味だ。首が横に振られた。

「いやいやいや、どこも普通っぽい感じのお客さんですよ。サラリーマンっぽかったり、普通な感じのカップルとかで。それにカラオケしない人、今は全然普通にいますよ。サラリーマンっぽいほうはパソコン開いて仕事してるようだったし、カップルのほうもスマホいじったり肩抱いたり、まったり過ごしてて」

「酒を注文したか？」

「そういえば……この階のお客さん、全員お茶かソフトドリンクです。誰も酒を飲んでないし、どっかで飲んできたって感じでもないっす」

「ありがとう」

黒滝は伝票を手にした。

「あれ？　行っちゃうんですか」

「ああ。市民としてのご協力に感謝する。あとは口にチャックしておくだけだ。おれたちとのことをペラペラ喋《しゃべ》れば、今度は令状を持って君のところにやって来る。野口君、大麻《クサ》はほどほどにしておくんだ」

「げっ」

「また会おう」

野口からはかすかに大麻独特の青臭さがした。最初に千円札を渡したときに気づいた。とはいえ、その証言はまたも黄金に匹敵するほどの価値があった。

彼は何度も〝普通〟を繰り返した。

隣室には中国人スパイと思《おぼ》しき男がおり、それ以外の部屋では〝普通な感じ〟の連中がノンアルコールを貫いて一曲も歌わぬまま過ごしているという。東京有数の歓楽街のカラオケ店でだ。偶然と考えるには無理があった。黒滝たちは会計を済ませ、足早に部屋を後にした。

西一番街は静かだった。午前三時近くに至り、人よりもカラスのほうが多そうだ。ゴミ箱からあふれた生ゴミや路上の嘔吐物をついばんでいる。ダルマのように分厚く衣服を着こんだホームレス風の老人と、深夜労働を終えた居酒屋のアルバイトぐらいしか歩いていない。

　黒滝は周囲を見渡し鮎子に命じた。

「車はどこだ。案内しろ」

「教えてください。どうして撤退なんですか」

　鮎子は車のキーを握りしめたまま睨みつけてきた。

「あの店の二階には、警視庁《カイシャ》のお仲間がどっさりいたってことだ」

　鮎子が息を詰まらせた。黒滝は正反対に深呼吸をした。まずは己を落ち着かせる必要がある。携帯端末を取り出して電話をかけた。

〈もしもし〉

　相手は上司の美貴だ。深夜にもかかわらず、ワンコールで電話に出る。

「ドジを踏みました。楓《マルタイ》を追っかけてるうちに、敵陣のど真ん中にまで入りこんじまいました」

　美貴が息を呑《の》むのがわかった。状況をすぐに察したようだった。

〈他の部屋に公安《ハム》の捜査員が張ってたというわけね〉

「しかも、やつを預かってる外事二課《ソトニ》です」

　池袋のカラオケ店まで楓を追跡した。彼女はそこで陳梓涵という中国人スパイと会っていた。

日本はスパイ天国と言われるが、かといって海外の諜報員を野放しにしているわけではない。何年も執念深く行動を監視し、スパイ網の洗い出しを慎重に進めている。陳梓涵がいい例である。公安三課に存在を知られ、その後も外事二課に泳がされているようだった。同課はこの陳を通じて楓の正体も割り出しているだろう。彼女が陽一に接触を図っている事実もとっくに摑んでいる。

カラオケの店員は、他の部屋にいた連中を〝普通な感じ〟と表した。公安捜査官は警察の臭いを消し、ファッションや髪型はもちろん、目つきや表情にも注意を払って無個性に徹する。

東北の県警の公安畑にいたという井筒がいい例だ。スダレ頭で小柄、すがれた雰囲気を漂わせた老人で、誰も元警察官だとは思わないだろう。彼のように〝普通〟に化けた者たちが、陳をずっと監視しながらスパイ網の把握に努めているのだ。

一方の陳にしても、くたびれたスーツを着て、勉学しか興味なさそうな学者風に化けているが、中国人民解放軍の情報部員出身だといわれている。

そんな諜報戦争の最前線に、普通とは言いかねる空気をまとった黒滝たちがのこのこと割って入ったのだ。周りの捜査官たちもさぞ驚いたに違いない。

コインパーキングにたどり着いた。西一番街のアーケードの傍にあり、ほとんどの飲食店がシャッターを下ろしている。開いているのはコンビニぐらいで、客の姿はまばらだった。

カラオケ店を出たときから、ずっと視線を感じていた。

黒滝は目をこらした。閉店したドラッグストアの前に人影が見える。

紺色の地味なコートを着た小男で、コシのなさそうな頭髪を七三になでつけている。腹がみっともなく突き出ており、風采の上がらぬサラリーマンにしか見えない。白幡の私兵である井筒老人と似たような雰囲気を漂わせ、摑《つか》みどころのない目つきをしていた。小男はコートのポケットに手を突っこんだまま、黒滝のほうを無表情でじっと見やっていた。外事二課係長の能瀬《のせ》祥久《よしひさ》だ。

能瀬は警察学校を次席で卒業し、叩き上げのエリートとして公安畑を歩んだ優秀な捜査官だった。同課課長の永守《ながもり》から厚く信頼されている。

美貴に伝えた。

「やはり外事二課《ソトニ》です。生意気にメンチ切ってきやがった」

車に乗りこんで、再びドラッグストアのほうを見やった。能瀬の姿はもうない。

〈どのみち、このまま陽一を追いかけていれば、外事二課《ソトニ》に感づかれるのは時間の問題だった。私はあなたたちがドジを踏んだとは思わない。陽一は外事二課《ソトニ》に預けられてからも、変わらずに大活躍していた事実を摑んだのだから〉

「それはどうも」

黒滝は呟くように返した。

陽一がぞっこんのラウンジ嬢はただ者ではなかった。尾行をひどく警戒していたのも当然だ。アジア地域の諜報機関と戦う外事二課の捜査員に近づき、中国人スパイと睨まれている男と接触していたのだ。

美貴の言うとおりだ。陽一は異動先でも不祥事を起こしていたことになる。防諜を任務としているにもかかわらず、よりによってスパイの協力者に籠絡《ろうらく》されていたのだ。伊豆倉陽一が警察官の身分を巧みに隠し、羽振りのいい実業家のフリをして、楓に近づいたという可能性について検討してみる。

いや、それはないと見るべきだろう。外事二課からしてみれば、彼は大事なお客様であり、同時に厄ネタでもある。過去にどれだけ過《あやま》ちを犯してきたかをしっかり把握しているはずだ。

中国人スパイに接触するようなラウンジ嬢に、陽一などぶつけるはずがない。あの男に限っては身分を隠し通せる実力があるとは思えなかった。

美貴に言った。

「こっちが陽一を追っていると知られた以上、連中は必死になってガードを固めてくる。攻撃だって仕掛けてくるだろう。脅しに暴力。手を引かせるためになんでもやってくるはずだ」

〈あなたが普段やってることでしょう〉

美貴が鼻で笑った。

「やけに落ち着いてますね」

〈背後にいる人間が警察庁のナンバー2と聞かされてから、なにが起きてもおかしくないと思ってるだけ〉

「おれに考えがあるんですが――」

〈待って。敵は公安の最強部隊なんでしょう。私たち木《こ》っ端《ぱ》役人が闇雲《やみくも》に動いても仕方ない〉

「どうするんです」

美貴は息を吐いた。

〈大物の上司に動いてもらいましょう。私たちが動くのはそれからね〉

美貴は電話を切ると、椅子《いす》の背もたれに身体《からだ》を預けた。こめかみを揉《も》みながら唇を嚙《か》む。

黒滝に伝えた言葉に嘘《うそ》はない。陽一を囲いこんでいるのは、防諜《ぼうちょう》のエキスパートであり、彼らに監察係の動きを読まれるのは時間の問題だとは思っていた。とはいえ、思わぬ形で敵と遭遇してしまったのは事実だ。陽一の破滅的な生き方がこちらの想像をも上回っていたといえる。

陽一を管理下に置いている外事二課も頭を悩ませているだろう。警察庁次長に多大な恩を着せられるどころか、とんでもない爆弾を抱えてしまったと呆《あき》れ果てているかもしれない。

携帯端末の液晶画面に触れた。時計は午前三時を過ぎている。ただし、迷うことなく白幡に電話をかけた。応答するまでにはそれなりに時間がかかったが、しっかりとした声が返ってきた。

開口一番に白幡が言った。

〈ドッグの野郎、ヘタ打ちやがったってな〉

「はい」

スピーカーからは、白幡の声とともにジャラジャラという音がした。今夜の彼は徹マンに励んでいるようだ。

白幡一登《かずと》は眠らない男として警察社会で知られている。夜通しで仕事に奮闘するという意味ではなく、職務そっちのけでコネ作りに励み、夜は誰かと酒杯を交わしているか、雀卓《ジャンたく》を囲んでいるという陰口だ。午前中はおおむね二日酔いで、熟れた柿《かき》のような臭《にお》いを漂わせていることも多い。

しかし、それによって築かれた情報ネットワークの規模と細やかさは驚嘆すべきもので、警察庁幹部から全国都道府県警の中級職員に至るまでの大人脈を築いていた。黒滝が撤退に追いこまれた件についても、直属の上司である美貴よりも早く情報を入手していたようだ。

黒滝の報告を白幡に伝えた。楓《かえで》なるラウンジ嬢を追跡した結果、中国人スパイと接触しているのを目撃。そのさいに外事二課の捜査員と鉢合わせしてしまったと。黒滝にはひとまず待機を命じている。

〈おおかたドッグには、おれにケツを持っていくから待ってろとでも言ったんだろ

う〉

「おっしゃる通りです」

〈面倒くせえが、まあ、妥当な判断だろう。ヘタに焦《あせ》ってバタつけば、余計に相手につけこまれる。探りを入れてみるさ。こっちの首が斬《き》り落とされるか、やつらの首をもぎ取るかの瀬戸際《せとぎわ》だしな。おれがくれてやった文書は届いたか〉

「ありがとうございます。さっそく目を通しました」

〈おいおい、結構な分量だったのにもう読んだのか〉

「部下が夜通しで張り込んでいるんです。とてものんびりしているわけには〉

文書とは伊豆倉《いずくら》家に関する調査書だった。本日、白幡からバイク便で届けられた。といっても、警察官である伊豆倉知憲《ともあき》と陽一の父子に関してではない。すでにこのふたりについては、数週間にわたって経歴から勤務成績表はもちろん、彼ら自身が手がけた企画書や捜査書類、報告書まで読みこんでいる。

今回の文書はA４紙で数百枚にものぼり、数冊の本も添えられてあった。その内容のほとんどは陽一らの母親で、知憲の妻だった故・伊豆倉志都子《しずこ》と、その実家で病院経営をしている『宗仁会《そうじんかい》』に関するものだ。

宗仁会はさいたま市を中心に複数の病院と介護福祉施設、保育園を抱える医療法人社団である。

トップの理事長に就いているのは、志都子の父親の宗林基成《むねばやしもとなり》なる老人で、資料に添えられていた本は、この理事長自身が手がけた自伝と医療法人の経営に関するビジネス書だった。

伊豆倉博樹が勤務するのは、さいたま市の『宗林総合病院』で、基成の弟が院長を務めている。有料老人ホームや保育園の経営に携わっているのも、同じく宗林基成の親族たちだった。

宗林家は埼玉県内で、豪農に由来する名家として知られており、見沼《みぬま》の大地主として君臨、明治維新後には銀行を設立した。戦後の農地改革により、多くの土地を失ったが、藩医を祖とする医家の一族と閨閥《けいばつ》として結びつくと、中規模病院を開業、地域に根付かせていった。医師として臨床にあたったのち、シカゴに留学して経営学を学んだ基成が、宗仁会を大きな医療福祉グループへと成長させたという。

報告書には志都子の人物評もあった。資料の大半は彼女に割かれているといってもいい。

宗林志都子は埼玉県内の女子高を卒業すると、お嬢様学校として知られる都内の女子大の家政学部に入学。花嫁修業に励んでいる最中に、東大法学部卒でキャリアとして警察庁に入庁した伊豆倉知憲と見合いをしている。気位が高い、昭和の価値観で育った古風な女性だったようで、当初は知憲との結婚には乗り気ではなかったという。

伊豆倉知憲の父親は電子部品の販売を手がける中小企業の万年係長で、郊外の自宅からバスと電車を乗り継ぎ、一時間半かけて会社に通うような平凡な人物だった。山陰の出身でかつての家老の家系というものの没落しており、宗林家とはあまりに不釣り合いだというのが、その理由だった。

いくら知憲自身が東大法学部出身で将来性抜群だと周りが太鼓判を押そうと、ただの役人に人生を預ける気にはなれない。知憲と出会ったころ、彼女は学友にそう漏らしていたという……。

報告書の確度は高そうだった。なにしろ、志都子が変死したさいに作成された捜査資料だったからだ。作成者は埼玉県警の所轄《しょかつ》の部長刑事と判明している。

——人を……人を殺してしまったからだと。

三日前、三坂は美貴に貴重な情報を与えてくれた。博樹が自分には医者になる資格などなく、なぜなら人を殺してしまったことがあるからだと告白したというのだ。

博樹が三坂にそう告げたのは、まだ彼らが医学生のころだ。医療上のミスで患者を死なせたといった類《たぐい》の話ではない。兄の陽一が執拗《しつよう》に博樹を財布代わりにし続けるのは、共有する過去に理由がありそうだと推測、美貴はこの兄弟が職業人になる前に注目した。

陽一が派手にカネをバラ撒《ま》けた背景には、この兄弟の歪《いびつ》な関係があると考え、伊豆倉家と宗林家にまつわる情報を集めた。

とくに知りたかったのは、十九年前に事故でこの世を去った志都子についてだった。博樹の周りで死が絡《から》んでいるとすれば、それは母親の件しか考えられない。

志都子は十九年前の秋、浦和の自宅で階段を踏み外して死亡した。当時の捜査資料には、細かい現場見取図や複数の現場写真が添付されていた。

宗林家の息女に似つかわしく、地上二階建てに地下一階のガレージが備わる、有名建築家の設計による豪邸だった。延べ床面積は二百五十平方メートルを超え、鉄筋コンクリート造りの外観は、現代アートを扱う美術館のように見える。

高級官僚である知恵といえども、彼ひとりの経済力では手が届くはずがない。施工にあたって、志都子の実家から多大な援助があったのは明白だ。

志都子は緩やかに曲線を描く階段のてっぺんから落下。階段の段鼻に顔面を強く打ち、一階の床に頭を激しく打ちつけたと記されている。

彼女の容態は極めて重篤《じゅうとく》だった。頭蓋骨《ずがいこつ》骨折と顔面骨骨折、脳にまで損傷を来《きた》し、救急車によって搬送された。

頭部外傷によって脳浮腫《ふしゅ》が続発。翌日には和歌山県警警備部に出向していた夫も病院に駆けつけたが、治療の甲斐《かい》なく脳挫傷《ざしょう》という診断名で死亡した。

所轄の浦和署は事件と事故の両面で捜査を進めた。転落事故が発生したのは日曜で、昼間に友人たちを集めてワインパーティが催されていたからだ。

当時の志都子の趣味はワインで、和歌山で単身赴任をしている夫の留守を預かりながら、ワインエキスパートの資格を得ようと熱心に教室に通っていた。

ワインエキスパートとは、日本ソムリエ協会が認定しているワイン愛好家向けの民間資格だ。そのために邸宅の一室には、六畳程度の広さのワインセラーが設けられており、約四百本のワインコレクションまであった。

転落事故はパーティがお開きになった後だったため、すでに参加者は家を辞しており、家屋にいたのは二階の自室で勉強をしていた博樹だけだったという。

当時の浦和署は事件の線もあるとして、二階にいた博樹に疑惑の目を向けたようだ。

志都子は社交的で多くの友人がいたが、その一方で子供たちにはスパルタ教育を課し、定規や指示棒を使った体罰も辞さなかったという。

ふたりの息子を伊豆倉家にふさわしい人間に育て上げるべく、幼いころから厳格な規則を課し、複数の家庭教師をつけて、多くの東大生が輩出している中高一貫教育の私立校に入学させた。

志都子の厳しさは夫の伊豆倉知憲すら鼻白むほどだったようだ。反抗期を迎えた陽一は中学時代から成績を急激に悪化させた。秀才向けのカリキュラムについていけなくなった陽一は、母の言いつけを守らなくなり、中学卒業時に別の高校に転出した。志都子は長男に見切りをつけ、母親の言いつけをきちんと守る博樹にひときわ目をかけるようになった。

つまり、博樹は母親と宗林家の期待を一身に背負って生きてきたことになる。

博樹本人の努力もあって、東大理科三類に合格。警察社会のトラブルメーカーと化す陽一とは対照的に、次男は母の望みどおりに医師として宗林家の病院に勤務している。

最終的に、志都子の死は階段を踏み外した事故によるものと判断された。

白幡は嬉《うれ》しそうに言った。

〈いいところに目をつけたもんだな。相馬警視、あんたは法令、行政もいけるが、刑事畑でも充分やっていけるぜ〉

「ありがとうございます。とはいえ、もう十九年も前のことです。すでに事故として処理されているうえに、伊豆倉家の兄弟が関与しているという証拠はありません」

〈しかし、博樹本人が言ってたんだろ。人を殺しちまったことがあるってよ。それに母親の死は大昔だが、陽一が弟からカネをガメてるのは今だ。探る価値は大いにある。もしかしたら、博樹が母ちゃんを突き飛ばして、あの世に送っちまったのかもしれねえしな〉

「明日……というより、もう本日ですが、伊豆倉博樹に直接会いにいこうと思っています。こちらの調査が外事二課《ソトニ》に知られたとなれば、回りくどくやる必要もなくなりました」

〈うーん〉

白幡は低くうなった。

〈そいつはまだお勧めできねえな。もっと追い込めるネタを集めてからのほうがいい。それまで待つんだ〉

「ですが……」

〈博樹先生に会ってどうする。『昔、ご母堂をぶっ殺しませんでしたか?』とでも訊《き》くのか? 博樹に秘密があるのは間違いないだろうが、容易に口を開いちゃくれねえ

ぞ。なにしろ兄貴に何年も何年もカネを搾《しぼ》り取られても黙っていたくらいだ〉

　黙るしかなかった。

〈お前らはいい牌《パイ》を次々にツモってる。このまま行けばダブル役満ってぐらいのな。ただし、まだテンパイにはなってねえ。せいぜい二向聴《リャンシャンテン》ってところだ〉

「陽一にカネを吸い上げられている点を突けば――」

〈そんなもん、どうとでもごまかせる。兄弟間のカネの貸し借りなんて犯罪でもなんでもねえんだ。警察庁次長様のご家庭を無用に突きまくったと、朝敵にされるのがオチだ〉

「……仰《おっしゃ》るとおりです」

　――やけに落ち着いてますね。

　黒滝からはそう評されたが、彼からの急報で本当は浮き足立っていたのかもしれない。

　白幡の言うとおりだった。闇雲に動いても、伊豆倉家のガードが堅くなるだけだ。

　続けて諭された。

〈調査も大事だが、ここで必要になるのは体力とツラの皮の厚さだ。ドッグの勘が当たっていたのなら、これから有形無形の圧力が待ってる。それらを跳ね返せるだけの胆力がなきゃ潰《つぶ》されるぞ。オフィスで身悶えしてねえで、たまには酒でも喰らって寝るか、おれみたいにパッと遊んでストレス解消しろ。黒滝みたいな野郎を生かすも殺すも上司の腕次第だ〉

「逆襲に備えよということですね？」

〈クールダウンが必要ってことさ。疲れた頭で対抗できる相手じゃねえ。それとよ、お前の実家は成城学園だったな。ご両親は健在か。親父《おやじ》さんは確か大手の代理店だろ？〉

「そうです。三ヶ月前に子会社の物流企業に出向となりましたが……」

質問の意図がわからぬまま答えた。

伊豆倉家ほどではないにしろ、美貴もそこそこ裕福な家庭で育った。父が仕事に出て稼ぎ、母は専業主婦として家庭をしっかり守るという、古風な家だった。父の仕事の関係で、英国やロシアで子供時代を過ごしている。

父は所得が下がったとボヤきながらも、フィットネスクラブやゴルフで身体を鍛えて、今も夜遅くまで毎日働いている。とっくに死語と化しているが、企業戦士というやつだ。母は仕事中毒の娘が行き遅れにならないよう、家事に勤しみながら日々お見合いの相手を探している。

〈明日にでも親父さんに連絡してやれ。朝の通勤ラッシュは避けろとな。フィットネスクラブやゴルフ場もそうだ。くれぐれも荷物の管理に気を配れと。お前が優先すべき仕事はそっちだ〉

美貴は唾《つば》を呑《の》みこんだ。

「痴漢や窃盗犯にでっちあげられる……ということですか」

〈おいおい。公安《ハム》とやり合うってのは、そういうことだぞ。連中はなんだってやるし、カネも人数も権力も桁違《けたちが》いだ。一般人ひとりを陥《おとしい》れるなんて朝飯前だ。おれたちを叩《たた》き潰すためなら、親兄弟のカバンにクスリを仕込んだり、女にケツを触られたと騒がせるくらい平気でやってのける。まあ、おれたちだって黒滝なんて度外れた野郎を使ってんだ。どんな手を使われても、批判しづらいわな〉

身体中から汗が噴き出るのを感じた。

暖房の温度は十九度に設定されており、部屋には美貴ひとりしかいない。さっきまでは寒々しく感じられたが、白幡との電話で急に顔が熱くなった。

自分はまだまだ世間知らずのお嬢様だ。そう思わずにはいられなかった。狙《ねら》われるのは己だけでは済まない。両親の心配など思い浮かびもしなかった。

〈もっとも、公安《ハム》がやろうと思えば、いくら気をつけていても無駄だけどな。車にゴルフクラブを積んでおけば軽犯罪法違反。法定速度をちょっと超えたらスピード違反ってな具合だ。念のために、検察と太いパイプを持つヤメ検弁護士を紹介しておく。電話番号を言うから控えておけ〉

「あ、ありがとうございます」

美貴はペンを握り、白幡が口にした電話番号をメモした。文字がみっともなく乱れていた。

〈……ビビってるのか?〉

「貴重なアドバイスを頂き、気を引き締めたところです」

〈嘘をつくのが下手だな。声が震えてるぞ〉

白幡はからかうように笑った。この男はなぜ平然としていられるのだろうか。いや、平然というより、この状況を楽しんでいるのだ。

思えば、この白幡は公安畑にも籍を置いていた警察官僚であり、〝なんだってやる〟側の人間だったのだ。井筒老人以外にも私兵を使い、熾烈《しれつ》な権力闘争を勝ち抜いてきたのだろう。

〈そんなに怖がるなよ。かりに負けたときは辞表を出してカタギに戻りゃいいだけだ。命までは取らねえと思うぜ。たぶんな〉

美貴は小さく笑った。

「まるで暴力団《マルB》みたいですね」

〈わかってきたじゃねえか。組織なんてのはいずこも同じさ。おれはこういう戦いをあちこちで見てきたし、今回みたいにがっつり加わったこともある。お前と同じくらい知恵が回ってタフな野郎が、疲労と睡眠不足で自滅するのも山ほど目撃してきた。つまらねえ判断ミスから警察にいられなくなったり、精根尽き果てた末にロープを手にして枝振りのいい樹《き》を探し回ったりな〉

「わかりました。ひとまず英気を養い、戦いに備えます」

〈それがいい。狂犬の黒滝ですら、やばいと立ち止まったくらいだ〉

上司との電話を終えた。誰もいない部屋は静寂に包まれ、仕事に集中できると好ましく思っていた。しかし、急に薄気味悪く感じられた。

人事一課がある十一階のフロアは、警視総監室や副総監室、白幡が使う警務部長室、それに東京都公安委員会などが入っており、他の階と違って昼間でも独特の静かさに包まれている。

警視総監、副総監といったトップたちが同じフロアにいるのだ。無駄口など軽々しく叩ける雰囲気ではない。彼らのいない夜のほうがリラックスできる。誰もいない深夜の時間帯を好んでさえいた。今はそれが恐しく思える。パソコンの電源を落として帰り支度をした。

椅子から立ち上がると目がくらんだ。伊豆倉志都子に関する捜査資料に没頭し、数時間も椅子に座りっぱなしだった。目がしょぼつき、上半身の筋肉が強《こわ》ばっている。両肩がずしりと重たい。

溜息を吐《つ》きながらロッカーで制服からスーツに着替え、バッグを抱えて警視庁本部庁舎を後にした。

美貴は本部庁舎を見上げた。治安のさらなる向上のために貢献し、ゆくゆくは防犯対策の政策を立案したい。そんな志を抱いて警察官となった。

警察官を目指すようになったのは、幼いころにロシアの広告代理店に出向した父親の都合でモスクワに住んでいたという理由が大きい。盗人や薬物中毒者がうろつき、銃器を用いた暴行や殺人が頻繁に起こっていた。また、人種差別による集団暴行や無差別テロなど、物騒な話題に事欠かなかった。

欧州でもとりわけ治安が悪く、プロサッカーの試合や若者向けのライブがある日は、フーリガンや暴力的な若者であふれ返るため、日本大使館がよく注意を促していた。非スラブ系ロシア人に間違われやすい日本人は、なるべく目立たないように暮らせと同国在住が長い邦人に教えられた。

ヒトラーの誕生日がある四月と、〝民族統一の日〟がある十一月は公園や広場、盛り場には近づくなとアドバイスされた。デモや集会がある日も同様だ。

まだ幼かった美貴にとって一番の恐怖は犬だった。リードもつけずに放し飼いにされた大型犬が住宅地をうろうろしているばかりか、飼い主に狂犬病ワクチンを義務づけていないため、ワクチン接種をしていない犬が多かった。

街のいたるところに野犬がおり、集団で行動しているものまでいて、まだ小さな美貴をエサとして見るリーダー犬もいた。その獰猛《どうもう》な目つきを今でも覚えている。一方で、飢えや寒さのため路傍で息絶えている犬を目撃するのも日常茶飯事だった。

日本に帰国したさい、カフェやフードコートで席を確保するために、バッグや携帯電話を置いている人々の姿に衝撃を受けたものだった。盗んでくれと言わんばかりに、財布や携帯端末を無雑作に扱う者の姿にも。

飼い犬にはきちんとリードがつけられ、野犬を目にすることもない。ボッタクリのタクシーもいなければ、不当に金銭を要求してくるニセ警官や不良警官もいない。その安心感に感激したのを覚えている。

とはいえ、時間が経《た》つにつれて、母国も決して安全管理の行き届いた楽園ではないとわかった。高齢者を狙った特殊詐欺《さぎ》、無秩序で犯罪の温床となっているサイバー空間、度重なる大規模災害への対応など、国家が対応すべき課題は山積みだ。それら諸問題と戦うために入庁したのだ。警察庁次長や公安部なんかとやりあうためではない。醜悪な政争に首を突っこんだだけではないかと、書類の読み込みを続けながらも、時折、疑問や虚《むな》しさを覚えたりした。

美貴は再び歩き出した。白幡の指摘のとおり疲労が積み重なっているのだろう。少なくとも今はニヒリズムに浸っている場合ではない。

桜田通りの路肩には数十台のタクシーが、夜遅くまで働く霞が関の役人のために待機していた。タクシーに乗りこみ、田町の官舎近くに向かうように伝えた。

白髪頭の運転手が小さくうなずき、無言のままタクシーを走らせた。いささか無愛想ではあったが、ベテランであるらしく、その運転には迷いがなかった。ペラペラと話しかけてくる様子もない。シートに身体を預けると、身体がめりこんでいくような錯覚を覚えた。

国道1号線を南下し、十分足らずで田町駅付近に着いた。官舎の近くのコンビニの前で停めてもらった。

タクシーを降りて、コンビニに立ち寄った。朝食用のサンドウィッチとゼリー飲料、それにいささか値の張る栄養ドリンクを買った。時刻は三時半を過ぎている。

短い睡眠を摂《と》り、定時に登庁する必要がありそうだった。黒滝や鮎子《あゆこ》たちと情報を共有しなければならない。黒滝はともかくとして、若い部下には改めて言っておこう――公安を相手どるとはどういうことなのかを。上司として彼女たちを守る義務があるのだ。

白幡からは休養を命じられたが、今夜は眠れる自信がなかった。遊びなどもってのほかだ。この状況で麻雀《マージャン》をやっていられる上司の胸の内をどうしても理解できずにいる。

コンビニを出て三田警察署の前を通り過ぎた。官舎は警察署の隣にある。巨大なオフィスビルとマンションが並ぶ一角で、深夜はほとんど人通りがない。

自転車専用レーンもある広めの公道が伸びているものの、周囲は運河と線路に囲まれており、南に二百メートルほど進むと行き止まりにぶつかる。そのため昼間でも車の往来が都内にしては少なく、夜はしんと静まりかえる。

官舎の門を潜《くぐ》ろうとしたところで、美貴は足を止めた。隣接した高層ビルの前に目をやる。

高層ビルの一階に大手自動車メーカーの販売店が入っていた。販売店の前の歩道で人が倒れているのが見えた。

販売店のほうへと駆け寄った。コンビニのレジ袋を地面に置き、携帯端末をポケットから取り出す。酒場が並ぶ飲食街ならともかく、人気《ひとけ》のない住宅街だ。通報を視野に入れながら近づいた。

倒れているのは黒いダウンジャケットを着た男性だった。歩道に顔を押し当てるようにしてうつ伏せの状態にある。短髪の頭髪が灰色であることから、中高年と判断できた。

人相は確認できないが、着衣に乱れはなく、髪型もこざっぱりとしているところから、このあたりの住民かもしれない。トレーニング用の黒いロングパンツを穿《は》いており、販売店の従業員にも見えなかった。

「どうしました？」

声をかけて両肩に触れた。

酒の臭いはしない。美貴は男性の顔を覗《のぞ》きこむようにして再度声をかけた。しかし、彼は反応を示さない――。

男性が急に起き上がると、美貴に摑《つか》みかかろうとした。美貴はその前に立ち上がって距離を取っていた。大きく両腕を広げて彼女を捕えようとしたが、美貴は後ろに下がり、すんでのところで窮地を脱した。

問いただしながら携帯端末をポケットにしまった。メールはもちろん、通報する隙《すき》すら与えてくれそうにない。

「誰？」

男は五十代くらいに見えた。年は喰っているものの、美貴より身長は高く横幅も広い。腹が突き出た肥満体型ではあるが、手はやけにゴツゴツとしていた。柔道や空手をやっていたのかもしれない。武道経験のある警察官と似た掌をしている。

肥満の男は美貴の問いに答えず、両腕を突き出しながら距離をつめてくる。

白幡からの警告を聞いていなければ、美貴は今ごろ地面に組み伏せられていたかもしれない。散歩をするには不自然な時間帯であり、ウォーキングにしてはダウンジャケットを着用するなど、男の服装にかすかな疑念を抱いたおかげで捕まらずに済んだ。

交通事故を防ぐための反射シールを貼《は》っているわけでもなく、まるで闇にまぎれる忍者のように黒一色の恰好《かっこう》なのも引っかかっていた。

販売店のビルの陰で物音がした。頭と顔をニット帽とマスクで隠した男ふたりが歩道に飛び出してくる。倒れていた男と同じく黒一色の恰好で、ブラックのＭＡ－１や濃紺のカストロコートに黒いズボンを穿いている。

視界が暗闇で不明瞭《ふめいりょう》なうえ、男ふたりの顔が隠されているため、年齢などはわからない。はっきりしているのは、三人ともこちらの身長や体重を上回っていて、美貴に危害を加えようとしていることだった。

何者なのか。考えている暇はなかった。新たに現れたふたりは黙ったまま、暴力の気配を漂わせながら突進してくる。みすみす餌食《えじき》になるつもりはない。

美貴はバッグに手を突っこむと、自動拳銃《けんじゅう》のシグP230を抜き出した。スライドを引いて薬室に弾薬を送り、肥満の男の顔面に官給品の自動拳銃を向ける。

肥満の男は顔を凍りつかせ、顔を隠したふたりの男もその場でぴたりと足を止めた。

男の顔には厚みがあった。眉《まゆ》のあたりの肉が盛り上がり、三白眼と相まって威圧的な迫力をかもし出している。裏稼業《かぎょう》の臭いをきつく感じさせる。

肥満の男は一瞬だけ顔を凍《い》てつかせたものの、すぐに頰を歪《ゆが》めてみせた。微笑《ほほえ》んだつもりらしい。

「撃てるのかよ。安全装置がかかってるぞ」

「うるさい！」

美貴は男の声をかき消すように怒鳴りつけた。

シグP230には手動の安全装置などついていない。隙をついて攻撃を仕掛ける気だったのだろう。非力な女警官《メスポリ》と侮《あなど》った態度が透けて見える。

大きく足を広げると、顔を前に突き出して前傾姿勢を取った。両腕をまっすぐに伸ばし、肥満の男の眉間《みけん》に照準を合わせる。三メートルと離れていない。今の美貴であれば、絶対に外さない距離だ。

警察官の誰しもが拳銃の扱いに慣れているわけではない。第一線で活躍する地域警察官にしても、そのほとんどが現場で一発も撃たずに退官する。美貴のようなキャリアともなれば、拳銃に触れる機会などほとんどない。

昨年の秋に不覚を取った。所轄と暴力団の癒着を調査していた部下が何者かによって殺害されたのだ。黒滝の奮闘もあって犯人の正体や、その背後にある醜悪な真相を暴《あば》くことができた。その際に、黒幕の腐敗警官に庁内で襲われ、ろくに抵抗できないまま身柄をさらわれた挙句、指を砕かれるといった暴行を受けた。自分の職務をきちんと理解していなかったと言わざるを得ない。

屈辱は一度で充分だ。黒滝たちの足を引っ張るわけにはいかない。そう胸に誓った。

以来、警務部長の白幡から許可をもらい、警務部教養課に話を通して、拳銃射撃競技大会で優勝した特練員に撃ち方を習った。自分を鍛えてくれと、柔道指導室の師範にも柔道を一から教わった。

ガリベンで運動不足だった女が、すぐに現場の警察官のような屈強な身体を得られるわけもなく、箸《はし》さえまともに持てなくなるほどの筋肉痛に苦しみ、血反吐《ちへど》を吐くほど畳に叩きつけられた。

即席で鍛えた自分の腕っぷしなどたかが知れている。それでも拳銃をまっすぐに、ブレることなく持ち続けられる腕力だけは備わった。

肥満の男は気圧《けお》されたようだった。底冷えのする深夜にもかかわらず、額から汗を滴《したた》らせている。本気で射殺するつもりなのが伝わったらしい。

「あんた……キャリアだろうが」

「よく知ってるのね」

「いいのかよ。拳銃《チャカ》なんぞぶっ放せば、ご立派な経歴に傷がつく」

美貴は微笑んでみせた。

「下調べが不十分。傷ならとっくについてる」

拳銃を素早く横に向けた。

肥満の男と睨《にら》み合っている間に、マスクの男たちが一気に距離を詰めていた。MA-1の男が右手にナイフを握り、こちらへと駆け寄ってくる。

迷わずにトリガーを引いた。乾いた発砲音が鳴り、MA-1の男の太腿《ふともも》が弾《はじ》けた。白煙が立ち上り、火薬の刺激臭が鼻に届く。

男は目を飛び出さんばかりに見開き、前につんのめって倒れた。地面に身体を滑らせる。撃たれた太腿から出血し、アスファルトに血痕《けっこん》ができる。

カストロコートの男が慌《あわ》てたようにその場で立ち止まろうとし、たたらを踏んだ。今度は彼の肩に自動拳銃を向ける。

「動かないで！」

「退却だ！」

肥満の男とほぼ同時に声を上げていた。彼のほうを見やる。

男はダウンジャケットのポケットからなにかを取り出した。制汗剤のアルミ缶のようなもの――催涙スプレーだと悟り、とっさに両腕で顔を覆《おお》う。

催涙スプレーが両手にかかった。唐辛子の辛み成分でできているせいで、両手の皮膚が火傷《やけど》したようにヒリヒリと痛んだ。飛沫《ひまつ》が右目に入りこみ、激痛で目が開けられなくなる。太り肉《じし》の背中がかすかに見えた。美貴に背を向けて逃走する。カストロコートの男も踵《きびす》を返す。

「止ま――」

男たちに制止を呼びかけようとした。

針の塊が刺さったかのように喉《のど》が痛んだ。咳《せき》が止まらなくなり、拳銃の照準がブレる。肥満の男の動きは見た目と違ってすばしっこい。闇にまぎれて見えなくなった。カストロコートの男も遠ざかる。

美貴は走った。MA‐1の男が撃たれた脚を引きずりながら、他の男たちと同じく逃げようとする。MA‐1の男の背中に頭からぶつかる。目の前に火花が散り、額がズキズキする。

下半身にダメージを負った男は、踏ん張りが利《き》かないようで再び激しく転倒していた。男の右手を思い切り踏みつけた。右手からナイフが離れる。刃体こそ短いものの、肉厚で頑丈そうなフォールディングナイフだ。男は頬にも大きな擦過傷を作り、土や砂の混じった血を流しながらも起き上がろうとする。

「ナメないで!」

咳き込みながら、自動拳銃のグリップで男の右脇腹《わきばら》を殴った。肝臓のあるあたりだ。人体のどこを殴れば効くのかを、丁寧に教えてくれたのは黒滝だった。彼からも格闘術を習った。ストリートファイトの作法とでもいうべきかもしれない。黒滝は言った。人の動きを止めたいのなら、肝臓や睾丸《こうがん》への打撃が手っ取り早いと。

黒滝の言うとおりだった。MA-1の男は胎児のように身体を丸めて苦痛に顔を歪ませた。加減せずに全力で殴っていた。暴力の臭いをまとう男たちに囲まれ、あの腐敗警官に痛めつけられたときの恐怖と怒りがよみがえった。完膚なきまで叩きのめしてやりたい。いっそ、この場で殺してやりたい。凶暴な衝動を押さえこむためには、理性を総動員しなければならなかった。

「あなたがどなたか、ゆっくり訊かせてもらう」

美貴は拳銃をバッグにしまい、代わりに手錠を取り出した。血に汚れた手首をひねり上げ、両手に手錠を嵌《は》める。

白幡の言葉を思い出した。

——公安《ハム》とやり合うってのは、そういうことだぞ。連中はなんだってやるし、カネも人数も権力も桁違いだ。

この男たちが何者で、なぜ美貴を襲ったのかは不明だ。とはいえ、黒滝のミスと無関係とはとても思えない。カラオケ店に外事二課員らしき者がいた——彼からそう報告を受けてから、まだいくらも経ってはいない。美貴を狙うその対応の早さに驚愕《きょうがく》し、手がどうしても震えてしまう。

あたりが騒々しくなった。マンションの外通路には人影がいくつもあり、三田署から宿直の警察官が飛び出してくるのが目に入る。美貴はスーツの内ポケットから警察手帳を取り出し、駆けてくる警察官たちに旭日章《きょくじつしょう》のバッジを掲げた。

9

「相馬警視が……自宅近くで襲撃されました」

助手席の鮎子《あゆこ》が途方に暮れたように言った。

彼女は吹越《ふきこし》からの電話に出ていた。通話を終えると、彼女はベソを掻《か》いて鼻をすった。

「なんだと」

黒滝は息を詰まらせた。鮎子に訊《き》いた。

「それで警視は？」

「ご無事とのことです。ケガもされていないようで。複数の暴漢に囲まれながらも、ひとりをその場で現行犯《ゲンタイ》逮捕されたようです」

「驚かせやがって。二階級特進《ニトクシン》でもしたかと思ったぞ」

黒滝は舌打ちした。

吹越の神経質そうな顔が脳裏をよぎった。彼との関係は良好とは言い難い。監察係に配属されてから、まともに口さえ利《き》いていない。だからといって、深夜に緊急事態が起きても、黒滝ではなく末端の係員に連絡を取るとは。吹越の器の小ささを改めて知った。

もっとも、黒滝も彼を通り越して警務部長の白幡《しらはた》と直《じか》にやり取りしているのだからお互い様ではある。美貴が無事と聞き、安堵《あんど》の息を深々とついた。

鮎子はハンカチで涙を拭《ふ》いた。グショグショに顔を濡《ぬ》らしている。

「襲撃者に向けて発砲されたそうです……」

柔道着姿の美貴を思い出した。

彼女は昨年の秋にも危険な目に遭遇している。希代の腐敗刑事に庁内で暴行を受け、木更津の廃墟《はいきょ》に拉致《らち》されている。

それ以来、激務の合間を縫って激しいトレーニングを積んでいる。術科センターで拳銃や柔道の訓練を受けるだけではなく、黒滝に喧嘩《けんか》術を教えてほしいと頼みこんできたこともある。

黒滝は柔道も剣道も強くはない。得意なのはいつしか身に付けたルールのない暴力だった。警察官が身に付けるべきではない危険な技術を、週に一回、道場で伝授してきた。嚙《か》みつきや目《め》潰《つぶ》し、それに金的を中心とした急所攻撃。キーホルダーやボールペンを使った護身術などだ。

美貴は学生のころから勉学一筋の女だった。スポーツの経験といえば、警察大学校での訓練だけとあって、フィジカル面はからっきしだった。

しかし、あの拉致された経験がよほど屈辱だったのだろう。持ち前の根性で、特練員や部下のシゴキに耐え抜いた。並みの現場警察官よりも明らかに強くなった。危機への対処能力も格段に上がっている。

鮎子を励ました。

「安心しろ。あの人はそこらの木《こ》っ端《ぱ》役人と違うし、白幡部長がきっちりケツを拭いてくれるさ」

さして効果は見られず、彼女はしゃっくりを起こしながら泣き続けた。

鮎子が危惧《きぐ》しているのは、拳銃の発砲で美貴の警察人生が狂うことだった。

どのような状況下で撃ったのかはわからない。彼女のことだ。崖《がけ》っぷちに追いこまれ、やむなく発砲したのだろう。

正当防衛のために拳銃を発砲すれば、その警察官は命を省みない勇敢な行動を取ったとされ、即座に警視総監賞などが授与される。

しかし、それは発砲を正当化し、警察のメンツを維持するためのものだ。この組織には拳銃という最後の手段を使うことでしか事態を収拾できなかった半端者と、白い目を向ける風潮さえある。今ごろは三田署員から、ねちねちと発砲に到《いた》った経緯を訊かれているだろう。

拳銃の発砲は、美貴の経歴に少なからぬ影響を与える可能性がある。とはいえ、自分たちが相手にしているのは、警察組織のトップの座を約束された大物なのだ。遠い将来を心配するより、今日をどう乗り切るのかを考えるべきだった。

黒滝が運転するサクシードは、明治通りを南下していた。楓《かえで》こと松川成海《まつかわなるみ》を尾行したルートと正反対の方向へ進んでいる。

通りの両側には高層マンションやオフィスビルが立ち並んでいる。行き交う車の数は少なく、そのほとんどがタクシーとトラックだ。何度となく後方を確かめたが、怪しい車は今のところ見当たらない。明治通りの新宿三丁目の交差点から国道20号線を走り、桜田門の警視庁本部に戻る予定だった。

石蔵《いしくら》に電話をかけた。彼が乗るセダンは、サクシードの前を走っている。イヤホンマイクを通じて話しかける。

「相馬警視のことを聞いたか？」

〈はい〉

石蔵が暗い声で答えた。

「おれに考えがある。車を停めろ」

石蔵に命じてセダンを路肩に停めさせた。サクシードを後ろにつける。鮎子に訊かれた。

「あの……どうしたんですか?」

「お前はここで降りろ。泣いてる暇はない。石蔵と一緒に三田署に出向け」

「黒滝さんは?」

「おれはだな。安全なところで、ゆっくり寝かせてもらう」

「はあ!?」

鮎子が素《す》っ頓狂《とんきょう》な声を出した。黒滝はうんざりした調子で答えた。

「寝るんだよ。上の命令仰ぎたくても相馬警視がこんな状況だ。下っ端のおれたちになにができる。お前らは背中に気をつけて集団で動け。おれたちもマトにかけられるかもしれない」

「だからって……なんで寝てられるんですか。上司が暴漢に襲われたんですよ」

鮎子は口をわなわなと震わせた。黒滝は口を曲げた。

「ぞろぞろと雁首揃《がんくびそろ》えて押しかける必要はないだろう。このところ、おれはずっと楓嬢のケツを追っかけるため、ろくに睡眠も摂《と》ってなかった。ドジを挽回《ばんかい》するための策を練る必要もある。ここらで気力と体力の回復に当てたい。兵隊のお前らと違って頭を使わなきゃならん立場だからな」

「ああ、そうですか！」

鮎子がサクシードを降りた。助手席のドアを叩《たた》きつけるようにして閉め、肩を怒《いか》らせながらセダンへと歩む。

〈黒滝さん……〉

石蔵がイヤホンマイクで声をかけてきた。彼の耳にも黒滝と鮎子の会話は届いたはずだ。

「聞いてのとおりだ。相馬警視を頼んだぞ。お前らも身の回りにはくれぐれも気をつけるんだ」

〈黒滝さんこそ、お気をつけて〉

石蔵が心配そうに言った。

鮎子と同じく頭の固い石部金吉ではあるが、彼女のような激情家ではない。黒滝の憎まれ口の裏を読んだのかもしれない。

「鬼の居ぬ間になんとやらだ。悪いが充電させてもらう」

石蔵との通話を終えると、さらに携帯端末の位置情報を切った。

前方のセダンが去るのを見届けると、黒滝はシフトレバーをドライブに入れた。サクシードを走らせる。

明治通りの交差点でUターンをした。一転して北上し、アクセルペダルを踏む。トラックやタクシーを次々と追い越してゆく。

ハンドルを握りながら、携帯端末の音声操作でカラオケ店に電話をかけた。

店長らしき年かさの男が出た。店員の野口に代わるように言う。

〈さっきはどうもです〉

野口は朗らかな口調で電話に出た。また儲《もう》け口にありつけそうだと期待に胸を弾ませているのがわかった。

「例の男女はまだいるか？　おれたちの隣にいた連中だ」

〈そのふたりだったら、さっき店を出て行きました。店の前であっさり別れて〉

「そうか」

野口は声のトーンを落としてボソボソと囁《ささや》いた。

〈それでですね。あの二人組が出て行った途端、同じフロアにいたお客さんたちもぞ

ろぞろ帰り始めて。格好はサラリーマンっぽいけど、なんか普通じゃなさそうでした〉

「助かる。あとで礼をする。またなにかあったら教えてくれ」

野口との通話を終えると、高戸橋《たかとばし》交差点を左折して新目白通りを走った。

二車線の道路を頻繁に車線変更し、トラックやタクシーを無理に追い抜いた。パッシングで注意をされ、クラクションで怒りを表明される。

陳と成海はカラオケ店で密談を終えたらしい。彼らを監視していた連中がいたこともわかった。やはり陳はずっと監視対象下にあり、彼を泳がせてスパイ網を把握しようと、カウンターインテリジェンスに励んでいたようだ。そこに黒滝が足を踏み入れてしまったのだ。

美貴が何者かに襲われたのと無関係とは思えない。黒滝が楓こと成海を見張っていたころ、同じフロアにいた公安連中は黒滝が楓に迫っているのに気づき、すばやく行動に移ったと見るべきだった。

むろん、連中は陳の線から楓の存在を把握していただろう。彼女が陽一に近づいていたのも。陽一の危うい飲みっぷりや、楓への執着ぶりを見るかぎり、早くも機密情報を漏らしはじめていてもおかしくはない。

最強の諜報《ちょうほう》部隊といわれる警視庁公安部の捜査員が、女にたらしこまれるなどあってはならぬ事態だ。その件を監察係に嗅《か》ぎつけられるのも然り。

公安は手段を選ばない。身柄を拘束したい人間がいれば、軽犯罪法違反でもなんでも容疑をでっち上げ、警察施設に何日間でも合法的に監禁する。警察組織に刃向かう者がいれば、本人はもちろん家族まで丸裸にする。メディアに情報をリークするなり、評判を徹底して貶《おとし》めるなどして〝非国民〟に仕立て上げる。汚れ仕事を引き受けるならず者も普段から飼っている。美貴を襲ったのはその手の輩《やから》だろう。

黒滝は公安三課にいた時代、右翼団体の情報収集に明け暮れた。暴力沙汰《ざた》を起こしそうな極右を摘発するときもあれば、幹部連中と飲み食いして犬に仕立てたときもある。前科者やならず者ほど権力と結びつきたがるもので、そうしたはぐれ軍団のために、もっともらしい政治団体名や綱領を考えてやったことすらある。

外事二課もならず者に美貴を狙《ねら》わせたのだろう。瞬時に電撃戦に打って出たのは敵ながらあっぱれと言いたいが、彼女をただのエリート行政官と見なしたのが大きな間違いだった。

黒滝は新目白通りを北西に進み、西武池袋線の東長崎駅周辺まで走った。楓こと松川成海の自宅に向かう。彼女の住所はすでに頭に叩きこんである。

成海の住処《すみか》は東長崎駅の近くにあった。一方通行と狭苦しい路地だらけで、こぢんまりとした個人商店や一軒家、アパートが隙間《すきま》なく建っている。

息苦しさを覚えるほど雑然とした街並みのなかに、七階建ての真新しいマンションがあった。その五階に成海の部屋がある。

近くの月極駐車場にサクシードを止めた。赤外線双眼鏡を取り出して、五階の部屋の窓をチェックする。

どの部屋も真っ暗だ。成海はまだ帰宅していないようだった。カラオケ店を後にしたからといって、すぐ自宅に戻るとは限らない。寄り道しているかもしれないし、またタクシーを乗り継いで尾行に注意を払っているのかもしれない。

あたりに不審な車や人間が潜んでいないかを確かめた。外事二課は成海の住処をとっくに知っているはずだ。彼女が接触していた陳は長年にわたって、外事二課が泳がせていたスパイだ。陳が接触してきた人間はすべて身元を洗われていると見るべきだ。捜査員に見張らせていたとしてもおかしくない。

黒滝はショルダーホルスターからシグP230を抜いた。スライドを引いて、薬室に弾薬を送りこむと、いつでも撃てるようにしておく。手錠などの装備品も確かめる。

成海が姿を現したときは、問答無用で身柄をさらう気でいた。彼女は陽一のアキレス腱《けん》だ。黒滝としては喉《のど》から手が出るほどの人物である。手荒な手法を使ってでも松川成海の身柄を確保する。そのためには、小うるさい鮎子たちを遠ざけておく必要があった。

一台の車が近づいてきた。天井の行灯《あんどん》でタクシーだとわかった。黒滝はサクシードを降りると、成海のマンションへと駆け寄った。マンションの一階は住民用の駐車場になっていた。SUVの車体の陰に身を潜める。

タクシーがマンションの前で停まった。SUVの陰からタクシーに目をやると、スーパーサインに〝支払〟と表示され、車内灯がついていた。ほっそりとした首と長い手足が特徴的な女が、精算を済ませてタクシーから降り立った。高そうなガウンコートを身にまとった松川成海だ。

タクシーが走り去ると、マンションの玄関前でバッグに手を入れた。玄関の扉は木目調の大きな自動ドアで、鍵《かぎ》がなければ入れないオートロック式だった。

成海がカードキーをセンサーに近づけた。黒滝がSUVから飛びだそうとしたそのとき、猛スピードで一台のワンボックスカーが迫り、マンションの前で急停止した。

タイヤのスキール音が耳に刺さる。

ワンボックスカーのスライドドアが勢いよく開き、三人の男たちが飛び出した。

全員がマスクとニットキャップで顔を隠し、暗色系のジャンパーとズボンを着用している。手にはそれぞれ刺身包丁、木刀、金属バットを持っている。

「ひっ」

成海が玄関内に逃れようとした。

とりわけ刺身包丁を持った男の動きが速かった。彼女の腕を摑《つか》んで外へと引っ張り出す。軍手を嵌《は》めた左手で口を塞《ふさ》ぐ。木刀や金属バットの男が成海の腰や両足に組みつき、ワンボックスカーへと担《かつ》ぎ込もうとする。

黒滝は舌打ちした。敵も同じ手法を選んだようだ。先を越されるわけにはいかない。シグＰ２３０を両手で握りしめ、ＳＵＶの陰から飛び出し、三人の男たちへと歩み寄る。

「警察だ。今すぐ武器を捨てろ」

黒滝は警告しながら大股《おおまた》で近づいた。自動拳銃を前方に突き出し、銃口を男たちの顔面に向ける。

男たちの動きが固まった。マスクで表情こそ読み取りにくいが、予期せぬ男の登場に目を丸くさせている。ただし、成海を解放しようとしなければ、武器を捨てようともしない。判断に困っている。その隙に距離を詰めた。一番近くにいた木刀の男に迫る。自動拳銃の銃口を鼻先まで近づけつつ、左手を木刀の男の股間《こかん》へと伸ばす。

「あっ」

木刀の男が短く悲鳴をあげた。

木刀を取り落とし、地面に崩れ落ちる。男の注意を自動拳銃に向けさせ、隙だらけの睾丸《こうがん》を力任せに握ったのだ。ぐにゃりとした感触が伝わると同時に、生温かい液体がズボンを通じて左手を濡らした。男は大量に失禁し、股間を両手で押さえたまま、コンクリートの地面をのたうち回る。

小便で濡れた左手を、金属バットの男の喉へと伸ばした。喉仏を押しつぶすためだ。

金属バットの男は黒滝の意図に気づき、寸前で左手を払いのけた。バットを短めに握り、黒滝の頭へと振ってくる。忌々《いまいま》しいことに暴力に長《た》けていた。大振りをせずに、黒滝の頭めがけて金属バットをためらいなく振ってくる。

ステップバックして金属バットをかわした。それでも、顎《あご》に熱い痛みを感じた。金属バットの先端が顎をかすめる。男は黒滝を仕留めようとさらに前のめりになって、必死の形相で金属バットを側頭部へと振るう。

かわしきれずに左腕を上げてブロックした。骨の芯《しん》まで痺《しび》れるような痛みが走り、小便で濡れた左手が頬にぶつかった。アンモニアの臭《にお》いが忌々しい。

金属バットの男が三打目を放ってきた。やはり振りはコンパクトで隙を見せない。とはいえ、左腕を犠牲にした甲斐《かい》があった。男の身長は低く、黒滝を仕留めるために身体《からだ》を伸び上がらせて攻撃してきた。

後退し続けた黒滝は、一転して攻撃に出た。身体を深く沈み込ませ、地を這《は》うようなタックルを仕掛けた。バットが頭頂部をかすめる。男の伸びきった右膝《みぎひざ》に肩からぶつかって全体重を預けた。すかさず膝関節を逆方向にへし折る。よほどの激痛が膝に走ったらしく、男は受身を取り忘れ、したたかに後頭部を地面に打ちつけた。砲丸が落ちたような固い音が鳴り、ぐったりと動かなくなる。

黒滝は左手で金属バットを引ったくると、刺身包丁を持った男と向き合った。

こちらは黒滝に仕掛けてはこなかった。成海を背後から抱きかかえ、彼女の喉元に刺身包丁の刃をあてがっていた。仲間ふたりを叩きのめされ、男の瞳《ひとみ》には恐怖の色が浮かんでいた。

「寄るんじゃねえ。この女を刺し殺すぞ」

男の声は震えていた。

成海も冬の早朝にもかかわらず、化粧が崩れるほど大量の汗を掻いている。なにがなんだかわからないといった表情だ。

黒滝は深呼吸をして息を整えた。金属バットのグリップを強く握ると、左の前腕がズキズキと痛む。骨まではイカれていないと思いたかった。

「武器《エモノ》を捨てやがれ。喉かっさばくぞ」

男は吠《ほ》えた。刺身包丁が彼女の喉を傷つけ、ガウンコートが赤く染まる。

「好きにしろ」

構わずに距離を詰めると、無造作に金属バットで突きを繰り出した。

金属バットは成海の顔の横を通り過ぎ、後ろにいた男の鼻に衝突した。男は顔をのけぞらせ、白いマスクが鼻血で汚れる。

「ほう」

黒滝は目を細めた。

マスクがずり下がり、鼻や口まで露《あらわ》になっている。そのツラに見覚えがあった。

かつて公安三課時代にマークしていた大日本憂志塾《だいにほんゆうしじゅく》の幹部で、塾頭の轡田隆盛《くつわだりゅうせい》を支えた大内という元暴力団員だ。同団体を追っていたのは八年前で、あの頃よりも腹がせり出て、顎回りに肉がついていたが、岩石みたいなゴツゴツとした顔つきと獅子《しし》っ鼻に馴染《なじ》みがあった。

「大内くんじゃないか。まだ轡田の野郎とつるんでるのか？」

「くそっ」

大内は成海を突き飛ばすと、黒滝に向かって刺身包丁を闇雲《やみくも》に振り回した。

黒滝は自動拳銃を握っていたが、なるべくなら、発砲はしないでおこうと考えていた。美貴に続いて部下の黒滝までもが撃ったとなれば、ひどく面倒なことになる。

後ろに下がって大内の攻撃をかわし、金属バットで本格的な突きを放とうとした。そのときだった。ワンボックスカーの運転席のドアが開いた。タイヤレンチを持った運転手が飛び出してきて、黒滝に正対する。

金属バットを振って二人を牽制《けんせい》すると、大内らは申し合わせたように攻撃を止めた。踵《きびす》を返してワンボックスカーへと逃げこんでゆく。睾丸を潰された男や、膝を折られた男も、地面を這いずりながら車内へと戻っていく。

ワンボックスカーはスライドドアを開けっぱなしにしたまま、狭い道を走り去っていった。道端のゴミ袋や自転車を蹴散《けち》らしながら、テールランプの赤い光が遠ざかっていく。

黒滝はシグP230をしまった。追撃したい誘惑に駆られたが、優先順位は守らなければならない。一番は襲撃者の尻《しり》を蹴飛ばすことではない。

成海は喉を血まみれにしながら、センサーにカードキーをあてていた。開いた自動ドアを潜《くぐ》り、マンション内に逃れようとする。

「楓さん。そいつはないだろう。命の恩人に礼も言わないでトンズラする気か？」

成海の腕を摑むと外へと引き戻した。腰を落として踏ん張ろうとする。

「放して！」

「松川成海。スパイごっこは終わりだ。このまま行けば、さっきのようなならず者に拉致されるか、心を病むまで留置場の中で過ごすかのどちらかだ」

成海は顔色を変えた。その踏ん張りがわずかに弱まる。顔とプロポーションが整った女ではあるが、高いヒールを履いていることもあって力は弱い。つんのめるようにして、黒滝に引っ張られていく。

成海をサクシードの助手席に押しやると、ベルトホルスターから手錠を取り出し、片方を彼女の左手首に嵌め、もう一方を窓のうえについているアシストグリップに繫《つな》いだ。

成海は涙でメイクを派手に崩していた。黒い涙が流れる。

「あんた……なんなの」

「警察だよ。ゆっくり説明してやりたいが、ここでまごついていると今みたいな連中が押し寄せてくる。まずはケータイの電源を落とせ」

運転席に座ってサクシードのアクセルを踏んだ。東長崎駅前の路地をジグザグに進み、尾行や監視者の有無を確かめる。

成海はバッグから携帯端末を取り出していた。灯りのついた液晶画面を困惑した表情で見つめたまま、電源を落とすのをためらっている。

右手でハンドルを握ったまま、成海の携帯端末を奪い取った。

「ちょっと！」

「モタモタするな」

黒滝は携帯端末の電源を切った。

「勝手になにすんのよ。１１０番するつもりだったのに」

「ケータイを投げ捨てられないだけマシだと思え。１１０番の必要はない。警察官ならここにいる」

「本物の警察官なの？　だったら、なんで被害者の私に手錠かけんのよ。とっとと、さっきの連中を追いかけなさいよ」

成海はバッグからコンパクトミラーを取り出した。鏡で喉の傷口を確かめようとする。

「ちくしょう。暗くて見えない」

黒滝はため息をつきながら車内灯をつけてやった。短い悲鳴が上がる。

「なにこれ……傷だらけじゃない。お願い。病院に連れてってって」

「ただのかすり傷だろう。放っておけば止まる」

「連れてってよ！　痕《あと》になったらどうしてくれんの」

そう言って、涙声で怒鳴った。

彼女にとっては自分を取り巻く状況より、美しさに傷がついた事実のほうが重要のようだった。

成海と対面してわかったが、彼女は〝プロ〟ではなさそうだ。生粋の諜報員であれば、切り傷程度でうろたえるはずはない。

「その程度の傷なら放っておいても治る。唾でもつけてれば、血だって止まる」

「こんな傷跡が残ったら、頭のおかしなメンヘラ女みたいに思われる。仕事なくしたらどうすんだよ。病院に連れてけ！」

呆《あき》れたように成海を見やった。

たった今、生命の危機にまで追いやられたというのに、彼女がもっとも気にしているのは容貌《ようぼう》のことだった。本当は手強《てごわ》い諜報員で、わざとアマチュアのフリをしているのではないかとさえ疑《うたぐ》りたくなる。

「連れて行ってほしいのなら、とっとと話せ」

赤信号で車を停めた隙に、携帯端末でメールを打った。送り先は四谷の形成外科医だ。

昨年の秋、黒滝が手に大怪我《おおけが》を負ったさい、闇で診てくれた。服役中のヤクザの恋人がいる女医だった。愛想がいいとは言えず、診療報酬を踏み倒そうものなら若い衆を呼ぶと堂々と言い放つ危ない女だが、腕のみでいえば充分信頼に値した。

もともとそちらへと駆けつけるつもりでいた。黒滝自身が診てもらうためだ。左腕がひどく痛む。乱闘時こそアドレナリンだのが湧《わ》いて麻痺《まひ》するが、一段落した今は左腕の痛みがひどくなっていた。ハンドルを握る力もうまく入らない。

黒滝はエアコンのスイッチを切った。前腕のあたりが燃えるように熱く、暖房の風が痛みを増幅させる。成海よりよっぽどひどいケガを負っているのだ。

「話すってなにを？　あの連中はなんなの？」

成海はハンカチを喉にあてながら、噛みつくように訊いてきた。

「よせよ。あんたが毎日タクシーを乗り換えて尾行を警戒していたことも、さっきカラオケ屋で陳《チェン》と会っていたこともわかってるんだ。もしそれ以上すっとぼけるつもりなら、その鼻を病院に連れてく前にへし折るぞ」

「ちょっと待って。陳《チェン》って……劉《りゅう》さんのこと？　あの人はただの経営コンサルタントだって」

「ふざけるな。ただのコンサルと会うのに、なんだってあんな尾行を警戒していた」

「あれは、その……ストーカー対策というか」

成海の声が急に小さくなった。黒滝は左腕を伸ばして、成海の耳を摑む。

「こいつを引き千切るか。そうすりゃ首の傷跡なんて気にならなくなる」

「止《や》めて！」

成海が右手で払いのけようとした。彼女の手が打撲傷にあたり、脳に突き刺さるような激痛が駆け抜ける。止めてほしいと願うのは黒滝のほうだった。額や腋《わき》から嫌な汗がにじみ出る。

「お前はやたらと尾行を警戒していた。やばい橋を渡っているという自覚ぐらいはあっただろう」

「そりゃ……客の情報を売ってたくらいだから。でも、だからって、なんでこんな目に遭わなきゃならないの？」

黒滝は成海の高価そうなパールピアスをつついた。

「伊豆倉陽一を知ってるな？」

「実家が太いとかいうおまわりさんでしょ。そりゃ常連だから」

黒滝は彼女の耳から手を放してやった。

「あいつの情報も劉さんに教えたのか」

「ええ……劉さんは経営コンサルタントやりながら、本国で映画やドラマの脚本も書いてるんだって。今度、日本の歌舞伎町を舞台にアクション映画の脚本書きたいから話を聞かせてくれって」

「そんな寝言を本気で信じたわけじゃないだろう。タクシーを乗り継いで尾行に警戒するよう指示されたな？」

「そりゃ危ういとは思ってたし、脚本もたぶん嘘《うそ》だと思ってた。だけどバイト代はよかったし、それこそあの刑事と違って紳士だった。ホテルに行こうだとか、休日に会いたいとかしつこく言いよってこなかったから。得体の知れないやつとギャラ飲みやパパ活するほうがよほど危険でしょう。あの刑事は訊けばベラベラ喋《しゃべ》ってくれたし、手錠をかけるならあいつにしてよ」

「もちろん、そうするさ」

成海の話を鵜呑《うの》みにすべきではない。だが、彼女がまるで罪悪感を覚えていないことだけはわかった。襲撃者に身柄をさらわれそうになったのも、首に切り傷を負ったのも、不条理きわまると本気で思っているようだ。

松川成海のような人間は珍しくない。生粋の諜報員と違って、彼らの周辺にいる者は自分が非情なエスピオナージの世界に足を突っこんでいるとは思わないものだ。スパイだの工作員だのというのはあくまでも映画やドラマの話であり、自分とはまったく無関係だと思うのが普通だ。

しかし、それゆえに諜報員にまんまと利用され、軽い気持ちで情報を売ったがために、のちに国家反逆罪やスパイ防止法違反の容疑をかけられて慌《あわ》てふためき、訳がわからぬまま非国民の烙印《らくいん》を押され、長期刑や死刑の判決を受けた人間が世界中にいる。

それは日本においても変わらない。やはり小遣い欲しさにペラペラ喋ったがゆえに、冷酷な過激派からスパイと見なされ、鉄パイプで頭を叩き割られた者もいれば、公安から危険人物と睨《にら》まれて、死ぬまで監視下に置かれる者もいる。海や山で「謎《なぞ》の事故死」を遂げるケースもあり、成海がそうなる可能性はかなり高かった。

成海によれば、陳は先月あたりからトーキョーラビリンスに姿を現すようになったという。高いブランデーをためらいなくオーダーしては、静かに酒と会話を愉《たの》しむ上客だった。嬢や店員にも気前良くチップを配るなど、店では好感を持たれていたらしい。

陳から奇妙なアフターの誘いを受け、成海はいささかためらいを覚えた。ただし一回十万円というギャラを提示され、カラオケ店で二時間ほど会話をするようになったという。

「なんともわりのいい副業じゃないか。タクシーを乗り継いで、尾行に気をつけるよう命じたのも劉さんか？」

「そうだよ。共同経営者の奥さんがやたら嫉妬《しっと》深くて、しょっちゅう探偵に調べられてるんだって。それもなんか嘘っぽかったけど、金持ちで飲み方もきれいなのは本当だから、あとはデタラメだろうがどうでもよかった。尾行をまいてる感じって映画のヒロインみたいで面白かったしね。カラオケ屋で話聞かせてくれって頼まれたときも、個室だからやばいことになるんじゃないかって初めは警戒してたけど、そのときだって本当に話をするだけだったし」

「陽一はどこまでお前に話した」

「いろんなこと。警察ドラマのファンなんだって言ったら、調子よく話してくれたよ。自分のことも、警察のことも」

成海は陽一から聞き出した話を語り出した。

警察組織の頂点にいる父親を持っているため、エリートコースに乗っており、上司も同僚も誰も自分には逆らえないのだと。生活安全総務課からエリート部署である外事二課に引き抜かれ、中国人スパイと日夜闘っているとも。『絶対に秘密だ』とか言って、六本木の四川《しせん》料理店とか麻布の薬膳《やくぜん》料理店とかに連れてってもらったこともある。中国大使館員もちょくちょく出入りするところで、うちのカイシャがなにかと世話をしてるんだって。たしかに店のオーナーと親しげに口利いてたし、私もあいつの部下のフリをしてた」

「冗談だろう？」

黒滝は思わず聞き返した。成海が口を尖《とが》らせた。

「今さら嘘ついたってしょうがないでしょ。私の気を引くためなら、あいつはなんでも喋ってくれそうだった」

成海は店名を口にした。

黒滝は瞬《まばた》きを繰り返した。額の汗が目に入りそうになる。

警視庁では狂犬扱いされる黒滝にも、守り続けている掟《おきて》がある。それは、情報提供者の身の安全を図るのはもちろん、彼らの秘密を厳守することだった。基本的には、上司や同僚にさえ彼らの存在は秘匿《ひとく》する。公安刑事が絶対に守るべきルールだ。それを破ってしまえば、誰も警察を信用しなくなる。陽一は公安に異動しても、なにひとつ変わっていないようだった。

その料理店の店主が本当に外事二課の協力者であるかどうかはわからない。かりに嘘だったとしても、店主や従業員はもちろん、その家族をも危険に巻き込む禁忌の行為といえた。

黒滝はため息をついた。

「もっと吹っかけるべきだったたな。いくら飲み方がきれいで、やらせろと迫ってこなかったとしても、殺されそうになるんだからワリに合わない」

「ねえ、劉さんって何者なの？」

成海の舌がだいぶ回るようになったのを見計らって、黒滝は陳と伊豆倉の正体を口にした。

「劉の本当の名前は陳梓涵《チェンズーハン》。こっちも本名じゃないと思うがな。市の職員だの理系の研究員だのと、来日するたびに名前や肩書きがコロコロと変わる。れっきとした中国のスパイだよ。もっとも、長いこと日本の警察に監視されてるような三流だがな」

「中国のスパイ……なにそれ。冗談でしょ」

黒滝は構わずに続けた。

「それで伊豆倉陽一のほうだが、あいつは逆に中国のスパイを追っかけるほうの部署にいる。お前はそういう男に近づいて、せっせと中国人スパイに時給五万円で情報を流していたんだ。つまり、国を売り渡す行為に加担していたことになる」

成海は表情を張りつめさせた。

「そんなの……知らないよ。それって犯罪なの？」

「国によっては死刑になる。我が国でも量刑は充分重い。どこに逃げようが一生監視されるだろうし、マスコミにあることないこと書かれて、死ぬまで売国奴のレッテルを貼《は》られることも考えられる。一度公安に睨まれたら、まともな人生は歩めない」

「じゃあ、さっきの連中も警察官なの？」

成海は黒滝の横顔を見つめてきた。黒滝は首を横に振る。

「あれは警察官なんかじゃない。公安は腐ってもおまわりさんだ。直接手を汚すような真似《まね》はしない」

「あんたはやってるじゃない！」

成海は手錠をかけられた左腕を振った。

黒滝はポケットに左手を入れ、手錠の鍵を取り出した。彼女の膝へと放る。

「こうでもしなきゃ、まともに話し合えなかっただろう。おれは陽一や陳さんのような金持ちじゃないんだ」

成海は憎々しげに黒滝を睨みながら、手錠の鍵を外した。左手首を忌々しそうにさするだけで逃げようとはしなかった。

携帯端末が振動してメールの着信を知らせた。ハンドルを握りながらメールを確かめると、送り主は四谷の形成外科医からだった。文面は簡潔で、〝どこをどうしたの？〟と書いてあった。黒滝は返信のメールを送ると、成海の問いに答えてやった。

「さっきの連中はエセ右翼のゴロツキだ。かつては大日本憂志塾と名乗っていたが、今は『日本青年皇心會《にほんせいねんこうしんかい》』だったか。いい歳《とし》こいても暴走族《ゾク》みたいにオラついて、脅しや暴力を生業にしているような輩だ」

「中国人に情報を売り渡したから？」

「それもあるが、一番の目的はお前を黙らせるためだ」

「黙らせるって……」

「お前にのうのうとシャバで暮らされると都合が悪いんだ。陽一がペラペラとラウンジ嬢に職務に関わることを喋ったって事実が表に出ようものなら、警察組織のとんでもなく偉いやつのケツに火がつく」

「父親が警察の次のトップなんでしょう。知ってる。あいつ、やたら自慢してたから」

黒滝は呟《つぶや》いた。

「なぜなんだろうな」

「え？」

「陽一だよ。あいつは機密漏えい以外にも、悪行をさんざんやらかしてきた。二ヶ月前には後輩の女性警官に一服盛って強姦《ごうかん》した。彼女は十二月の末に飛び降り自殺で死んだ」

「なにそれ。嘘でしょ」

「今さら嘘ついてもしょうがないだろう。本当だよ。そのほとぼりが冷めもしないうちに今度は機密漏えいだ。お前が連れてってもらった店の周りで死人が出てもおかしくない」

「そんな……」

成海は身体をガタガタと震わせた。一回十万円のギャラ飲みと引き換えに、なにをしでかしたのかを自覚したようだ。

外事二課はすばやく行動を起こした。警察庁次長を守るため、警察組織の威信を保つため、漏えいなど一切起きていなかったとの方向で動いている。

成海がハンカチで汗を拭《ぬぐ》った。

「一度、伊豆倉さんに訊いたことがある。警察官のくせにこんなに喋っちゃって大丈夫なのって」

「あいつはなんて答えた」

「例によってオヤジ自慢。父親が長官になるんだから、なにをしたって大丈夫だって。クソオヤジにはたっぷり貸しがあるから、せいぜい汗を掻いてもらわなきゃ、だって。父親の力を誇示するくせに、なんか憎んでるみたいだった……」

「貸し」

黒滝は考えを巡らせた。

親の威光をバックに大きな顔をする愚かな警察官。そんなイメージを抱きながら調査を進めてきたが、愚かさを通り越して、ある種の破滅願望を抱えているようにさえ見えた。何度も尻拭いをする上司たちに感謝するどころか、そうするのは当然だといわんばかりの言動が引っかかる。

伊豆倉家が一筋縄ではいかない状況にあるのは知っていた。十九年前に母親が階段から転落して死亡し、その三年後に知憲は後妻をめとった。財閥系不動産会社の重役の妹で、旦那《だんな》の知憲より十歳年下だった。

前妻の志都子は癇《かん》の強い女だったようだが、後妻とはうまくやっているらしい。自分の地位をゆるがしかねない息子の非違行為を幾度となく隠蔽してやっているのは、そのあたりの複雑な親子の因縁に原因があるのかもしれなかった。

成海が途方に暮れたような顔つきをした。

「さっきのあの連中……私を拉致って殺そうとしたの？」

「どうだろうな。そこまでしなくとも、口を封じる手段はいくらだってある。お前を強姦して動画を撮影し、ネットにバラ撒《ま》くと脅し上げればそれで済む。それでもペラペラ話しそうなら、お前を拘置所に何年間か幽閉すればいい。容疑なんてのはいくらでも作れる」

成海はうんざりしたように首を横に振った。聞かなければよかったと言いたげだ。

美貴も成海と同じ運命をたどるところだった。性的暴行や脅迫で陽一への調査をストップさせ、異動願かあるいは辞表を出させるつもりでいたのだろう。美貴を襲ったのは、同じ日本青年皇心會の者である可能性が高い。

しかし、それが外事二課にとって裏目に出た。今の美貴の身柄をすみやかにさらいたければ、命知らずの屈強な男が二ケタは必要だ。

新目白通りの鶴巻町交差点で右折し、環状3号線を南下した。二車線の道路を頻繁に車線変更し、スピードを上げてタクシーやトラックを追い越す。バックミラーに目をやったが、追跡してくる車両は今のところ見当たらない。

「病院はもうすぐだ。もう少し我慢しろ」

成海はうなだれるだけだった。あれだけ気にしていたのに、首の切り傷など忘れてしまったかのようだ。

「私は……これからどうなるの？　このまま一生、警察やヤカラに見張られて生きなきゃいけないの？」

「おれを信用しろ。指示に従ってさえいれば、逮捕《パク》らせやしない。これまで通り、自由に青春を謳歌《おうか》できる」

黒滝は微笑《ほほえ》んでみせた。しかし、成海は不審そうに見返してくるだけだった。

「自称おまわりさんを信用しろって言われてもね。名前すら聞いてない。あんたは一体なんなの？　さっきの包丁持った連中とみんなでグルになって、私を騙《だま》そうとしてない？」

黒滝は赤信号に捕まったところで、内ポケットから警察手帳を取り出した。

「警視庁の黒滝だ。お前を嵌める気なら、もっと楽で安全な絵図を描く。こんなケガなんかしなくて済むやり方でな」

スーツの袖《そで》をまくり、ワイシャツのボタンを外した。左腕の前腕部を見せる。

前腕部の肌は暗闇のなかでもわかるくらいに赤く染まっていた。まるで蕁麻疹《じんましん》にでもかかったかのようだ。金属バットで打たれた箇所は赤紫色に腫《は》れ上がっている。黒滝自身も初めて確認したが、予想していたよりも腫れがひどい。思わず顔をしかめる。

「うわ……」

成海も息を呑んだ。

「少しは信じる気になったか」

「あのさ……なんで同じ警官同士で喧嘩してんの？」

「いい質問だが、まずは治療だ」

四谷のマンション街に入った。五階建ての小さなビルが見えてくる。ビルの前にサクシードを停めた。

一階には『四谷きぬがさクリニック』の看板があった。看板や玄関の灯りは消えているが、部屋は電灯がついている。

「ワケアリの人間を二十四時間診てくれる奇特な先生だ。だが、重要なルールがある。絶対に他言無用だ。バックにはさっきのインチキ右翼よりも怖い人間がついてる」

「そんなことしない。もう懲《こ》り懲《ご》りよ。怖い人間とやらも間に合ってる」

サクシードを降りてあたりを確かめた。成海とともに玄関のスロープを歩く。

「保険は利《き》かないぞ。キャッシュオンリーだ。おれの分も払っておいてくれ。陳からもらった現金があるだろう」

「はあ?」

成海は露骨に顔をしかめた。

「そんなに怖い顔するなよ。今夜は出費が重なったんだ。明日になったらきちんと返す」

嘘をついてはいなかったが、成海からうさん臭そうに首を傾《かし》げられた。

常に一定の現金を財布に入れている。調査対象者が高級クラブに出入りする場合もあれば、情報屋とネタを売り買いするときもあるからだ。今夜はカラオケ店で働く野口に結構な額を渡してしまい、財布の中身はすっかり寂しくなっていた。

玄関の自動ドアを手動で開けると、革靴からスリッパへと履き替えた。初めて訪れたときと同じく、イチゴ風芳香剤の甘ったるい香りが鼻に届いた。

クリニックの院長の衣笠翠《きぬがさみどり》が待合室の長椅子《ながいす》に腰かけていた。三十代後半くらいの女で、シルバーの小さなメガネをかけている。黒髪をしっかりとヘアクリップで留めている。

医者らしく知的で清潔そうな見た目をしているが、だらしなく電子タバコを吹かしている姿が堂に入っていて、アウトローの雰囲気を醸《かも》し出していた。

黒滝らが部屋に入ると、翠は白衣のポケットに片手を突っこみ、かったるそうに立ち上がった。

翠は成海を一瞥《いちべつ》して眉《まゆ》をひそめた。

「なにそれ。そんなカスリ傷のために、わざわざ私をたたき起こしたの？」

「診てもらいたいのはおれのほうだ。この女は首に傷があるとビジネスに響くらしい」

黒滝が腫れた左腕を見せると、翠は電子タバコのスイッチを切った。

「骨までイカれてるかも。前に来たときよりは大したことはなさそうだけど」

この闇医者を紹介してくれたのも井筒だった。

ヤクザと殺し屋に襲われ、左手をダガーナイフで刺し貫《ぬ》かれたときに連れて来られた。胸や右腕も切られて出血がひどく、危うく警察人生が終わるところだった。

「頼む。今度もえらく厄介な連中を相手にしてる。すぐ使えるようにしてくれ」

「ふうん」

翠は興味なさそうに診察室へと招いた。

携帯端末が震えた。液晶画面に目をやると、警務部長の白幡の名前が表示されていた。出ないわけにはいかない。

成海を先に診るように伝えて応答する。

〈よう、ドッグ。今、どこでなにをしてやがる〉

白幡は朗らかな声で訊いてきた。赤羽のスナックにでも呼び出しをかけそうな口調だ。

美貴が何者かに襲撃され、拳銃《けんじゅう》をぶっ放したことはとうにその耳に届いているだろう。黒滝がカラオケ店で外事二課に捕捉されたのも知っているはずだ。知恵の寝首を掻こうとしたのが露見し、最強の諜報部隊に猛烈な反撃を喰らっているというのに、まるで慌てる様子はなかった。伊豆倉親子も相当イカれているが、この男がクレイジーなのも疑いようがない。

「クリニックです。凜々《りり》しい女医さんのいる」

黒滝が答えると、白幡はしばし沈黙してから口を開いた。

〈ああ、あそこか。翠ちゃんによろしく伝えといてくれ。また飲もうってな。かわいい部下が不埒《ふらち》な輩に襲われたと聞いて、こっちはおっとり刀で三田署に駆けつけたところだ。あのケチな吹越でさえタクシーにバカ高いカネ払って、大汗掻いて飛んできやがった。相馬の部下たちもいる。来てないのはお前だけで、木下のやつが薄情者《もん》だとブーブー文句垂れていたんだが、お前がただ眠りこけているわけはねえと思っていたよ。陽一坊や の女《レコ》のところにでも向かってたのか〉

「そうです」

白幡に正直に状況を報告することにした。カラオケ店で外事二課らしき連中に捕捉されたと気づき、鮎子たちを三田署に向かわせた。それからは単独行動で、〝陽一坊やの女《レコ》〟こと成海の身柄を確保しようとした。しかし、外事二課も同じ考えだったらしく、日本青年皇心會の構成員と鉢合わせし、格闘の末に成海を保護したのだと伝えた。黒滝も成海も軽傷で済んだとつけ加えた。

白幡は冷静に聞いていた。黒滝の動きはおおむね把握していたようにさえ感じられた。

「すでにご存じでしたか」

〈とんでもねえ。腰が抜けるほどたまげてるよ。あまりの展開に驚きを通り越して呆《ぼう》然《ぜん》としてらあ。お前を監察に呼んでよかったと、今夜もつくづく実感させられた。よくやってくれたよ。一晩で相馬だけじゃなく、女《レコ》にまで口封じを仕掛けてくるとは。ドイツもびっくりの電撃戦だな〉

芝居がかった調子で答えた。やはり概略は知っていたようだ。

井筒に黒滝の動向を逐一報告させていたのだろう。カラオケ店で外事二課と鉢合わせしたと知り、井筒はおとなしく撤退すると表明していたものだが、そう簡単に芋を引くような爺《じじい》ではない。

黒滝は窓に近寄った。今の時間はブラインドが下ろされていた。ブラインドを指で折り、外の様子をチェックする。

「楓こと松川成海の身柄《ガラ》を押さえて口を割らせました。陽一は無防備に自分が刑事《デカ》であるのを成海に話し、情報提供者《エス》についても打ち明けていたようです」

〈マジかよ……陽一って野郎もとびきりだな。父親の庇護《ひご》のもとでバカをやる息子なんて、政界にも実業界にも山ほどいるもんだけどよ、ここまで父ちゃんの愛をぶち壊しに走るやつも珍しい〉

「伊豆倉家もなにかとややこしいようですね」

〈そのあたりを相馬女史に洗わせていたんだが、陽一は三十過ぎても反抗期真っ盛りなようだ。周りがお片付けをしてくれるたびに、今度はもっとやばいことをぶちかましてやろうって気になるのかもな。あんなのを飼い続けていたら、警察《カイシャ》はいよいよ内部崩壊しちまうぜ〉

「なんとかなりそうですか」

〈なんとも言えねえな。どこぞに身を潜めたところで、外事二課《ソトニ》の目からは逃れられねえ。警視庁《ホンチョウ》に成海嬢を連れてても戻れねえぞ。いかに天下の警務といえども、警察庁《サッチョウ》次長の威光をちらつかせて、外事二課《ソトニ》に乗りこまれたら、成海嬢の身柄《ガラ》を持ってかれちまう。現に三田署に連中がドヤドヤと乗りこんで、相馬襲撃の事件《ヤマ》を仕切ろうとしている。警察官僚を狙ったテロの可能性があるだのとほざいてな。マッチポンプもいいところさ。所轄《しょかつ》も相当カッカしているが、公安《ハム》相手じゃ分が悪い〉

「寝業師の部長でも、今回ばかりは苦戦を強いられてるようですね」

白幡が苦笑した。

〈とことん口の悪い男だな、おまえは。まだ悲観的になる局面でもねえさ。外事二課《ソトニ》にバレちまうのは手痛いミスだったが、あっちも痛恨のエラーをやらかした。しかも二度もだ〉

「相馬警視に撃退され、おれには成海をかっさらわれた」

〈そうだ。こっちをナメてた証拠だな。お前らをどうにかしたかったら、エセ右翼のならず者《もん》じゃなく、機動隊《マルキ》みたいなごっつい大男を一ダースは用意しねえとな〉

ふいに背筋が寒くなった。

白幡は美貴を警務部に呼んだ張本人だ。昨秋は、監察係員の殺害事件をきっかけに、警視庁内の巨大派閥を相手にして勝利を収めた。井筒のような私兵を動員し、豊富な人脈を使って、巧みな調略や戦術で絶対的に不利と思われた勝負を制した。伊豆倉知憲と同じように、いずれは警察庁長官や警視総監に就くトップ候補のひとりとみなされている。

頼りになる上司ではあるが、決して清廉《せいれん》な男ではない。現在は自陣の大将として黒滝らを庇護してくれてはいるが、その関係がいつまでも続くとは限らない。白幡を敵に回すことになれば、こちらの動きを何手先も読み、的確な攻撃で息の根を止めにかかるだろう。

白幡は世間話でもするように話し続けた。

〈しかし、外事二課《ソトニ》も気の毒なやつらさ。あいつらだって大国のタフなスパイから我が国を守るために心身を磨り減らしているんだろうに、上しか見えてない野心溢《あふ》れる課長様のせいで、ボンボンの厄ネタの尻拭いをやらされてるのさ〉

「ですね。親の顔が見たい」

白幡が乾いた笑い声を上げた。

〈ドッグ、お前にも弱点があるんだな。ジョークのセンスはいまいちだ〉

「よく言われます」

〈まあ、そういうことだ。ただでさえ寒い二月だ。ジョークは控えめにして、成海嬢と少しの間だけ潜っておけ。隠れ家はこっちで用意する。その間に外事二課《ソトニ》の連中の不満にさらに耳を傾けておくさ〉

「助かります」

白幡の意図をくみ取り、黒滝は謝意を示した。

10

助手席の美貴はゼリー飲料を手にした。疲労回復を謳《うた》った医薬部外品のゼリーをゆっくりと胃に流しこむ。

ハンドルを握る石蔵《いしくら》から声をかけられた。

「少しだけでもお休みになられては。目的地まで時間があります」

後部座席の鮎子《あゆこ》も心配そうに言う。

「昨夜から全然寝てらっしゃらないじゃないですか。今だけでも安心して休んでください」

ミラーに映る鮎子の表情は硬いままだった。

寝ていないのは彼女たちも同じだ。昨夜は黒滝と行動を共にし、伊豆倉陽一の執心する女を監視していたのだから。美貴が襲撃されたとの情報を聞くと、彼らは三田署に駆けつけて上司の容態をずっと気にかけてくれていた。美貴の無事を確認したにもかかわらず、鮎子はずっと泣いていたという。

「ありがとう。あなたの言葉に甘えておく」

本気で美貴の身を案じてくれているのがわかった。助手席を倒して目をつむってみせた。美貴が乗るミニバンには、他にも監察係員が美貴の護衛のために二名ついていた。VIPなみの警護体制だ。

助手席のシートに背中を預けた。疲労で重たくなった身体《からだ》がシートに埋まっていくような感覚を覚える。公安に使嗾《しそう》された男たちによる襲撃と、長時間にわたる事情聴取で体力が底をついていた。

一方で神経は張りつめたままだ。クタクタに疲れ切っているのに、眠気が襲って来る様子はない。襲撃者から催涙スプレーを喰らったため、右目の奥がゴロゴロと違和感を訴えていた。

スプレーを浴びせてきた肥満の男らは未だに逮捕されてはいない。三田署と第一方面本部が緊急配備を敷いたにもかかわらずだ。

美貴が撃ったMA－1の男は近くの病院に搬送され、弾丸の摘出手術を受けた。大《だい》腿《たい》動脈を損傷させなかったため、命に別状はなく、術後に病院で取り調べを受けている。

男は病院のベッドで三田署員に対し、「ただナンパしただけなのに拳銃《けんじゅう》で撃ちやがった」とふざけた供述をしているという。所持品に身分証明書の類《たぐい》はなかったが、採取した指紋から大日本憂志塾《だいにほんゆうしじゅく》に所属していた元構成員とわかった。恐喝や詐欺《さぎ》、暴行傷害など前科八犯の札つきだ。

大日本憂志塾のことは黒滝から聞いていた。彼がカラオケ店で陳梓涵《チェンズーハン》なる中国人スパイを見かけたときの報告にその名称があった。外事二課の情報屋であり、汚れ仕事を請け負うならず者どもだという。

外事二課は長年にわたり、汚れ仕事をさせるために元暴力団員の轡田隆盛《くつわだりゅうせい》なる男を飼っている。黒滝から情報を耳にしてまもなく、その団体に属していた男どもに狙《ねら》われたのだ。

三田署は、轡田が現在運営している政治団体の日本青年皇心會《にほんせいねんこうしんかい》の構成員を中心に、残り二名の行方を追って捜査を始めた。

轡田と日本青年皇心會についてはざっくりと話したが、それ以上は機密保持を理由に曖昧《あいまい》な供述をするしかなかった。轡田のような危険な悪党どもとつるむ警察官を洗っているとだけ答えた。

——その警察官とは誰なのですか。

三田署の若手の部長刑事に食い下がられたものだった。

警察官がエセ右翼の悪党に監察官を狙わせるとは、絶対にあってはならない事態ではないかと怒りに震えていた。熱血漢のいい刑事だ。

捜査は朝方になってストップした。本庁の外事二課員が大挙して押し寄せ、捜査の主導権を三田署から強引に奪ったのだ。

三田署には相馬班の監察係員だけでなく、人事一課長の吹越や警務部長の白幡といった警視庁の大物たちが駆けつけた。熱血漢の部長刑事は自分が手出しできない案件なのだと悟ったのか、うなだれながら、外事二課員に引き継ぎ、美貴の前から姿を消した。

熱血漢の部長刑事の次に、外事二課の係長である能瀬《のせ》から事情を訊《き》かれた。同課課長の永守《ながもり》から信頼される野心家だ。

三田署の熱血漢と違い、能瀬による事情聴取はあっさりとしたものだった。

美貴を本庁に引っ張り、陽一への調査を断念させるための脅しと説得工作を行うのが彼らの本来の手口だろう。しかし、相手は監察官であり、白幡警務部長が睨《にら》みを利かせるなかでは、いくら公安といえども強引な方法は選択できずにいるようだった。

こちらも腹の探り合いや挑発は控え、なぜ外事二課が乗り出してくるのかさえ聞かずに事件の状況について、三田署員のときと同じく淡々と答えた。

外事二課よりも厄介だったのは身内の人事一課だった。拳銃の使用が適正であったかを検証されなければならない立場にあるからだ。調査を行うべき立場の監察官が発砲したのだ。前代未聞《ぜんだいみもん》の事態といえた。

三田署の取り調べ室から警視庁十一階の小会議室へと場所を変え、人事一課長の吹越から聞き取り調査を受けた。聞き取りというより、叱責《しっせき》というのが正しい。

吹越は小会議室に入るなり、テーブルを叩いた。

——とんでもないことをしてくれたな。

——武器を所持した悪党を現行犯逮捕《ゲンタイ》したことがですか？

——しらばっくれるな。拳銃なんぞをぶっ放したことだ。

——私は警職法第7条に基いて拳銃を使用しました。「警察官等けん銃使用及び取扱い規範」に則《のっと》ったうえでの判断です。

警職法第7条は武器の使用についてのルールが明記されており、「警察官等けん銃使用及び取扱い規範」には、拳銃にまつわる細かな規則が記されている。相手はナイフを手にして襲ってきたのだ。撃つべきときに撃ったとしか思っていない。

しかし、いくらルールを遵守《じゅんしゅ》した上で発砲したとしても、警察社会では拳銃を使用した者に対する目は冷ややかだ。

美貴は吹越に言葉を返した。

——防犯カメラの映像をご覧になっていないのですか？　発砲の警告をしているにもかかわらず、ナイフで突っかかってくる者の姿が映っているはずです。

——つまらん建前は聞きたくない。対外的にはもちろん適正であったと発表するが、警察《うち》がそうは思わないのは監察官の君がよく知っているはずだ。監察官が拳銃を持たざるを得ない状況にあって、おまけに犯人《ホシ》を撃ったとなれば、警視庁《カイシャ》が揺れに揺れているると、世間に触れ回るようなものだ。勘のいい警察《サツ》回りの記者《ブンヤ》どもがじきに動き出す。君の輝かしい将来に傷がついたのは言うまでもないが、上司の私まで道連れにするつもりなのか。

美貴は首を横に振った。

——この事態を乗り切らなければ、将来もへったくれもありません。課長のほうの備えは充分なのですか？

――備えとは？

――私が狙われたからには、課長がマトにかけられてもおかしくないということです。ご家族にはしばらくご自宅を離れていただいて、ホテルにでも滞在していただいたほうがよろしいかと。

吹越は顔色を変えた。

東京に隣接する市川市に一軒家を構え、専業主婦の妻と小学生のひとり娘がいる。父親も元警察官僚だ。

――どうして、おれがそんな真似《まね》をしなきゃならない！　伊豆倉次長や外事二課《ソトニ》なんぞに喧嘩《けんか》を売ったのは、君や白幡部長だろうが。

――あちらからすれば、そんな理屈は通じませんよ。拳銃の常時携帯はもとより、ご自宅や自家用車を念入りに調べられたほうがよろしいかもしれません。盗聴器やGPS発信機はもちろんですが、ロッカーから身に覚えのない葉っぱやクスリの類が出てくるかもしれない。伊豆倉次長は五年前に千葉県警本部長を務めていました。家宅捜索《ガサ》令状を持った県警の捜査官が自宅を洗いざらい調べる可能性も考えられます。

――上司を脅してなにが面白い。

――助言ですよ。警察官僚に襲撃を実行したんです。もうどんな手を使ってきたとしてもおかしくありません。白幡部長と同じく公安畑を歩んだ寝業師ですから。

伊豆倉知憲《ともあき》は自他ともに認める策略家であり、周囲からは〝知恵伊豆〟と称されていた。そんな男でも我が子のこととなると目が眩《くら》むらしく、危険な息子を警察官にさせてしまった。息子の陽一は警察官としての遵法意識も倫理もからきし持ち合わせておらず、むしろ父親の威光を利用する味を早々に覚えてしまい、年齢を重ねるごとにその危うさを増していった。

吹越は頭を抱えてうつむいた。

——覚えているか。ロッククライミングのフリーソロの話を。

——安全装置を一切つけずに、素手だけで断崖《だんがい》絶壁に挑むクライマーのことですね。私たちを死ぬまで登り続ける狂人だと仰《おっしゃ》いました。

吹越は顔を上げた。いつもは傲岸不遜《ごうがんふそん》な態度を取る上司が、そのときばかりはひどく怯《おび》えた瞳《ひとみ》で見つめてきた。

——君らは恐ろしくないのか……なぜ平然としていられる？　君も黒滝も、白幡部長もだ。もはや冷や飯を食わされれば済むようなレベルじゃない。命さえ奪われるかもしれないんだぞ。

——恐ろしいに決まってるでしょう。

吹越を直視して答えた。その手には発砲した感触がまざまざと残っていた。発射した弾丸がＭＡ‐１の男の太腿《ふともも》を貫いた。火薬と血液が混ざり合った臭《にお》いも覚えている。撃たれた男のうめき声も。

美貴は続けた。

――しかしながら、私は人事一課《ヒトイチ》の監察官です。陽一のような腐敗警察官ひとりにさえ引導を渡せられないようなら、なんのためにこの部署は存在するのですか。私や黒滝は狂人じゃありません。イカれているのは伊豆倉親子と、彼らの顔色をうかがって必死にかばってきた連中のほうです。違いますか？

――発砲については後に査問委員会が開かれる……それまではおとなしくしていてくれないか。

切なげに涙を目に溜《た》め、懇願するように小さく言った。百三十歳まで生きるのではと噂《うわさ》されるほど、ふだんはギラギラとした精力を漲《みなぎ》らせているが、このときばかりは、急に老《ふ》けこんで見えたものだった……。

ふいにフロントガラスがこつんと硬い音を立てた。美貴は慌《あわ》てて目を開けた。

ミニバンは何事もなく走っており、運転手の石蔵は黙ってハンドルを握っていた。

「大丈夫です。ただ小石が撥《は》ねただけで」

後ろの鮎子が声をかけてくれた。美貴は息を吐いた。

「ありがとう」

首都高5号線を走っていた。

片側二車線の道路を順調に進んでいる。道路脇《わき》には高いフェンスが設けられてあり、道路と厚い雲しか見えない。今にも雨が降り出しそうだ。

背後に目をやった。見かけるのはコンテナを積んだ大型トレーラーや営業バン、社名の入ったハイエースなどだ。こちらをあからさまに追尾する車は見当たらない。

今回相手どっているのは監視のエキスパートたちだ。監視対象者に何年も悟られずに見張り続け、人間関係を隅々まで洗い出す。

石蔵は警視庁本部から出るさい、尾行の有無を確かめる〝点検〟を行おうとした。だが、美貴は時間の無駄として、まっすぐ目的地へ向かうように命じていた。

ミニバンは荒川を越えて埼玉県に入った。与野《よの》出入口で首都高を降りると、新大宮バイパスを北西に進む。

ファミレスや全国で目にするラーメン店、カー用品チェーンが並んでいる。典型的なロードサイドの店舗やポールサインに混じり、目的地の宗林《むねばやし》総合病院が見えてきた。陽一の弟である伊豆倉博樹《ひろき》の職場である。

事前に公式サイトや資料などで病院に関する情報は頭に入れていたが、美貴が思っていたよりもずっと大きな医療施設だ。

地域医療の中核を担《にな》う病院として、急性期医療などにも積極的に取り組んでおり、最新の高度医療機器を導入し、最先端の心疾患治療が受けられるとアピールしていた。

介護老人保健施設をも備え、理学療法士と作業療法士が多数在籍している。温水プールや豊富なトレーニング機器を揃《そろ》えたデイケア施設もある。サイトを見てみたが、まるで巨大なショッピングモールのようだった。敷地の傍には、入院した患者の家族が寝泊まりするためか、チェーン系のビジネスホテルが建っている。

敷地の出入口は車がひっきりなしに出入りし、厚手のコートを着た警備員が誘導棒を振っていた。競技場のような広さの駐車場はぎっしり埋まっていた。

石蔵がミニバンを玄関近くで停めると、まずは鮎子ら部下が降車した。美貴以外の全員が拳銃を所持しており、スーツの下には防刃《ぼうじん》防弾ベストを着用している。

部下たちが入念に警戒するのを横目に、美貴はミニバンを降りた。鮎子が殺気だった目つきであたりを見回し、玄関を行き来する患者や関係者をおののかせている。まるでヤクザの親分になったような気分だった。

院内へと向かった。博樹には事前にアポイントメントを取ってあった。吹越の事情聴取から解放されると、真っ先にこの病院に電話をかけたのだ。

——本日ですか……ご勘弁ください。専門医の会合がありますので。

電話に出た博樹は医師らしく、落ち着いた声をしていた。突然の電話に対して物怖《ものお》じする様子はなく、ただ淡々と答えてきた。

彼はこう訊いてきたものだった。

——監察係というと……兄のことですか？

——そうです。

——わざわざ埼玉くんだりまでお越しいただいても、時間の無駄だと思いますよ。彼とはもう何年も会っていませんから。

——うかがいたいのは、お兄様の陽一さんについてだけじゃありません。ご尊父の知憲氏や亡《な》くなられたご母堂についてもお話を聞きたいと思っております。

博樹は黙りこんだ。しばらく沈黙した後に彼は答えた。

——わかりました。会合はキャンセルしましょう。いずれにせよ、時間の無駄にしかならないと思いますが。

——無理を言って申し訳ありません。

美貴は心から感謝したものだった。博樹には一刻も早く会いたかったからだ。

猶予《ゆうよ》はない。時間を与えれば与えるほど、物事は伊豆倉親子にとって有利に進む。自殺した波木愛純《なみきあすみ》の遺書は無駄になり、陽一の悪行を改めて打ち明けてくれた富松《とみまつ》の身にすら危険が及ぶかもしれないのだ。上司の白幡も結局、この面会を認めてくれた。

極秘に調査を進め、陽一の外堀を徐々に埋めていく計画だったが、すでに彼の庇護《ひご》者《しゃ》たちに監察係の動きを知られた以上、方針の転換を行わずにはいられなかった。

伊豆倉陽一の行方は摑《つか》めていない。美貴が三田署や外事二課から事情聴取を受けている間、陽一自身を呼び出して厳しい尋問を行うことも検討した。

愛純の遺書での告白に加え、かつての上司だった富松の証言、黒滝が確保している楓《かえで》こと松川成海《まつかわなるみ》に機密情報を流していた事実も加えれば、すでに厳罰に処せるほどの材料は揃っている。

轡田配下のならず者たちが、美貴を襲ったのに加えて、成海を拉致《らち》しようと動いた点でも、外事二課側の焦《あせ》りが見て取れた。三田署での事情聴取が終わった後、部長の白幡を通じて、黒滝が成海を救出したのを知った。ふたりは白幡の指示のもと、隠れ家に潜んでいる。

綿密かつ周到なプランを立てて、確実に仕事をやり遂げるのが公安刑事の常道であろう。昨晩の襲撃には天下の外事警察《ソトコト》とは思えぬ粗雑さが目立った。尻《しり》に火がついている証拠だ。

受付カウンターへ向かい、スタッフに来意を告げた。職員たちは警察官たちの数やものものしい雰囲気に気圧《けお》された様子だったが、博樹から事前に話を聞いていたようで、すんなりと広めの応接室へと通してくれた。

病院自体が開放感にあふれたモダンな造りで、エントランスホールは複数階にわたる吹き抜けが取り入れられており、真新しいシティホテルを思わせた。応接室には大きな窓ガラスが嵌《は》めこまれ、さいたま市郊外の風景が一望できる。

面会の約束は十五時であるが、五分前には応接室で彼を待った。職員が美貴たちに茶托《ちゃたく》に載せた日本茶を出し、地元の和菓子店が扱っている上品そうな饅頭《まんじゅう》も振る舞ってくれた。しかし、肝心の博樹はなかなか姿を現さない。

十五分が過ぎて、鮎子が耳打ちした。

「もともと会う気なんてなかったのでは」

「そうかもね」

美貴があっさり答えた。

鮎子は口を尖《とが》らせていたが、もとより博樹がわざわざ時間を割いて、美貴たちと会うメリットはなにひとつありはしない。多忙を理由に断られるのが当然であって、父親らと結託してのらりくらりと時間稼ぎを企《たくら》んでもおかしくはなかった。

美貴は茶を啜《すす》りつつ静かに待った。窓から外に目をやると、デイケア施設に出入りする大勢の老人たちや、ひっきりなしに行き来するシャトルバスが見えた。

現在は質素な生活をおくっているが、博樹はいずれこの巨大医療施設を受け継ぐ身だ。宗林の名を継ぐことになろうと目されてもいる。兄の陽一が豪遊できた理由がわかった気がした。

二十分ほど待っていると、案内してくれた職員が現れて頭を下げた。急患の対応に追われ、もう少し時間がかかるという。美貴は職員に感謝を伝えた。

茶菓子の包みを開ける。地元名物の饅頭で、餡《あん》をいちご風味のチョコレートでコーティングしていた。口いっぱいに強い甘みが広がる。襲撃後食欲は感じなくなっているものの、糖分が必要になりそうだと思うと、ごく自然に饅頭を口に運んでいた。

鮎子が心配そうに見つめている。美貴は饅頭を食べながら彼女に尋ねた。

「どうかした?」

「なんだか……相馬警視は似てらっしゃるなと思って。白幡部長に」

「え?」

美貴は身体に鼻を近づけた。「嫌《や》だ。焼酎《しょうちゅう》の臭いでもする? なんかおっさんじみてる？」

鮎子は慌てたように手を振った。

「悪い意味じゃないですよ。似てると言っても姿形とかじゃなくて、なんというか肝が大きくなられたというか」

石蔵や他の部下たちも、鮎子の言葉に同意するかのようにうなずいた。鮎子だけならともかく、全員がそう感じているのが意外に思えた。

齧《かじ》りかけの饅頭に目をやった。鮎子に指摘されて初めて気づいた。監察係に来る前であれば、この状況で出されたものに手を伸ばしたりはしなかっただろう。鮎子たちは日本茶にすら手をつけていない。

美貴は微笑《ほほえ》んでみせた。

「ありがたい言葉だけど、素直には喜べない」

「そうですよね。すみません」

鮎子が恥ずかしそうに身を縮めた。愚直なほどまっすぐな部下であり、若き日の自分と同じ匂《にお》いがする。

肝が大きくなったかどうかはわからないが、図々しくなったのは認めざるを得なかった。多少の度胸もついたとは思う。そうでなければ、警察庁次長の息子と顔を合わせる前に、地元の名菓を味わったりはしないだろう。

監察係着任後、それほど日は経っていない。だが、そのわずかな期間に多くの惨劇や荒事を目にしてきた。悪漢に拉致されて監禁されたかと思えば、人が無惨《むざん》に殺されるところまで目撃する羽目になった。今ではためらいもなく拳銃を撃って襲撃者を捕えられる。

――君らは恐ろしくないのか……。

吹越の怯えた瞳を思い出した。

心が頑丈さを備えていく一方で、鮎子のような純真さを失ってしまったのではないか。〝警察の中の警察〟であるべき監察官が、私兵をも抱えて暗躍する白幡の庇護を受け、さらに暴力と恐喝を駆使する黒滝を呼び寄せた時点で、二人と同類と見なす者が出て来ても仕方がない。

恐ろしいのは自分が腐り果てているのに気づかぬまま、伊豆倉親子のように組織の私物化に走り、監察官としての立場を利用して強権を振るい続けることだ。最大の敵は他ならぬ己自身でもあるのだ。

「お待たせして申し訳ありません」

伊豆倉博樹が現れたのは、十五時四十分を過ぎたころだった。

背広姿だった。医療用のスクラブスーツから慌てて着替えたのか、ネクタイが斜めに曲がっており、スクラブキャップをずっと被《かぶ》っていたようで、髪型がぺったりと潰《つぶ》れていた。

勤務先の病院のサイトや、三坂が添付ファイルで送ってくれた写真で、その容姿は把握していた。修行僧のように痩《や》せた男だったが、実物は枯れた雰囲気まで漂わせていた。頭髪の生え際《ぎわ》の後退は一層進んでおり、頭頂部の皮膚まで露《あらわ》になっている。サイドに残った髪はコシを失い灰色に変わっている。

激務が続いているようで顔色が青白い。事件に追われて休みが取れない刑事と似た臭いがした。目が充血しており、肌は荒れていてハリもなかった。〝医者の不養生〟を体現しているかのようだ。

全員で立ち上がり、頭を下げた。

「貴重な時間を割いていただき感謝しております」

「こちらこそお待たせして申し訳ありません」

博樹はソファに座って深々と息を吐いた。職員が日本茶と饅頭を運んでくると、それらを瞬《またた》く間に平らげた。

「失礼しました。昼食を摂《と》れなかったもので」

「ご多忙のようですね」

「ええ……そうですね」

疲れているのは一目瞭然《りょうぜん》だったが、表情に乏しく感情が読み取りにくかった。

博樹がおしぼりで手を拭《ふ》いた。

「今朝、父から電話がありましてね」

「伊豆倉次長から？」

「ええ」

博樹が部下たちを見やった。話しづらそうに口ごもる。

美貴は鮎子らに席を外すように目で合図した。彼女たちは指示に従い、ぞろぞろと応接室を出て行った。

博樹が口を開いた。

「父は……よほどあなたがたと会わせたくなかったようです。数年ぶりに連絡を寄こしたかと思えば、『しばらく職場を休んでくれ』ときた。院長や上司たちには話を通すからと。藪《やぶ》から棒もいいところです。今日の午前中は外来診療の予約が埋まっていたし、入院患者の検査も行わなければならなかった。案の定、懸念《けねん》していたとおりに患者の容態が急変した。父はあれこれ根回しを目論《もくろ》んだようですが、あまりに突然のことで院長も父の要求には応じられなかった。たとえ警察組織では位が高くとも、私や院長は彼の部下でも僕《しもべ》でもない」

博樹は落ち着いた口調で話したが、父親への嫌悪感《けんおかん》が言葉ににじみ出ていた。伊豆倉家は一枚岩ではないと踏んではいたものの、この父子の間には美貴が思っていたよりも深い溝《みぞ》が刻まれているようだった。

「そして、私たちにはこうして会ってくださった」

「警察官である父や兄の件だけならともかく、亡き母のことまでとなると、一体どんな要件なのだろうと気になったので。しかし、またいつ呼び出しを受けるかわかりません。手短にお話し願えますか？」

「わかりました」

美貴は日本茶を啜ってから切り出した。

「あなたには人を殺してしまった過去があるらしいですね」

「は、はい？」

博樹が前のめりになった。落ち着いた態度から一転して目をみひらいている。

「あるスジから聞きました。先生ご自身が打ち明けられたそうですよ」

博樹は苦笑いを浮かべた。

「なるほど。どのスジか見当がつきました。確かにそんなことを申したかもしれません。ひどく酔っ払っていたときでしょう」

「つらい過去に触れますが、死なせたというのはお母様のことでしょう」

博樹はうつむき加減に答えた。

「そうです。あの事故は私のすぐ傍で起きました」

母親の志都子《しずこ》が十九年前、自宅の階段から転落したという事案だ。泥酔《でいすい》した挙句、階段の段鼻や一階の床に顔や頭を激しく打ちつけ、脳挫傷《ざしょう》で死亡した。中学三年だった博樹は二階の自室で勉強中だったという。

博樹はおびただしい血を流す母の頭にバスタオルを押し当て、出血を食い止めようとしたと証言している。

「今の私であれば、母への応急処置をもっと適切に行えたはずです。あのころの私は、血が怖くてすぐには母に近寄ることさえできなかった。おまけに母の意識を取り戻そうとして、身体を揺すぶったり、頬や肩を叩いたりしてしまった。己の無知を一生悔いながら生きていくつもりで申しました」

美貴は首を横に振った。

「あなたが酔ったお母様を階段から突き飛ばし、死に至らしめたのではないですか？」

博樹は任意で調査の協力をしてくれている参考人だ。いつ聴取を打ち切られてもおかしくない。だからといって、美貴も子供の使いで埼玉まで来たわけではなかった。

極めて無礼な質問を投げかけたにもかかわらず、博樹はただ苦笑するだけだった。

「母が死んだときに何度もそう訊かれました。浦和署の刑事さんから問い詰められたものです。母が勝手に転んだとは思えないと。私には疑われるだけの動機もありましたからね」

「かなりハードなスパルタ教育を受けていたようですね。家庭教師を何人もつけられて、お母様は成績が悪ければ体罰も辞さなかった」

博樹は窓に目をやり、過去を振り返るように口を開いた。

「いっそ私が突き飛ばしたことにしようかと迷ったものでした。母の血をタオルで押えながら、ためらいを覚えてしまった。大変なことになったと慌てふためきながらも、母がいなくなってくれれば、息苦しい環境から抜け出せるなどと思ってしまった。応急処置もデタラメで、母を死なせてしまったのは事実です。なんらかの罰を受けなければと思い悩みました」

「結果的に浦和署は事故と判断し、あなたはその後も勉学に励み、医師の道を進むことを選んだ」

「私が本気で医者を志したのは、実は、あのときからです。もう愚かな失敗を繰り返したくはない。人の命を救える能力を身に付けたいと切望するようになりました」

博樹は淀《よど》みなく答えた。

伊豆倉陽一の件さえなければ、彼の言い分を信じたかもしれない。母の死という悲劇を乗り越え、最高学府の医学部に進み、ゆくゆくは大病院の跡取りとなる男の物語だ。そのおおかたは事実なのだろう。博樹の瞳は揺るぎなく、当時の邪念と向き合って語る様は誠実さを感じさせる。

「そして、あなたは医師になった。陽一氏からの長年にわたる無心にも耐え切って」

さらにカードを切ると、博樹はわずかに顔を曇らせた。美貴は続けた。

「まだ耐え切ったとは言えないのかもしれませんね。陽一氏は警察官となって三十歳を越えた現在でもなお、あなたから多額の仕送りを受け取り、金回りのいい実業家のような暮らしを送っているのだから」

「それもあるスジの情報ですか？」

「伊豆倉陽一氏の口座と行動を調査したまでです。あなたは県内有数の素封家を母方に持ち、この巨大な医療施設の経営にいずれ関わる身でありながら、医学生時代から困窮生活を強いられてきた。現在も給料の多くを兄に差し出している。いくら高給取りといっても、勤務年数の短い外科医の収入など知れているでしょうから、あちこちから借金までしているかもしれない。このまっとうとは言いかねるお金の流れを、宗林家の皆さんは知っているのですか？　まだ研修医だったころ、陽一氏は職場にまで現れては、ヤクザまがいの態度であなたからカネを巻き上げようとしたとも聞いている」

博樹は沈鬱《ちんうつ》な顔つきで茶を啜った。

湯呑みを静かに置き、しばらく目をつむっていた。やがて答えにくそうに口を開く。

「兄には逆らえませんでした。血を流し続ける母の前で私がぐずぐずしてしまったと知った彼は、決して許してはくれなかった。罰を望んでいた私には、兄の無心を拒むことができなかった」

「お母様を助けられなかったから、それを理由にあなたを脅した、ということですか」

「脅したというのは適切ではありません。私がそれに応《こた》え続けていたので」

「伊豆倉次長は、兄が弟から無慈悲に搾取《さくしゅ》していた実態を、立場上把握していたはずです。なぜ止めに入らなかったのでしょう」

「父は父なりに、兄に対して負い目を感じているからだと思います」

「というと？」

「私が物心ついたときには、両親の関係は破綻《はたん》していました。父は渡り鳥のように関西や九州に赴任し、子供のことはすべて母に任せきりです。家族に一切の興味がなかったのでしょう。休日もろくに帰って来ずに、上司とのゴルフや親睦会やら冠婚葬祭やらに顔を出してばかりいた。孤独だった母が徐々にアルコールに溺《おぼ》れているのも知っていながら、寄り添おうとはしなかった。母が私たちに暴力を振るうようになっても知らぬふり。父は父で……あの悲劇は自分が引き起こしたものと責任を感じているのでしょう」

博樹は顔を上げて答えた。ただし、これまでとは違って歯切れが悪くなった。

博樹に接触させまいと、知憲が動いた理由を理解した。医者の道を志したエピソードを語ったときと違い、瞳には怯えの色が見て取れた。嘘をつくのが下手な性格のようだ。まだすべてを正直に打ち明けたとは思えない。

「父は長男の兄をひときわ気にかけていました。父が兄に警察の道を勧めたのも、家族をずっと放置していたことに対して責任を感じたからでしょう。再婚して新たな家庭を築いたことで、兄に対して、遅まきながらきちんと面倒を見てやりたいと思うようになった。兄は危うい人間です。ひどくグレていた時期もありました。父は彼を信頼できる部下に任せて、まっとうな人間に戻そうと考えたのかもしれません」

「なるほど」

美貴は相槌《あいづち》を打った。納得したフリをして見せると、博樹は椅子《いす》から立ち上がろうとした。

「そろそろよろしいですか。兄に仕送りをしていたのは事実ですが、これは言ってみれば家族の問題です。その金でスピード違反をもみ消してもらっていたとか、誰かを探ってもらったとか、兄から見返りを得ていれば贈収賄《ぞうしゅうわい》にあたるのでしょうが、あいにくそうしたことは一切ありません」

「まだ終わっていません。ご着席ください」

美貴はきっぱりと告げた。

「あなたは立派な方です。きっと身を粉《こ》にして多くの患者さんを救ってきたのでしょう。けれども兄を危うい人間だと知りながら、警察官になった彼に多額の仕送りをしていた。そのおかげでどれだけの者が不幸に見舞われたか、一度でも考えたことはありますか？」

「いえ……それは」

「仰るとおり伊豆倉陽一は危険な男です。父親の思惑どおりにはならず、家族の問題では片づけられない非違行為を重ね続けてきた」

カバンから大型のクリップで挟んだ書類を取り出した。厚さは文庫本一冊分にはなる。

美貴が作成した陽一の事実調査書だ。神田駅交番に勤務していた時代から、警視庁生活安全総務課を経て、外事二課に在籍している現在までを細大もらさずまとめている。

博樹の前に隅を揃えて書類を置く。

「伊豆倉陽一が起こした規律違反や警職法違反にあたる行為、セクシャルハラスメント等をまとめた事実調査書です。未《ま》だ調査の途中であって、さらにページ数は増えるかもしれない」

博樹は事実調査書に触れようとしなかった。

煙たそうに表紙を見つめるのみで、関わり合いになりたくないと顔に書いてある。

「先生は陽一に現金を渡すという形で少なからず関与しています。肉親の不祥事など知りたくもないでしょうし、これだけの書類に目を通す時間もないでしょうから、かいつまんで説明します」

美貴は椅子を引いて博樹との距離を縮めた——逃げずにきちんと聞きとげよと圧力をかける。

神田駅交番に勤務していた時代から話しはじめた。父親の威光を利用しつつ、弟から得た現金を惜しげもなく使い、同僚たちを巧みに飼い慣らしていた事実からだ。

陽一はこの職場で、交番に爆竹を投げ込んだ不良少年を取り押さえたさい、激昂《げっこう》して不良少年の口に拳銃を突っこむという、あってはならない犯罪行為に出た。彼を叱《しっ》責《せき》した上司が罰俸転勤で左遷《させん》され、陽一が正反対に栄転を果たした。

生活安全総務課時代には、後輩の女性警察官に性的暴行を加え、自殺に追いこんだ疑惑がもたれている。陽一と飲食を共にした女性警察官の意識が朦朧《もうろう》となり、自宅へと連れこまれて性被害に遭った。女性警察官は部署の上司に相談したが、彼女の味方になるどころか、辛辣《しんらつ》な言葉を浴びせられ、絶望の谷底へと叩き落とされた。

博樹の瞳を凝視して語気を強めた。

「性的暴力の疑惑がかけられてからは公安部外事二課へと異動。外国人スパイを取り締まる部署です。そこでも彼は問題を起こしている。新宿の高級ラウンジの女性に熱を上げ、あなたから振り込まれる多額のカネを店と彼女に注《つ》ぎ込み、気を引くために機密情報を漏らした。その女性がスパイと思《おぼ》しき外国人男性に情報を売っていたことも知らずに」

博樹の顔色が一段と悪くなっていた。

もともと青白かったが、紙のように白くなり、大量の汗を噴き出させている。兄が犯した罪について初めて知らされ、驚きを隠し切れていなかった。

美貴は書類をめくった。

「せめて、ここだけでも目を通していただけませんか。あなたの兄に追いつめられ、自ら命を絶った女性警察官が遺《のこ》したものです」

愛純の遺書のコピーを机上に置いた。便箋《びんせん》にボールペンで綴《つづ》られたものだ。文字は女性らしく柔和な形をしており、しっかりと整っているものの、陽一の悪行を覚悟をもって告発し、上司や仲間たちから見放された苦しみを余すことなく綴っている。

博樹の手が震えている。便箋をめくるたびに、瞬《まばた》きを繰り返した。

美貴はさらに語りかけた。

「彼女を死なせた罪を伊豆倉父子に留めることは出来ません。彼を腫《は》れ物のように扱ってきた上司や同僚たち。調査に及び腰になっていた我々監察係も罪を負っています。危険な人間だと知りながらも、彼に活動資金を与え続けた弟も免責はされません。伊豆倉陽一は自分を腫れ物扱いする者たちの恐怖心や無関心を喰らい続け、ついには組織を瓦解《がかい》させかねない怪物へと肥え太っていったのです」

博樹は書類を引き寄せ、遺書を食い入るように見つめた。彼の涙が顎《あご》を伝い、遺書のうえに落ちる。

「波木愛純さんというのですね」

彼は遺書の最後の文章を何度も目で追った。

〈今は息をすることさえままならず、この押しつぶされそうな苦痛から逃れようと思いました。お母さん、私はまちがった道を選びます。どうかわがままをお許しください。本当にごめんなさい。ごめんなさい〉

遺書は母への懇願と謝罪で締められていた。

「もう一度お聞きします。お母様の……伊豆倉志都子さんの死について。彼女は酒に酔って自ら階段から転落したのですか?」

博樹はハンカチを取り出すと、目に押し当てて涙を拭《ぬぐ》い取った。美貴を見据えて答えた。

「母の酒癖の悪さは有名で、パーティの参加者は頃合いを見計らって家を後にしました。母は二階にいた私に当たり散らした後……足をふらつかせて転落しました」

彼は洟《はな》を流しながら続けた。

「ただし、一階には兄がいました。救急車でも呼ぶのかと思えば、キッチンに移動してワインボトルを摑み、母のこめかみや鼻の下といった急所を殴打しだしたのです」

「あなたは？」

「……ただ二階から見ていました。兄は母を殴るたび、私に訊きました。『救わないのか？』『通報しないのか？』と。私は母が動かなくなるまで傍観していました。母にこの世から消えてほしくて」

「間違いありませんか」

念を押すように尋ねた。博樹は目を赤くしながらうなずく。

「私たちは事故に乗じて母を死に至らしめたのです。兄はワインボトルを握って叫びました。『お前と親父を自由にしてやった。感謝しろ』と。母の呼吸が止まったのを確かめてから、応急処置の真似事《まねごと》をやり、１１９番通報をしました」

「あなただけでなく伊豆倉次長も？」

「父はそのころ、すでに小春《こはる》さんと交際していました」

小春は知憲の後妻となる女性だ。旧姓は星岡小春。関西のテレビ局でアナウンサーとして働いていた。

美貴は自分もまた汗まみれなのに気づいた。汗が唇にまで流れ落ちる。

博樹の瞳に浮かんでいた怯えの正体を理解した。母の束縛から逃れられた日に、博樹が新たに直面したのは兄による支配だった。

「結果的には、兄の思惑通りに事態は進みました。医学的に、また残された物証からも、転落死だと結論づけられるはずがない。母を死に至らしめたのはガラス瓶を使っての殴打であるということは明白です。しかし埼玉県警は、この不祥事の異様さ、伊豆倉知憲を相手取る重さに耐えきれなかった。取調室で拙い嘘を述べ続けている長男が、実際には手を下していたという事実にたやすく至りながらも、その時間に帰宅すらしていなかったとして、事故というかたちで幕を引いたのです。そして兄は、この世を欺いて生きてゆく喜びを知った。あの日から、私は魔物のような目を向ける兄を恐れ、母を殺した共犯である自分を憎みながら、ここまで生きながらえてきました。医師として人の命を救っても血塗られた悪夢からは逃れられない。でも、我が身可愛さに波木さんのように声を上げることができなかった」

「話してくれて、ありがとうございます。伊豆倉陽一が警察官の道を選んだのは必然だったのですね」

なんという、グロテスクな話なのか。殺人を闇に葬った上で、県警幹部と浦和署の捜査員は、伊豆倉知憲の警察官僚仲間や腹心の部下と共に、神妙な顔で葬儀にまで参列してくれたのだという。

陽一はそこで、父の威光が隅々までゆきとどく警察社会に入ることが、あらゆる罪から解き放たれ、自由に生きることと同義であると認識した。さらに捩れていることに、母殺しを犯した主体であるにもかかわらず、それをもって弟を脅迫し続ける所以《ゆえん》とし、弟も罪悪感と恐怖からそれに応じてきたのだ。

博樹が愛純のように勇気を出し、兄による殺人を打ち明けていれば、富松や愛純の人生は全く異なるものになっていただろう。あのふたりだけではない。上から下まで多くの者が翻弄《ほんろう》されている。

美貴と博樹の膝《ひざ》がぶつかった。構わずに顔を近づけて核心に迫る。

「伊豆倉次長は……真実を見抜いていたのでは?」

博樹は掌《てのひら》で涙をぬぐった。なにかを言いかけては口ごもり、唾《つば》を呑みこんではなにかを打ち明けようとする。美貴はじっと待った。

「……見抜いていたでしょう。父は権力に取りつかれた男です。己のことしか考えていません。母がよくこぼしていました。『あいつは私の財布が目当てで結婚したのだ』と。息子らが妻を殺害したという事実が発覚すれば、警察社会に自分の居場所はなくなります。だから、目をつむり耳をふさいだ」

美貴は博樹の濡《ぬ》れた手を握った。

「よく打ち明けてくれました」

博樹は身体を折り、深々と頭を下げた。母の死の真相を長年にわたって隠していたことを謝罪するかのように。

伊豆倉家の本当の姿が見えてきた気がした。陽一はただのボンボン息子などではない。むしろ、キャリア官僚である父の背中をきちんと見て育ったというべきかもしれなかった。

妻の実家の財力を利用してのし上がったがその妻を見捨てた知恵と、冷血漢の父親の威光を利用して好き勝手に振る舞う特権を享受《きょうじゅ》してきた息子。どちらも他人を喰らうことで我欲を満たしてきた恐るべき怪物だ。

博樹をしばらく泣かせていたときだった。ポケットの携帯端末が振動する。コールを切ろうとして携帯端末を取り出す。液晶画面には見知らぬ十一桁《けた》の番号が表示されていた。

胸騒ぎを覚え、博樹に断りを入れてから電話に出た。

「……もしもし」

〈相馬警視か。博樹は会ってくれたか？〉

声の主は出し抜けに言った。

中年男性の野太い声で、ひどくなれなれしい口調だった。吹越や白幡ではない。聞き覚えこそあるが、警視庁の関係者ではない。

「伊豆倉次長！」

思わず声を張り上げた。博樹が赤い目を大きく見開く。携帯端末を握りしめ、一呼吸置いてから答えた。

「ご子息からとても興味深いお話を聞かせていただきました」

〈警視は調べ官の才能もあるようだ。私にはろくに口さえ利《き》かんというのに〉

「ご用件は？　調査を中止せよということでしたら、私に直接命じるのではなく、警視庁《ホンチョウ》の上層部に話を通すのがスジかと存じます」

〈ほう〉

知憲の声のトーンが低くなった。

〈鼻っ柱が強いと聞いていた。噂通りだ〉

「ありがとうございます」

〈誤解しているようだが、私は警察庁《サッチョウ》の人間だ。警視庁《ホンチョウ》内の業務においそれと口出しできる立場ではない〉

ふざけるな。喉元《のどもと》まで罵倒《ばとう》がこみ上げてきた。言葉を呑みこんで、冷静さを失わないように戒める。

知憲の言い分はあながち嘘とも言い切れなかった。彼自身は警視庁に対し、具体的な指示をほとんど行ってこなかったのかもしれない。広域暴力団の首領が、ただ近しい最高幹部に阿吽《あうん》の呼吸で犯罪をけしかけるのと同じことだ。これまでの調査においても、知憲が直接陽一の人事やトラブルのもみ消しに関与したという証拠や証言は得られていない。

美貴は挑むように尋ねた。

「それでは一体、どのような御用なのですか?」

〈調査の中止どころか、諸君らに協力したくて連絡をした〉

知憲の申し出に眉《まゆ》をひそめた。

「協力とは?」

〈言葉通りの意味だ。我が息子に会ったのだ。次は父親に会うのがスジだろうと言っている〉

美貴は携帯端末を握りしめた。

11

黒滝は左手で受話器を摑《つか》んだ。

前腕部がずきりと痛みを訴える。医者に治療してもらったとはいえ、まだ傷は癒《い》えてはいない。

痛みをこらえて公衆電話にコインを入れ、十一桁《けた》の番号をプッシュした。右手はいつでも使えるように空けておく。呼び出し音が鳴る間に周囲を確かめた。

現在いるのは横浜市の本牧《ほんもく》ふ頭の電話ボックスだ。港湾労働者向けの集合住宅があり、周囲を自動車工場や大型倉庫、作業所などに囲まれていた。

集合住宅の傍の道路を、コンテナを積んだトレーラーが頻繁に行き来しており、海側の広大な敷地にはコンテナシャーシがびっしりと並んでいた。遠くには山と積まれたコンテナや巨大なガントリークレーンが見える。

空は厚い雲で覆《おお》われており、二月の冷たい雨が降り注いでいる。昨日までは乾燥注意報が連日出されるほど晴天が続いていた。今日からぐっと冷えこみ、夜は平野部でも雪が降るかもしれないという。

大型車両の行き来こそあるものの、集合住宅の敷地内には人の姿がほとんど見当たらなかった。住民らしき老婆《ろうば》がレインコートを着て、同じくレインコートを着せた小型犬の散歩をさせているぐらいだ。

〈誰だ〉

電話をかけた相手の男が出た。年がら年中、吠《ほ》えまくっている者特有の胴間声が耳に届く。

「お前にヘタを打たせた警察官《サッカン》だよ。今ごろはボンクラな手下どものケツを蹴りまくって、筋肉痛にでも襲われてるところか？」

男はしばらく沈黙し、静かな口調で答えた。

〈どちらさんでしょうか？　なんのことだかわかりませんが〉

男の声は震えていた。受話器のスピーカー越しに怒気が伝わってくる。

相手は日本青年皇心會《にほんせいねんこうしんかい》の轡田《くつわだ》で、美貴《みき》や楓《かえで》を襲わせた主犯格だ。公安部が汚れ仕事をさせるために飼っているゴロツキである。彼の携帯電話の番号は白幡《しらはた》から井筒《いづつ》を通じて聞き出した。

「そうかい。おれが伝えたいのは、お前は使えないしくじり野郎だってことだ。手下は揃いも揃って間抜けぞろい。外事二課《ソトニ》からは大目玉を食らい、メシも喉《のど》を通らないだろう。警察官《サツカン》を襲撃した罪は重いぞ。近いうちに逮捕状《フダ》を持って礼をしに行く。たんと長期刑《ナガムシ》背負わせてやるから、首を洗って待っていろ」

黒滝が挑発すると、轡田はガラリと豹変《ひょうへん》した。テーブルのようなものを叩《たた》く音がした。

〈黙って聞いてりゃナメやがって。やれるもんならやってみろよ。木っ端《こっぱ》刑事が大層な口叩きやがって！　土壇場に追い詰められたのはてめえで、逮捕状《フダ》なんざ上に握りつぶされるのがオチだ。おれらの後ろには誰がいると思ってる〉

「よく知ってるよ。お前らみたいな寄生虫が泣いて喜ぶケツモチだ。だが、そいつらもお前らみたいな使えない兵隊どものせいで、尻《しり》にボウボウと火がつきまくってる」

〈チョロチョロ逃げ回っている駄犬風情《ふぜい》が吠えやがって。ケツに火ついてんのはてめえだろう。ドッグ・メーカーでございなんてでかいツラしちゃいるが、今のてめえは身内からも追われるお尋ね者《もん》だ〉

「弁が立つようになったじゃないか」

黒滝は鼻で笑ってみせた。確かにチョロチョロと逃げ回っていたのは事実だ。

神奈川にも黒滝の犬は何人もいる。神奈川県警の警備部、地元の任侠《にんきょう》右翼などだ。彼らから情報を得ては、外事二課や轡田たちに尻尾《しっぽ》を掴ませないように動き回った。

「さてと。トラッシュトークはそこまでだ。おまえが吠えるのを聞くために時間を割いたわけじゃない」

〈勝手に仕切んじゃねえ。おいこら、よく聞けよ〉

「今から宿主《しゅくしゅ》を替えたらどうだ。外事二課《ソトニ》なんか見限れよ」

〈ふざけ――〉

受話器をフックに置き、一方的に会話を打ち切った。

電話ボックスのドアを開けて外に出る。海風が強く吹きつけ、大型車両の排ガスと潮の香りが鼻に届いた。不織布のマスクで顔の下半分を隠す。

集合住宅の敷地に神奈川県警のパトカーが入ってきた。二人組の制服警察官が乗っている。黒滝は臆《おく》することなく、サラリーマンを装《よそお》い、敷地内に停めていたサクシードにゆっくりと乗りこんだ。

助手席には成海《なるみ》が座っていた。パトカーが現れたおかげで肩に力が入っている。ヘビに睨《にら》まれたカエルのようだ。

伊豆倉知憲《いずくらともあき》は警察庁警備局長を務めた経験もあり、関東全域の警察に顔が利《き》く。都内よりはマシとはいえ、今ごろは多くの公安刑事や、轡田のようなならず者の岡っ引きどもが血眼になってふたりを捜しまわっていることだろう。

「リラックスしろ。そんなにガチガチだと怪しまれる」

「無理言わないで」

「作り笑いは得意だろう」

「ちくしょう」

パトカーはサメのようにゆっくりと巡回する。

サクシードの傍を通りかかる。彼女はパトカーに向かって微笑《ほほえ》みかけた。首の傷はタートルネックのセーターで隠し、安物のパンツスーツを着せると、保険の外交員あたりに見えなくもない。パトカーはそのまま通り過ぎ、やがて集合住宅の敷地を出てゆく。

成海がため息をついた。

「いつまで、こんなお尋ね者みたいな暮らししなきゃいけないの」

「お前次第だ。早くスマホをいじれ」

黒滝は成海の膝《ひざ》を指さした。彼女の膝のうえには電波遮断ポーチがあり、なかには彼女の携帯端末が入っている。

「だけど……それじゃ居場所を知られるでしょう」

昨夜は四谷のクリニックで治療を受けた。黒滝は白幡の命令に従い、成海を連れて東京を離れた。逃亡先は井筒が用意してくれた。横浜市の民泊施設を一時的に利用し、轡田の組織や公安刑事の目を避けた。

黒滝はポーチを奪い取った。なかには黒滝と成海の携帯端末が入っている。携帯端末を所持し続けるのは、自分の居場所を知らせながらかくれんぼに興じるに等しい。逃亡中は電源を切ったうえで、電波を遮断するポーチに入れていた。

「いいんだよ」

「よくないでしょ！」

携帯端末の電源を入れて彼女に放った。

電源をしばらく切っていたため、溜まっていたメールやSNSのメッセージなどが届いているらしく、携帯端末は着信音を止めどなく鳴らし続けた。

「やば……山ほど電話来てる」

成海が口を手で覆った。

「陽一から連絡は来てるか？」

「ちょっと待って。メッセージの量が半端なくて」

成海の携帯端末はしばらく経っても震え続けた。メッセージの着信音が何十回も鳴る。

彼女は液晶画面に触れ、タップとスワイプを繰り返した。

「おかしい……伊豆倉さんからはひとつも来てないよ。電話もメッセージも。毎日ウザいくらい寄こすのに」

「電話して助けを求めてみるんだ。チンピラに襲われたあと、警察官を名乗る怪しげな男にあっちこっち連れ回されてると」

成海が黒滝の顔を見つめてきた。喉仏が大きく動く。

「かくれんぼは終わりってことね。今度は誘い出す気？」

高級ラウンジの売れっ子だけあって、頭の回転は悪くなかった。黒滝が勝負に出る気なのに気づいたようだ。

「お尋ね者みたいな暮らしは終わりってことだ。勝ちが拾えそうな空気に変わってきている」

成海は陽一の電話番号を表示させた。液晶画面には陽一の名前と十一桁の番号が映っている。

「うちらの場所、もう知らせてもかまわないんだね」

黒滝はうなずいてみせた。

そもそも公衆電話で電話をかけた時点で、すでに場所は把握されたものと見るべきだ。非通知の携帯電話や公衆電話であろうと、警察組織ならば容易に調べられる。成海の携帯端末の電源も入れた。彼女の携帯端末が発する電波を感知し、黒滝らのいる場所を探り出しているだろう。

成海は携帯端末を耳にあてた。怪訝《けげん》な表情に変わる。

「おかしい。こんなの初めて。伊豆倉さんも電源切ってるみたい。刑事だから二十四時間つながるとか豪語してたのに」

「かくれんぼをしてるのは、おれたちだけじゃないようだな」

黒滝が神奈川県内に身を隠している間、監察係は外事二課を通して、陽一に出頭するよう求めている。

警視庁警察監察規程第5条には『監察執行官は、監察を実施する上で必要があるときは、所属長又は所属長を通じて個々の警察職員に対して、資料の提出を命じ、若《も》しくはその説明を求め、又は指定した日時及び場所に出頭を求めることができる』とある。

美貴は陽一本人を差し出せと迫っている。当の外事二課は、陽一が極秘捜査で出張していると理由をつけ、のらりくらりと時間稼ぎを行っている。明らかに陽一を匿《かくま》っているものと思われた。

同じくかくれんぼに励んでいた黒滝だったが、朝になって決着の準備が整ったとの知らせを受け取った。避難していた民泊施設の郵便受けに、井筒からのゴーサインを示す手紙が入っていたのだ。

黒滝はサクシードのエンジンをかける。

「電話に出ないのならメッセージを残しておけ。本牧にいるから助けてってな。おれの目を盗んで書いたように見せかけるんだ。営業メールで慣れてるだろう」

「……あんたを信じていいの？」

アクセルを踏みこんだ。本牧ふ頭の集合住宅を離れて、大型トレーラーを追い抜くと、湾岸道路こと国道３５７号線を走る。

湾岸道路のすぐ上を首都高湾岸線が走っており、道路脇《わき》には大きな遮音壁が設けられている。空も風景も覆い隠され、二車線の広い道路にもかかわらず、重苦しい圧迫感を感じた。今のふたりの心境を表しているかのようだ。

黒滝は笑ってみせた。

「逆に問いたいよ。何時間も一緒にいるってのに、まだそんな疑問を口にするのか。そりゃおれは愛想のいいツアーガイドでもなけりゃ、時には居丈高な態度を取ったりもしてきた。靴下も臭《にお》っただろうが、危ない輩《やから》どもからお前を救い出したし、病院へも連れていった。メシやベッドを用意して、お姫様のように守ってもやった。あとはなにをすりゃ信じてくれる」

「そのあたりは疑ってない。マジ偉そうでムカつく男だけど、あんたが味方だってことぐらいはわかってる」

「そいつはどうも」

「私が聞きたいのは、その公安って連中に勝てるのかってこと。だってバックで指図してるのは警察の上から二番目なんでしょ？　機関銃を持ったおまわりに、有無を言わさず蜂《はち》の巣にされたりするのはごめんだよ」

「そんな派手な連中は現れない。もっとも前回よりは数を増やして、拳銃《けんじゅう》も所持させているだろうがな」

「私たちのほうは？」

「おれとお前だけだ」

「……マジ？」

「マジのマジだよ。もちろん仕掛けは用意するが、おれを信頼してくれなけりゃ、勝てる戦にも勝てなくなる」

「なにを仕掛けるの？」

「後で教える」

湾岸道路を離れて、海辺のかもめ町に入った。林立する石油タンクに出迎えられる。倉庫や工場が建ち並ぶ工業地帯で、潮と排ガスの臭いがきつくなる。

目当ての場所は湾岸道路からすぐ近くの倉庫街だ。鉄筋ビルの大型倉庫や真新しいオフィスビルの間に、廃墟《はいきょ》のような茶色の安っぽい建物があった。

壁は金属製の波板でできており、経年劣化と潮風によって建物全体がひどく錆《さ》びついていた。壁にはうっすらと〝梱包《こんぽう》・包材　本牧パッケージング〟と黒ペンキで記された跡がある。

元は輸出品の梱包などを手がける会社だったようだが、長いこと閉鎖されて放置されていたのが遠くからでもわかった。往時は大型トラックが出入りしていたのだろう。高さ三メートルはある巨大なシャッターが出入口に設けられている。こちらも壁と同じく茶色く変色し、力士十人がかりでも持ち上げるのが不可能ではないかと思えるほど錆びついている。

広めの駐車場は枯れ葉や雑草で覆われていた。雨に打たれて建物は濡《ぬ》れており、穴の開いた雨樋《あまどい》から水がチョロチョロと流れ落ちている。荒涼とした工業地帯のなかでも、さらに陰鬱《いんうつ》な雰囲気を漂わせていた。嗜虐《しぎゃく》的なマフィアがリンチや殺人に使うのにふさわしい場所にしか見えない。

「なんか……この世の終わりみたいな風景だね」

成海が張りつめた顔で建物を見つめた。

「それなりの修羅場にはなる。山下公園や中華街で戦争するわけにはいかない」

サクシードが枯れ葉を踏みしめて駐車場へと入った。いつもは立ち入るのを禁じるロープや看板で出入口を塞《ふさ》いでいるのだろうが、先客がそれらを脇にどかしていた。

駐車場には紺色の地味なハイエースが停まっている。

サクシードをその脇に停めた。黒滝らが来るのを待っていたかのように、ハイエースの運転席のドアが開き、井筒がかったるそうに降り立った。

カストロコートにワークパンツという格好で、企業名が記されたキャップを被《かぶ》り、地元の港湾労働者に化けている。数日前までは、三つ揃《ぞろ》いのスーツ姿で歌舞伎町をうろついていたが、それとは対照的な姿だ。

成海が井筒を見て声をあげた。

「あの人、うちの店に来てた山形の社長じゃん。まさか、あの人も――」

人差し指を口にあてた。

「なにかの間違いだろう。あの年寄りは一度もお前の店には行っていない」

「……そうしておけってことね」

「お前の店に来る男どもは、自分のツラを覚えてもらいたくて通うんだろうが、覚えられるのをひどく嫌うやつもたまには出入りするってことだ」

成海は面倒臭そうに息を吐いた。

「安心して。あんたごときれいに忘れてみせるから。ていうか、早く済ませて忘れたい」

「ちょっと待ってろ」

黒滝が先にサクシードを降りた。錆だらけの建物を見やりながら、井筒に話しかける。

「なんともおあつらえ向きな建物だな。隠れ家の民泊施設も居心地よかったが、ここも随分と風流で趣《おもむき》がある」

「それが便利屋の仕事だず」

「頼もしいかぎりだ」

黒滝は呟《つぶや》いた。

当局の目をごまかせる宿泊施設を用意するのは簡単なことではない。こんな隠れ家を見つけるにはカネだけでなく、コネや組織力が必要だろう。はっきりしているのは、井筒たちが手間と時間をかけて下準備をしていたことだ。

黒滝たちが陽一の調査を開始したのは、行本《ゆきもと》班の調査を引き継いだ四週間前だ。一方の白幡は以前から伊豆倉親子をマークしていたのだろう。そもそも陽一の再調査を命じたのが白幡なのだ。

井筒が眉《まゆ》をひそめた。

「妙な勘ぐりは止《や》めどげ。これがら嵐《あらし》がやって来んのに、余計なごど考えてる暇はねえぞ」

「おれだって考えたくはないさ。ただ、おれたちの部長さんはあまりに魅力的だ」

井筒が咳払《せきばら》いをして近寄ってきた。好物の酢昆布の匂《にお》いがする。

「黒滝よ。こいつは忠告だず。お前《め》は巷《ちまた》じゃウルフだのドッグだのなんだのと言われてるようだが、あんまし勘違いすんでねえぞ。おれもお前もただの犬っころだ。分《ぶん》ってもんをわきまえねど、後ろからブスッと筋弛緩剤を打《う》だって、あっさり殺処分だぞ」

「真のドッグ・メーカーは白幡部長殿ってことか」

「お前がのびのびと情報提供者《エス》を仕立てられんのも、伊豆倉なんて超大物の香りをクンクン嗅《か》いでられんのも、警務の白幡という威光があっからだず。おれも長《なげ》えこと公安畑にいだがら、お前みたいなのをたまに見かけたもんだず。自分をスパイマスターだなんて勘違いしぢまって、鎖に繋《つな》がれた犬だってことを忘れてバカやっちまう野郎をよ」

井筒は淡々と口にしながら、射るような視線を向けてくる。

「嫌というほど自覚してるさ。あんたや部長には感謝の気持ちしかない」

そう言って、軽く両手を上げた。

井筒は昨秋の戦いにおいても、黒滝を手厚くサポートし、今回も伊豆倉親子を追いつめるために手を貸してくれた。車や新たな携帯端末、隠れ家からこんな場所まで用意してくれたのだ。力強い味方だ。

しかし、黒滝が白幡の反目《はんめ》にまわれば、即座に恐るべき敵と化すだろう。彼が言うとおり、背後から毒薬入りの注射を何食わぬ顔で打ち、黙々と黒滝の死体を相模湾あたりの深海に沈めそうだ。この男はさながら現代の御庭番であり、白幡のためなら違法行為はもちろん、殺人さえもやってのけそうな気配を放っている。

そんな男を抱える白幡も、伊豆倉親子と同じくらい深い闇を抱えているように見える。すでに警務部長の椅子《いす》を手に入れ、警視総監や警察庁長官の座を狙《ねら》える地位にある。黒滝が舌を巻くほどの戦上手《いくさじょうず》であり、これまでも熾烈《しれつ》な闘争を経てライバルを蹴《け》落《お》とし、大物たちを引きずり下ろしてきたのだろう。他人の闇を覗《のぞ》かずにはいられない黒滝にとって、上司ながらこれほど興味をそそられる男はいなかった。

「よっこらせっと」

井筒はハイエースのスライドドアを開けた。シートから大きなレジ袋を摑み取る。レジ袋は重みでたわんでいた。無造作に手を突っこむと、一丁のリボルバーを取り出す。

銃身の短いコルトだった。井筒は銃口を黒滝に向ける。

「おい」

「ズドンとやらせるような真似《まね》すんでねえぞ。ほれ、相馬姐《ねえ》さんのこともあったし官給品じゃ撃つに撃てねえべ」

井筒はバレルを握り、黒滝にグリップを向けた。

「茶目っ気が過ぎるぞ、爺《じい》さん」

「何度も釘《くぎ》を刺しておかねえと、お前って男は本当にやりかねねえがらよ。嚙《か》みつく相手を決して間違えんなや」

「身にしみたよ」

黒滝はコルトを受け取った。

「コピー品じゃねえぞ。本物だから高くついたべ。手元に置いておきたい逸品だげんど、使い終わったらちゃっちゃと捨てろ」

井筒がサクシードの助手席の窓を叩いた。成海に外へ出るように手で指示する。

成海は胡散臭《うさんくさ》げに井筒を見やりながら、おそるおそる車から降りた。冷たい雨に顔をしかめている。

黒滝らが建物の庇《ひさし》の下に移動すると、井筒が再びレジ袋に手を突っこんだ。取り出したのは同じく黒光りしたコルトだ。成海が短い悲鳴を上げる。

井筒が彼女にグリップを向ける。

「大丈夫だ。娘っ子でも充分扱える威力だ。気をつけてさえいりゃケガするごどはねえ」

「ま、待ってよ！　私までヤクザ者の相手をしろっての？　こんなヤバいものまで持たせるなんて警察のすること？」

成海が唾《つば》を飛ばして抗弁した。井筒が顔をしかめて、頬の唾を手でぬぐう。

「おいこら、ねえちゃん。よく聞いどげ。まるでおれらのトラブルに巻き込まれたようなツラしてやがるけんど、そいつは大きな間違いってもんだず。おれらがお前のトラブルを解決するために手を貸してやってんだぞ。これからやって来んのは名うてのネオナチどもで、中国人スパイに機密情報を売ったお前にカンカンなんだよ。売国奴のふざけた女《アマ》にお仕置きを加えようと目を皿のようにして追っかけてんだず。あそこをおっ勃《た》てながらな。日本男児のナニを突っこんで、たっぷり罰を与えたうえでなぶり殺してやりてえと思ってんだ。無事に乗り切りてえのなら、当事者意識ってもんを持つべきだな」

「ふざけんな！　伊豆倉陽一のケツでも掘って殺すのが先だろうが。おまわりのくせにペラペラ喋《しゃべ》るあいつのほうがよっぽど売国奴じゃない！」

ポーカーフェイスの井筒が、意表を突かれたように目を丸くした。

楓と名乗っているときこそ、華やかで都会的な雰囲気をまとっていたが、もとは九州の荒っぽい漁師町の出らしい。かなりヤンチャな学生生活を送ったらしく、若気の至りで入れた背中のタトゥーを消す費用を稼ぐため、家出同然で上京したのだという。想像以上に向こうっ気の強い女であった。

「いやはや。歌舞伎町の店にいだどぎとは別人のようだなや。そりゃ正論ではあっけんど、クズに理屈は通じねえのさ。さて議論してる暇はねえがら、ちゃちゃっと説明すっぞ。連中はとっくに神奈川入りしったべ」

巨大シャッターの横にはドアがあった。井筒はドアノブに手を伸ばした。ドアがガタピシと音を立てて開く。

ゴミ屋敷を想像していたが、建物のなかは驚くほど清潔だった。ゴミはひとつも落ちておらず、ただガランとした空間が広がっている。コンクリ製の床にはブルーシートが敷かれてあり、出入口近くには荷物を載せるためのパレットとたくさんの一斗缶が積まれてあった。

黒滝は首をすくめた。氷雨《ひさめ》と潮風が吹きつける外よりも寒い。両隣に大きな鉄筋ビルが建っているせいで、日頃からあまり日が差さないのだろう。冷蔵庫のなかに入りこんだような気がした。

天井を見上げた。蛍光灯の器具こそついているが、肝心の蛍光ランプはすべて外されている。

成海が身を縮めた。

「えらく冷えるんだけど、ストーブくらいないの？」

「ねえ。電気も通ってねえよ」

「ちょっと――」

「何時間も籠城《ろうじょう》するわけでねえんだ。これで我慢しろ。毛布もあっぞ」

井筒がレジ袋から大判の使い捨てカイロを数枚取り出した。成海に押しつける。

建物の隅に目をやった。分厚いマットレスと毛布の山がある。黒滝はうなずいた。

「寒さ対策だけじゃなく、弾除《たまよ》けまで用意してくれていたのか。至れり尽くせりだな」

「弾薬もあっぺし、お前が欲しがってたものはあらかた用意した。そんじゃ頑張れや」

黒滝にレジ袋を押しつけると、井筒は軽く手を振って出入口のドアへ向かった。

「つき合ってくれないのか？」

黒滝が訊《き》くと、井筒は足を止めた。ドアノブを握りながら首を傾《かし》げる。

「お前までおかしなこと言うでねえが。臆病風にでも吹かれたのが？」

「訊いてみただけだ。行ってくれ」

「最後にもうひとつだけ忠告してやっず。ドッグ。あの人の下にいるかぎり、お前はこれからも退屈とは無縁だ。肩で風を切って歩く永田町や霞が関の大物のケツメドまで拝めるだろうよ。その分、身体《からだ》は張ってもらうぞ。頭のお堅い女監察官や真面目《まじめ》一辺倒の若い衆にはできねえ仕事をやるんだず」

「ここまでお膳立《ぜんだ》てしてやったからには、あとはてめえでケツを拭《ふ》けってことか」

「部長はお前を高く買ってだぞ。こっちが妬《や》けちまうぐらいによ。あの程度のチンピラどもに手こずるようじゃ、そこまでの男だってことだな」

井筒は捨て台詞《ぜりふ》を残して建物から去っていった。成海が呆気《あっけ》にとられたようにドアを見つめた。

「あんた、左腕のケガは治ったの？」

「いや」

ハイエースが駐車場から出て行くのがドアの窓越しに見えた。井筒は二度とこちらに視線をおくらなかった。

成海がコルトに目を落とした。

「ホントに行きやがったよ……こんなもん押しつけて。ケガ人と女をヤクザにぶつけるってなんの冗談なの？」

「冗談でもなんでもないさ」

黒滝は出入口に積まれた一斗缶に目をやった。中身は賞味期限の切れた食用油だ。

毛布を床に捨てて、彼女を手招きした。

「ちょいと力仕事だ。ここを生きて出るぞ」

12

美貴は窓に目をやった。彼女がいるのは中央合同庁舎第2号館の高層階だ。道路越しに東京高等地方簡易裁判所合同庁舎の巨大ビルと、雨に濡れた重要文化財の赤レンガ棟が見える。どちらも毎日のように目にしているが、異なる角度からだと見知らぬ風景のように映る。

中央合同庁舎第2号館には総務省や国土交通省の一部、それに警察庁が入居している。美貴はもともと警察庁の人間であり、現在は警視庁に出向中という身分だ。いわばホームに戻ったことになる。

にもかかわらず、今日は緊張で掌《てのひら》がじっとりと汗ばんでいた。心臓の鼓動がやけに速い。

さいたま市の病院から霞が関へと直行した。ただでさえ疲労で身体《からだ》が重く、伊豆倉博樹の事情聴取で気力を使い果たしてもいた。しかし、へたり込んでいる場合ではない。

「こちらへ。すでに皆様、いらっしゃってます」

総務課長代理の中年男に案内された。

彼の声は丁寧だったが、表情から敵意がにじみ出ていた。伊豆倉知憲の秘書官でもあるのだから当然とはいえた。ホームに戻ったと同時に、敵地へ乗りこんだことになる。

警察庁次長の部屋の前までやって来た。ドアをノックする。

「入りなさい」

電話でも耳にした野太い声がした。

「失礼します」

部屋に入って一礼した。

美貴はわずかに眉《まゆ》をひそめた。整髪料や男性用香水に混じり、ツンとしたアンモニア臭が鼻に届いた。複数の重大事案が重なった刑事部屋や、捜査が長引いた捜査本部などで嗅《か》ぐことがある。ストレスや疲労が積み重なった男たちが発する疲労臭だ。

応接セットのソファには三人の男たちが腰かけていた。奥の上座には部屋の主《あるじ》である伊豆倉知憲が足を組み、背もたれに身体を預けて座っている。

臭《にお》いの正体がわかった気がした。知憲が憔悴《しょうすい》しきった顔をしていたからだ。

美貴が知る知憲は大柄の五十男で、その顔立ちは陽一と似ていた。学生時代にラグビーで身体を鍛え、身長は百八十センチを超える。健康のために毎日ジョギングに励んでいると聞くが、今は運動をしているようには見えない。不健康な痩《や》せ方をしている。

知憲の隣には外事二課長の永守勝仁《ながもりかつひと》がいた。警察官には見えない。公安捜査官を束ねる役職だけあって、本人もどこにでもいそうな中年男に化けていた。コシのない灰色の頭髪を七三に分け、メタルフレームのメガネをかけ、腹には脂肪をたっぷりたくわえている。人畜無害なサラリーマンといった外見だ。ただし、今日の永守は目を血走らせて歯を剝《む》き、敵意を露《あらわ》にしながら美貴を睨《にら》みつけてきた。ヤクザ顔負けの形相だ。

知憲や永守と向き合っているのは警務部長の白幡だ。彼も知憲と同じくくたびれた様子で長椅子に腰を下ろしている。もっとも、昼間の彼はたいてい二日酔いに襲われていて、シャキッとした姿でいるほうが少ない。対峙《たいじ》しているのが警察組織の次期トップであっても普段通りの態度といえた。

知憲が手をわずかに動かし、美貴に座るよう命じた。一礼して腰を下ろす。

三人の誰かが動くのを待った。しばらく誰も発言すらしようとしない。総務課の女性職員が部屋に入ってきた。美貴の分の茶を運ぶと、そそくさと部屋を出てゆく。

湯呑《ゆの》みを手にして茶をすすった。それを待っていたかのように永守がテーブルを叩《たた》いた。

「一服してる場合か！」

永守が怒鳴った。見かけこそサラリーマン風だが、声量はやはり警察官だった。部屋の空気がビリビリと震える。

頭から熱い茶をぶっかけてやりたい衝動に駆られたが、湯呑みを静かに置くことにする。

帰宅途中の深夜、正体不明の暴漢に襲撃されている。黒滝が楓こと松川成海を追跡し、カラオケ店で外事二課に動きを察知された日のことだ。それから数時間もしないうちに、美貴は三人の男と闘う羽目になり、成海もまた何者かによって拉致《らち》されかけた。

襲撃者の正体はすでにわかっている。公安に寄生しているエセ右翼で、連中に指令を下したのは永守だ。隣の白幡に倣《なら》って平静を装《よそお》ってはいるものの、最後まで隠しきれる自信はない。

「なんのことでしょう」

美貴がシラを切ると、永守が再び吠《ほ》えた。彼の唾が美貴の顔にまで飛んでくる。

「ナメた真似《まね》をしてくれるじゃないか。我々の縄張《シマ》りに土足で足を踏み入れただけじゃなく、捜査の邪魔までしているだろう。今すぐにあの女を差し出して、こちらを嗅ぎ回るような真似はただちに止《や》めろ」

「松川成海ですか」

「お前の部下と一緒にいるのはわかってる。穴ぐらから出て来るように命じろ。今すぐに」

「そのセリフはそっくりお返しします」

「なんだと？」

「私たち監察係の調査対象者は、外事二課《ソトニ》の伊豆倉陽一です。彼は松川成海に機密情報を漏らし、中国人スパイの陳梓涵《チェンズーハン》に情報を流した張本人です」

「その陳は我々が長期にわたって監視下に置いてきた。今は都内某所に匿《かくま》い、こちら側に寝返るよう説得中だ。総合的見地から、今回の件は全く問題ない」

永守は相手にならないと言わんばかりに首を横に振った。

「いつまで伊豆倉陽一の尻《しり》を拭いて回るつもりですか。あの男は警視庁にとって最悪の癌《がん》です」

美貴が言い放つと、永守は一瞬怯《ひる》んだ顔を見せた。隣の知恵に目を走らせる。伊豆倉知憲は表情を変えずに耳を傾けている。

美貴は続けた。

「伊豆倉巡査部長が犯したのは情報漏えいだけじゃありません。昨年末には女性の同僚に対し、アルコールと薬物を用いて、同意なき性行為を強いた疑いもある。一刻も早く厳正な処分を行わなければなりません」

永守の顔が凍りついた。

「自分がなにを言ってるのか、わかっているのか？」

「伊豆倉陽一が起こした重大な非違事案は他にもあります。神田駅交番に勤務していたところ、酒に酔った不良少年ふたりが交番に向けて打ち上げ花火を打ちこみ、爆竹を投げこみました。三名の交番勤務員のひとりとして二名を逮捕すると、激昂《げっこう》した彼は拳銃《けんじゅう》を抜き出し、不良少年に銃口を向けてトリガーを引いたそうです。安全ゴムのおかげで発砲には到《いた》りませんでしたが。本来、警察官になどなるべき男ではなかった」

美貴は知憲の顔を直視して語りかけていた。世渡り上手な部下たちが忖度《そんたく》したのだろうが、お前の耳にも息子の不行状は入っていただろうと暗に伝える。

永守が口を挟んだ。

「真偽不明な過去をほじくり返して何の意味があるんです。伊豆倉巡査部長が昨年末に婦警と揉《も》めたことは把握している。よくある恋愛関係のもつれというやつでしょう。その揉め事に関しては、そちらも根掘り葉掘り調べたうえでシロと判断したんじゃないか。騙《だま》し討ちのように改めて嗅ぎ回るとはどういうつもりですか」

永守は前のめりになった。安物のメガネを外して白幡を睨みつける。

「伊豆倉次長は今年中に長官となられる方だ。あなたがたは次長の昇進を阻《はば》むために、己の役職を悪用して伊豆倉君の身体を執拗《しつよう》に叩いては、埃《ほこり》を出そうと躍起になっているように見えるんですがね」

白幡は両手を振って否定した。

「そいつは誤解だ。警務として公正な調査を心がけてるだけさ。次長のご子息だからと手心を加えていたら、特別扱いされているとやっかむゲスな連中が湧いて出るからに過ぎねえよ。現に伊豆倉巡査部長に対して厳しい評価をする者は少なくない。なかには息子さんのトラブルを利用して、出世の道具に使おうと考える不届き者さえいたぐらいだ。次長はご存じでしたか。自殺した女性警察官が、巡査部長を告発するような内容の遺書を残していたことを。そんな重要な証拠を、ある人間が密《ひそ》かに隠し持っていたことも」

「部長……一体なにを」

美貴は眉をひそめて白幡の横顔を見やった。この男はなにを企《たくら》んでいるのか。白幡は知憲におもねるような笑みを向けている。

「初めて耳にする」

知憲は苦しげに口を曲げた。白幡は理解を示すように何度もうなずく。

「そうでしょうとも。相手が次期長官ともなれば、側近は耳に心地いい報告しか上げない茶坊主《ちゃぼうず》と化しちまうものです。しかしながら私は違う。少しばかり荒療治ではありましたが、陽一巡査部長の過去から現在まで調べ、きわめて面倒な状況にあることをお伝えしたかった。率直に申し上げると、ご子息は破滅願望に取りつかれているように見えます」

知憲はため息をついた。

「あいつがただの不良警官ではないことは、私が一番知っていたつもりだ。だからこそ、目の届くところに置いておきたかった」

「伊豆倉巡査部長はあなたのアキレス腱《けん》だ。一般人に拳銃を突きつけ、婦警に同意なき性交を強い、外事二課《ソトニ》の捜査官になってからも、父親の足をあえて引っ張るような真似を繰り返してきた。伊豆倉知憲の威光がどこまで通じるのかを試すかのように。可及的速やかに退職させるのが一番と考えます。ここらが限界でしょう」

知憲が深々とうなずいた。

「白幡くん、あの男は……陽一は反逆の徒だ。忌憚《きたん》のない助言に感謝する。そうさせるのが得策だろう」

美貴の頭が熱くなった。とぼけるなと、喉元《のどもと》まで声がこみ上げる。

博樹から証言を引き出している。陽一は事故に遭った母親を死に至らしめた人殺しだ。知憲にとっては邪魔な妻を葬《ほうむ》ってくれた立役者でもある。知憲が陽一を警察社会に置いていたのは、切りたくても切れない関係にあったからでもあろう。

美貴が割って入った。

「伊豆倉巡査部長を追放するだけで……たったそれだけで幕引きを図る気なんですか？」

白幡が煙たそうな顔をし、彼女の左腕を摑《つか》んだ。

「少し黙っていろ。一介の警視《シ》が出しゃばれる領域じゃない」

「待ってください。あなたは――」

この男は煮ても焼いても喰えない寝業師だ。今回の調査にも政治的な思惑が絡《から》んでいることだろう。しかし、息子の非違行為を利用して、父親の知憲に取り入ろうとするつもりだとすれば、許せない。

陽一によって死に追いやられた愛純《あすみ》や、冷や飯食いを余儀なくされた富松《とみまつ》はどうなる。他にも調査の過程で、彼が人生を狂わせた者が幾人もいることが判明している。

声がうまく出なかった。ろくに身体を鍛えもせず、酒ばかり喰らっているはずの白幡だが、彼の握力は予想外に強く、指が骨にまで食いこんでくる。

その眼力も凄《すさ》まじい。言葉を呑みこまざるを得なかった。知憲や永守にも怯《ひる》まず意見ができたはずなのに、この酔いどれの上司が発する気に圧倒される。

知憲が中空に目をやった。遠い目をしながら語る。

「陽一は……あいつの性根は幼いころにねじ曲がってしまった。母親の過度な期待に応《こた》えられずにドロップアウトし、一族の間でも長いことはみだし者として扱われてきた。我が伊豆倉家は武士の家系だ。私の目の届くこの警察組織《カイシャ》に入れ、気心の知れた腹心に預ければ、一角《ひとかど》の侍として立ち直ってくれるものと信じていたのだが」

「ふざけないで。そんな危険人物にしてしまったのはあなた自身だし、あなただって息子と同じくらいイカれている」

「黙っていろ」

白幡がさらに力をこめてきた。

左腕に激痛が走る。上腕の筋肉が押しつぶされ、骨の芯《しん》にまで痛みが響く。うめき声が漏れる。

白幡が知憲に微笑《ほほえ》んだ。

「陽一氏はしばらく静養させるのがよろしいでしょう」

「そうするつもりだ。彼の母親の宗林一族は大きな医療施設を経営している。カウンセリングを受けさせ、入院もさせよう」

白幡が相槌《あいづち》を打つ。

この男どもは最悪だ。知憲は保身のために、息子を座敷牢《ろう》に幽閉して、この難局を乗り切ろうとしている。陽一のおかげで未来を絶たれた者たちに対して、なんの想《おも》いも抱いていないようにすら見えた。父親としても、警察組織の次期トップとしてもケジメをなにひとつつけようとしない。そして、伊豆倉知憲を諫《いさ》めるべき永守にせよ、白幡にせよ、知憲の弱みを利用して成り上がることしか頭にないのだ。

「今度の秋の人事で、私は警察庁長官に昇格する予定だ。ついては君に警察庁《サッチョウ》へ戻ってもらい、長官官房長として存分に腕を振るってもらいたい」

「ありがとうございます」

白幡は知憲に頭を下げると、美貴の左腕を放した。

思わず左腕をさすった。解放されてからもズキズキと痛む。しばらく痣《あざ》が残るだろう。

　永守は白幡に微笑みかけている。その目は笑ってはいない。

「さすがは知略家として名高い白幡部長だ。我々を後ろから刺す気なのかと立場を忘れていきり立ってしまった。これからもよろしく頼みます」

「よく誤解されるのさ。おれは昔から人を喜ばすためにやり過ぎちまう。人様の結婚式でも誕生日でも、サプライズを仕かけちゃ驚かせすぎてドン引きされる。今回もそうなるところだった」

　悪びれる様子もなく茶をすすると、隣の美貴の背中をどんと叩いた。衝撃に息をつまらせた。

「相馬警視、ここがお前にとっての分水嶺《ぶんすいれい》だ。お前がわざわざ警察官僚の道を選んだのは、むやみやたらと敵を作りながら、現場の警察官《サツカン》一匹のおイタをとっちめるためじゃなかったはずだ。まずは先の拳銃発砲の件だ。あれはなんの問題もなかったというお墨付きを得ようじゃねえか。警察庁次長に直《じか》にお願いできる機会なんてそうそうありはしねえぞ」

　美貴の視界が涙でぼやけた。

　こんな茶番のために命を賭《か》けてきたかと思うと心底情けなくなってくる。現場の警察官《サツカン》一匹の〝おイタ〟すらとっちめられず、どうして政策立案だの犯罪対策が担《にな》えるというのか。

永守が腕時計に目をやった。

「そろそろ、こちらが松川成海を奪還するころです」

「やっぱり、あんたらの捜査力には敵《かな》わねえか」

白幡が天を仰いだ。

美貴は我に返った。悲嘆に暮れている場合ではない。

「それじゃ黒滝はどうなるんです」

白幡に食い下がった。彼はおどけたように肩をすくめるだけだった。

黒滝は白幡の命を受けて、松川成海をガードしつつ攻撃を避けて移動しながら、新たな任務が与えられるのを待っている。

美貴は長椅子から立ち上がった。黒滝に連絡を取らなければならない。しかし、白幡に再び手を掴まれ、強い力で引き戻された。長椅子に尻餅《しりもち》をつく。

「じっとしていろ」

白幡は顔を近づけて、そう命じた。毎夜酔いどれている男と同一人物とは思えぬほど、厳しい表情だった。

13

井筒が去ってから十分が経《た》った。

黒滝と成海は建物内の隅に陣取り、ベッド用のマットレスを立てた。数枚のパレットでマットレスを支えて遮蔽物《しゃへいぶつ》とし、井筒が与えてくれた〝プレゼント〟を使って準備をした。黒滝らは遮蔽物の陰に隠れつつ、毛布に包《くる》まりながらリボルバーのコルトに弾薬を詰めた。

拳銃《けんじゅう》の撃ち方を簡単に教えた。撃鉄を起こしてトリガーを引き、六発撃ち尽くしたら、すみやかに弾を詰め替えるのだと。成海は作戦についての説明を受けると、少しは落ち着きを取り戻したのか、青い顔をしながらも真剣に学んでいた。

その授業も途中で打ち切らざるを得なかった。遮蔽物から頭を出し、窓のほうを見やる。黒のワンボックスカーが駐車場に侵入し、タイヤが枯れ葉や枝を踏みしめる音がした。

成海が目を見開いた。

「あの車――」

東長崎の彼女の自宅に現われた車と同じ車種だ。黒滝はコルトの撃鉄を起こす。

「いよいよだ。これでお尋ね者の暮らしとおさらばできる」

「嬉《うれ》しいよ。涙が出て来る」

成海が忌々《いまいま》しそうにワンボックスカーを睨む。

ワンボックスカーのスライドドアが勢いよく開いた。東長崎では降りたのは三人だったが、運転席のドアも開いて六人もの男たちが飛び出してきた。全員がマスクでツラを隠し、紺色の戦闘服に身を包んでいる。

六人全員が頭にヘッドセットをつけ、拳銃やショットガンを手にしている。念の入ったことに防弾ベストまで着用していた。立派な装備で身を固めており、どちらが警察官かわかったものではない。

六人のうちのひとりは、せり出た太鼓腹で誰だか判別できた。

元暴力団員で日本青年皇心會《にほんせいねんこうしんかい》の大内だ。彼が手にしているのは、ポンプアクション式のショットガンで、殺意に燃えた目を建物内に向けていた。他にもやはり同型のショットガンを持ったオールバックの中年男を始めとして、暴力に慣れた様子の男たちが自動拳銃を握っている。

東南アジアあたりで軍事訓練を積んでいるようで、自動拳銃の銃口を下に向けながら、腰をかがめて移動する姿は本物の武装集団のように見えた。初めて拳銃に触る成海よりも戦闘力はずっと上だ。

黒滝にしても大差はない。日本の警察官は拳銃自体を握る機会はあっても、じっさいに発砲するのは年に一度の射撃訓練のときぐらいしかない。

組対四課にいたころ、情報提供者のヤクザとつるんで、独自の射撃訓練に興じた経験はある。ヤクザが所有するクルーザーに乗って相模湾まで出て、ブイをマトにして散々撃ったものだ。おそらく警視庁でもっとも拳銃をぶっ放した刑事だろう。とはいえ、それも数年前の話だ。

坊主頭《ぼうずあたま》の若い男がドアのガラス窓に玄翁《げんのう》を振るった。ガラスが一発で砕け、破片が建物内の床に散らばる。若い男は慣れた様子で割れた窓から手を突っこむと、ドアノブのサムターンをひねってロックを外した。

「黒滝！」

若い男がドアを開けると、ショットガンを抱えた大内を先頭に、男たちが建物内に雪崩《なだ》れこんできた。黒滝の所持する拳銃を警戒し、ブルーシートで覆《おお》われた床を勢いよく駆けた。銃口が室内のバリケードへと一斉に向けられる。

その刹那《せつな》、大内の身体《からだ》が宙に浮いた。派手に足を滑らせ、コンクリ床に後頭部から落ちた。ボウリングの球がぶつかったような重たい音がし、ショットガンの轟音《ごうおん》が鳴り響いた。大内の後に入った坊主頭が悲鳴を上げて吹き飛んだ。ショットガンの散弾を腹に喰らったらしく、床のうえを転がる。

他の男たちも同じく足を取られる。ブルーシートのうえに撒《ま》かれた食用油で背中から転び、あるいは前に転倒して額を床にぶつけた。紺色の戦闘服に身を包んでいた男たちは、頭のてっぺんからブーツまで油まみれになっていた。一斗缶の食用油を撒いておいたのだ。黒滝は声をあげて笑った。

大内は後頭部を強く打ちつけて気を失ったのか、ショットガンを味方にぶっ放したまま、ぐったりと動かなかった。坊主頭の若い男も、防弾ベストを着ていたとはいえ、至近距離から大粒の散弾をまとめて喰らって動けずにいる。出血こそ見られないが、内臓が破裂していてもおかしくはない。

黒滝は成海にうなずいてみせた。発砲の許可を与えると、彼女は片膝《かたひざ》をついてマットレスの陰から撃ち出した。弾丸は男たちのずっと手前の床に当たり、ブルーシートが破ける。標的からかなり離れた位置に当たったが、男たちを驚かせるには充分だった。残り四人の男たちが必死の形相で床を這《は》う。

「クソ、クソ、死んじまえ!」

成海はトリガーを引き続けた。

拳銃は刃物よりも取っつきにくい武器だ。絞るようにトリガーを静かに引けとアドバイスしていたが、興奮で慎重さを欠いており、いわゆる〝ガク引き〟となっている。焦《あせ》ってトリガーを引くため、標的よりも手前の床に着弾していた。

ひとまずはそれで構わなかった。連中をとにかくびびらせればいい。彼女は鬱憤《うっぷん》をぶつけるようにして、殺意のこもった銃弾を発射させ、男たちの身体に風穴を開けようとしていた。建物内の視界が硝煙で白く濁り、火薬の臭《にお》いが漂いだす。

黒滝としても、ずっと隠れているわけにはいかない。襲撃者が態勢を立て直す前に痛めつける必要がある。

思い切ってマットレスの陰から飛び出した。男たちに全身をさらしつつ、両足を大きく開いて、拳銃を持った両腕を伸ばす。アイソセレススタンスと呼ばれる姿勢だ。

まだ戦意のある四人の男のなかに、ひときわ体重の重そうな肥満体型の中年男がいた。体格と身長を見るかぎり、美貴を自宅近くで狙《ねら》った襲撃者のひとりと思われた。

外に逃げようと這うその男に狙いを定めた。井筒が用意した拳銃だ。いくらぶっ放そうがお咎《とが》めはない。トリガーを静かに引く。

黒滝のリボルバーが火を噴く。銃弾は肥満の男の太腿《ふともも》に命中し、コンバットパンツが弾《はじ》ける。マスクをしていても、男の顔が苦痛に歪《ゆが》むのがわかった。太腿を手で押さえて床を転がる。

さらに撃鉄を起こし、再び撃った。下腹に命中して、防弾ベストに穴が開いた。肥満の男はきついボディブローを喰らったかのように身体を丸める。

襲撃者の半分を瞬《また》く間に狩った。とはいえ依然として、相手側が人数と火力で上回っていた。

「隠れろ！」

黒滝は成海に命じながらマットレスに隠れた。

オールバックの男がその場でうつ伏せになり、床に左肘《ひだりひじ》をつけて伏射の姿勢を取った。スポーツでも格闘技でも、体型や構えを見れば、ある程度の実力を推し量れる。オールバックの男はしっかりと左腕でショットガンを支え、油で滑る床であっても、銃口をブレさせない。身体中を油まみれにしながら、怒り狂った目で黒滝を凝視している。

拳銃よりも重い発砲音がした。腹にまで響くような音がしたと同時に、マットレスの端が弾け、なかのウレタンや綿クズが周囲に飛び散る。拳銃の発砲音で鼓膜が震えっぱなしだったが、今の発砲で耳鳴りが生じ、聴覚がおかしくなりかけている。

オールバックの男がまた発砲し、再びマットレスが震えた。何度も繰り返されれば、大穴が空きそうな勢いだ。耳鳴りのせいで、二度目の発砲音はほとんど聞こえなかった。

黒滝は応射しようと、マットレスの陰からうかがおうとした瞬間、三発目が発射された。すぐに顔をひっこめたものの、左の上腕に熱い痛みを覚えた。スーツの袖《そで》に穴が空き、散弾が腕の肉を穿《うが》ったのだと悟った。上腕の傷から出た血が左手まで流れ落ちる。その後も一発発射された。マットレスは原形を留めず、スプリングコイルが飛び出した。黒滝や成海の頭がウレタンや綿クズで覆われる。

オールバックの男が所持しているのは、ポンプアクションのレミントンＭ８７０で、国内でも猟銃として販売されている。日本の散弾銃は薬室に一発、弾倉に二発と、最大でも合計で三発までしか撃てないはずだ。やつが持っているのは違法の銃器で、弾倉にいくら実包が入っているのかも不明だ。

反撃がいったん収まったため、黒滝は携帯端末のカメラ機能を作動させた。マットレスの横からレンズを男たちのほうに向ける。

液晶画面には、気絶した大内たちを引きずり、食用油と格闘しながら移動する男たちの姿が映し出された。滑稽《こっけい》な姿ではあるが、男たちの恐怖と憤怒が液晶画面を通じて伝わってくる。出入口付近に積まれたパレットまで逃れようと、身体を油でベトベトにさせながら、匍匐《ほふく》前進をする。オールバックの男も同様だ。

成海の声がかろうじて耳に届いた。

「ちょっと！　援軍が来てんだけど！」

液晶画面から外へと目を移した。

シルバーのセダンが駐車場に入り、連中のワンボックスカーの後ろに停まった。

運転席と助手席のドアが開き、ふたりの男が降り立った。ベージュのセーターを着たマッシュルームカットの中肉中背の若者と、灰色のネルシャツを着た地味な格好の中年男だった。ぽっちゃりと腹の突き出た身体つきで、七三に分けた前髪を目のあたりまで垂らし、安物のメガネをかけている。そこらへんにいそうな若者と、日夜ゲームに勤《いそ》しんでいそうな中年オタクに見える。周囲を威嚇《いかく》してナンボの大内たちとは雰囲気が異なった。

マッシュルームカットの若い男は知らない。中年男のほうは見知っていた。外事二課の能瀬《のせ》だ。

ふたりはどちらもイヤホンマイクをつけていた。むろん、このドンパチの状況を把握しているだろう。早足で建物のドアへと向かう。いずれも公安捜査官らしい摑みどころのない目をしており、緊張感はさほど感じられない。彼らは拳銃を抜きながら、ガラスの割れたドアから建物内へと入った。

オールバックの男たちが、積まれたパレットの陰まで逃げ込んだ。出入口近くで能瀬と合流する。

「なんてザマだ。まるで罰ゲーム中のお笑い芸人だな」

パレットの陰に隠れて姿こそ見えないが、能瀬の声は耳に届いた。抑揚に欠ける冷えた声だ。男たちが一斉に詫《わ》びを入れる。

「すみません」

その能瀬が黒滝に呼びかけてきた。

「黒滝さん！　出てきませんか！　よくやったかもしれないが、あんたは詰んでる」

「そうじゃねえだろ。詰んでるのはお前らのほうだ」

黒滝は声を張り上げた。

「天下の外事二課《ソトニ》も堕《お》ちたもんだ。課長は伊豆倉の腰巾着《こしぎんちゃく》に成り下がり、危険きわまるバカ息子の子守りを引き受けた。さらに、ミスを糊塗するためにミスを重ね続けてる。救いようがないよ。お前らは日本警察の恥だ」

「まったく。情けをかけてやりゃ憎まれ口か」

能瀬は不機嫌そうに答え、男たちに指示を出した。

「どうした。狩りを続けろ。モタモタしてると逮捕しちまうぞ」

男たちがパレットの陰に身を潜めつつ、再び銃器を構えるのが見えた。オールバックの男が片膝をつき、ショットガンの銃口を黒滝たちに向ける。

黒滝たちはマットレスに身を隠した。だが、男たちからの発砲はない。

「うわっ」

男たちの間で叫び声が上がった。動揺が伝わってくる。

黒滝は再び携帯端末のカメラ機能を使い、レンズを敵陣に向けて様子を確かめた。

パレットに身を隠していたはずの彼らが、ブルーシートのうえに尻餅をついている。

黒滝たちにまで姿をさらし、当惑したように能瀬を見上げている。

能瀬がパレットの陰から姿を現した。彼の左手には火のついたジッポライターが握られており、口にタバコをくわえている。

オールバックの男が怒鳴った。

「なに考えてんだ！　ここら一帯が油まみれなのがわかんねえのか」

能瀬はタバコに火をつけて紫煙を吐き出した。ライターの火はつけたままだ。

「今さらなに言ってやがる。お前らも銃をバカスカ撃ちやがったじゃねえか。ほれ、続けろよ」

オールバックの男の目は能瀬のライターに釘《くぎ》づけだった。

「なんだって、こっちの足引っ張る真似しやがる。あんた……本当に外事二課《ソトニ》の人間なんだろうな」

「そうさ。正真正銘、外事《ソトコト》の捜査官様だ。何十年と我が国に潜り込んできた名うてのスパイだの、知的財産を狙うハッカー集団だのを追いつめてる。こんなクソみたいな内輪揉《うちわも》めじゃなくてな」

「なんだと――」

男たちが一斉に息を呑《の》んだ。彼らの間に大きな隙《すき》が生まれる。

黒滝はマットレスの陰から飛び出し、オールバックの男の顔面にリボルバーの照準を合わせた。正確に当てられる自信こそないが、身体のどこかには命中する距離だ。

「銃を捨てろ！　頭ぶち抜かれたいか」

能瀬が現われたことで、男たちの間では混乱が広がっていた。

その当人は捉《とら》えどころのない目をしながら、ただライターの火をともしたまま、他人事《ひとごと》のようにタバコを吹かしている。もうひとりの若者も突っ立っているだけで、男たちに加勢する様子はない。

黒滝は滑らないように注意しつつ距離をつめた。トリガーに指をかけ殺気を迸《ほとばし》らせると、オールバックの男がショットガンを床に置いて両手を上げる。残りのふたりも拳銃を手にしていたが、後に続いて床に置く。

「助かったよ」

黒滝は能瀬に礼を言いつつ、オールバックの男に近づいて頭突きを放った。額を通じて鼻骨が砕けるのがわかった。男の膝がガクリと落ち、大量の鼻血を垂らして崩れ落ちる。

気付けば、肩で息をしていた。能瀬が上司に愛想を尽かすのは織り込み済みだった。

——外事二課《ソトニ》の連中の不満にさらに耳を傾けておく。

白幡の工作が功を奏したようだ。

外事二課はもはや一枚岩ではないと、白幡は分析していた。それを知った時点で、彼らの不満や義憤にじっくりと耳を傾け、永守の命《めい》に背くよう働きかけたのだろう。

能瀬はジッポのフタを閉じてライターの火を消した。口のタバコを吹き飛ばし、油まみれの床に落とす。

苛立《いらだ》った表情でタバコを踏みにじり、さらに荒っぽい口調で言った。

「勘違いしてもらっちゃ困るぞ。あんたを助けにきたつもりはねえよ。ついでに言わせてもらえば、警務のボス猿のチンポコをしゃぶる気になったわけでもねえ」

能瀬は若い男に目を向けた。

マッシュルームカットの若い男は能瀬の部下のようだ。彼は無表情のまま携帯端末を取り出すと、鼻血で顔を汚したオールバックの男にレンズを向ける。液晶画面にタッチして写真を撮ったようだが、シャッター音はしない。オールバックの男だけでなく、気絶した大内や他の男も手早く撮影してゆく。

「どうするつもりだ」

黒滝は若い男に尋ねた。彼は無視して携帯端末を操作するだけだった。代わりに能瀬が答える。

「ホウレンソウに決まってるだろ。上司に報告して指示を仰ぐんだよ。ライターごときでやすやすと食用油に引火すると思ってる間抜けどもは、あんたにコテンパンにやられちまったとな。おれらはそれを止めはしなかったし、情報提供者《エス》の存在までペラペラ喋《しゃべ》るバカ息子のお守りは卒業したとも伝える。そんなバカ息子をうちに引っ張りこんだ茶坊主の命令も聞く気はねえが、これからどういたしましょうかってよ」

能瀬は公安戦士らしく、機械のように冷徹な男との評判だった。こうして向き合うと、マル暴刑事のような激しさを感じさせた。上司と陽一にとことん愛想を尽かしたのだろう。

能瀬の怒りは理解できた。公安刑事のなかには、妻や親兄弟にも部署を偽るどころか、外郭団体で勤務しているという嘘《うそ》を貫き通している者さえいる。他国の諜報員《ちょうほういん》や極左集団、カルト宗教団体に弱点を握られまいと日夜神経を尖《とが》らせているのだ。一般市民はおろか、仲間のはずの刑事警察からも疎《うと》まれ、現代の憲兵などと罵《ののし》られながらも、国の治安のために身を捧《ささ》げている人間もいる。陽一のような破滅型の男を受け入れるというのは、能瀬のような捜査官からすれば、万死に値する行為と思えたのだろう。

能瀬は成海を指さした。彼女は拳銃を能瀬たちに向けたままでいた。

「おいコラ、そこの売国奴！　いつまで拳銃突《チャカ》きつけてやがる。本来なら礼儀作法が身につくまで留置場《ブタバコ》に押し込んでるところだぞ。端金《はしたがね》に目がくらみやがって」

「なによ」

成海の目が険しくなる。黒滝が間に入り、彼女に拳銃をしまうように手で制する。

能瀬は追い払うように手を振った。

「とにかく、あんたらはここから消えろ。これで永守のメンツは丸潰《まるつぶ》れだ」

「まだ戦いは終わっちゃいない。ケリをつけるには陽一の身柄《ガラ》がいる。あんたらが匿《かくま》っているんだろう？」

能瀬はならず者たちを見回した。

「おれたちもわかってねえ。そのへんは永守が直《じか》で動いてやがるんだ。こいつらのボスと一緒になってどこかに潜ませてる。その場所を割り出してるところだ」

「そいつはまずいな。永守も轡田《くつわだ》もクソの塊に違いないが、多少なりとも頭は働く。あんたに裏切られたとわかれば、即座に二の矢三の矢を飛ばしてくるだろう。伊豆倉知恵にしても、まだ次長の椅子《いす》から転げ落ちたわけじゃないからな」

黒滝はショットガンを拾い上げた。パレットの陰で寝ている大内に近づく。

大内はこの戦いで早々に気を失っていた。意識を取り戻したようで、身体を食用油でギトギトにさせながら薄く目を開けていた。後頭部をしたたかに打ったため、頭にモヤがかかっているようだ。黒滝に見下ろされても、これといったアクションを見せない。

「轡田はどこだ」

黒滝は腰を折って大内に平手打ちを見舞った。鞭《むち》で打ったような高い音が鳴り、大内の首がねじれて、鼻血があふれ出した。痛烈な一撃をくらい、大内の目の焦点が合った。後頭部の痛みもあって、彼は苦しげに顔を歪ませる。黒滝は質問を繰り返した。

「轡田はどこだ」

「く、黒滝！　知るか、ボケ。てめえ、このままじゃ済まねえぞ」

顔を真っ赤にさせて口応えした。

勢いよく建物内に乗りこんだというのに、みっともなく転倒し、一番に戦力外となった己を恥じているようだった。

「大内くん、いつまで官軍きどりでいる。さんざん桜の代紋をバックにイキってきたんだろうが、今じゃタンコブこさえた元ヤー公のおっさんだ。お前は切られたんだよ」

「ああ？」

大内は後頭部を手で押さえながら、能瀬らを救いを求めるように見やった。ふたりは冷たい視線を返すのみだった。

黒滝は大内の顔面にショットガンを突きつけた。

「公安《ハム》の非情さはよく知ってるだろう。お前らはもともと反社のゴミで、ふざけたことに現役の警察官《サッカン》相手に拳銃《チャカ》やショットガンをぶっ放しやがった。前科持ちの元ヤクザが銃刀法違反や拉致《らち》未遂、殺人未遂までやらかしたとなりゃ、シャバに出られるとしても、せいぜいヨイヨイの爺《じじい》になったころだな」

能瀬がすばやくアシストをしてくれた。冷ややかな口調で言う。

「黒滝さん、そいつを始末してもらっていいですか。警視庁の者《もん》がよりによって神奈川の縄張り《シマ》で官給品でもない拳銃《チャカ》で応戦したとなりゃ、いくらうちでも痕跡《こんせき》を消すのは骨が折れる。こいつらにのさばられるとなにかと不都合だ」

黒滝はトリガーに指をかけた。

「だってよ。インテリジェンスの世界ってのはクールなもんだ。往生してくれ」

「ちょ、ちょっと！　なんだよそりゃ。冗談じゃないぜ、だっておれらは――」

大内の顔から血の気が引いていった。鼻血で赤く染まった唇を震わせる。

「こんな戦争ごっこまで仕掛けておいて、無事で済むと思っていたのか、この野郎。

轡田はどこだって訊いてんだよ」

「本当に知らねえ。知らねえんだ。おれらにも教えてくれねえ」

「だったら用はねえ。くたばれ」

黒滝はトリガーを引いた。

ショットガンが轟音とともに散弾を吐きだし、大内の傍のブルーシートがズタズタに破れる。トリガーを引く寸前に、銃口をわずかにそらしていた。立ち上る白煙が目にしみる。

ズボンの股《また》が小便で濡《ぬ》れだした。黒滝はショットガンの先台を引いた。散弾の空薬莢《からやっきょう》が吐き出され、新たに実包が薬室に装塡《そうてん》される。

「なんのために頭がついてる。知らねえのなら脳みそ振り絞って、ボスがいそうな場所を必死で考えろ。轡田のもとで何年メシ喰ってきた」

そう迫ったものの、大内に言葉が届いたとは言い難かった。

大内は右耳を手で押さえ、苦痛に耐えるように顔をしかめている。銃声で鼓膜がおかしくなったらしい。

銃口を突きつけ、無言で意思を伝えた。大内は降参したように手を振って答えた。

「し、品川。おそらく……いや、きっとそこだ。会長の友人がやってる道場だ」

「もっと詳しく。三秒以内に話せ」

黒滝はカウントダウンを始めた。

14

美貴は知憲らに告げた。言葉が怒りで震える。

「要望なんてあるわけがない。あなたたちの下で働くなんて、考えるだけで虫唾《むしず》が走る」

知憲らにこれといった反応は見られなかった。むしろ、全員が薄笑いさえ浮かべている。

白幡が呆《あき》れたように息を吐いた。

「度し難いやつだ。これ以上ねえチャンスだろうとこの会談を設けてやったってのに。むざむざ棒に振ろうとするかね」

永守が笑いながら間に入った。

「女なんてのは所詮《しょせん》こんなもんです。東大出でございとプライドの高さだけは一丁前で、ちょいと追いこまれればヒスを起こす」

伊豆倉知憲はもう興味を失ったかのように、窓に目をやりながら冷えた茶をすする。

美貴の頰を涙が伝った。ハンカチで拭《ふ》き取るつもりはない。視界が涙でぼやけるなかで三人を凝視し続ける。永守こそさっきまでヒステリーを起こしていたくせに、今は革のソファに背を預けて彼女を見下ろしている。

永守から冷ややかに告げられた。

「民間に下るにしろ、士業の資格を取るにしろ、好きに生きりゃいいがな、記者《ブンヤ》にタレコもうとしても無駄だと忠告しておく。かつて裏金問題で派手に騒いだ地方紙が、その後に一切情報《ネタ》がもらえず、泣いて許しを乞《こ》うた例があっただろう。テレビはもちろん、新聞社《ブンヤ》も硬派きどりの雑誌も芋を引く。黒滝や死んだ女刑事のことより、自分の身の心配をしておくんだ。日本中のどこで暮らそうと、我々公安がつねに監視していると思え」

拳銃を所持していなくてよかったと思う。この場にいる三人を撃ち殺していたかもしれないからだ。いくら隠蔽《いんぺい》が得意な警視庁でも、歴史に残る大事件として語り継がれるはずだ。

携帯端末の振動音がした。

「おっと。失礼します」

皮肉な笑みを浮かべていた永守が知憲に断りを入れて携帯端末を取り出した。

液晶画面に目をやった。顔を一気に青ざめさせて、携帯端末を持つ手を震わせる。

「バカな――」

「どうした」

知憲が怪訝《けげん》な顔をして訊《き》いた。美貴も思わず目をみはる。

「し、真偽不明の情報が飛び込んできました。至急確認いたしますので、お時間をいただけますでしょうか。失礼いたします」

永守は早口でまくしたて、逃げるようにして部屋を出て行った。雲行きが怪しくなり、知憲の表情が険しくなる。

「何事でしょうな」

白幡が首をひねったときだった。

白幡と美貴の携帯端末が同時に震え、ふたりにメールの着信を告げる。

「私らにもだ。次長、失礼します」

白幡が内ポケットから携帯端末を取り出した。美貴も手に取って液晶画面を凝視する。

「これは……」

黒滝からのメールだった。彼らしく文面はそっけない。

〈私と松川は無事。能瀬との共闘に成功。大井町の心真館道場に向かう〉

外事二課の能瀬は永守の懐刀《ふところがたな》のはずだった。上司の命令に従い、日本青年皇心會《にほんせいねんこうしんかい》の連中を使って、一連の荒事を行わせていたと聞いている。

美貴は息を詰まらせた。メールの文面こそ短い。だが、大量の画像が添付されていた。そこには鼻骨を折られた者、なぜか油で全身を汚したまま、みっともなく涙と鼻血を流している者が映っていた。そして、足を血だらけにした肥満の男――帰宅途中の美貴を襲ったリーダー格の男だ。

　思わず白幡に声をかける。

「能瀬と共闘したと。これは一体――」

　知憲に手で制された。さっきまで静かに茶を啜《すす》っていたが、永守と同じく形相を一変させていた。白幡を憎々しげに睨む。

「なるほど、これが本当のサプライズというやつか。やはり私の寝首を掻《か》くのが目的だったんだな」

　白幡は弱ったように頭を掻いた。

「いやはや、私にも一体なにがなんだか。永守課長が部下の管理に失敗したとしか」

　知憲が白幡の顔面に緑茶を浴びせた。白幡は微動だにしない。顔や制服が濡れそぼっている。

　白幡は濡れた制服をつまむと美貴に笑いかけた。

「どうだ。これがホントの濡れ衣《ぎぬ》ってやつだ」

「部長……」

　外事二課の能瀬なる管理職に謀反《むほん》を起こさせる。そんな芸当ができるのは白幡だけだ。知憲に取り入るフリをする一方で、腹芸や弁舌を駆使して、外事二課員を自陣に引き込んだのだろう。

外事二課は大国相手に諜報戦を繰り広げる精鋭部隊だ。家族や親兄弟に身分を偽り、警察官仲間とも容易に情報を共有できない。孤独な戦いを強いられるセクションだ。それだけに強い誇りが彼らを支えている。そんな部署に陽一を異動させれば、部下たちが拒否反応を示すのは当然といえた。永守は知憲の顔色ばかりをうかがい、部下たちの反発を甘く見積もっていたのだろう。

知憲が吐き捨てるように言った。

「鵺《ぬえ》め」

「なに言ってやがる」

白幡は笑みを湛《たた》えたまま袖で顔を拭《ぬぐ》った。口調をガラリと変える。

「おれもあんたも腹黒い鵺だからこそ、こんな地位にまで上れたんだろ。大物の先輩がいれば身を粉《こ》にして働くが、アキレス腱《けん》を見つけりゃ、さっさと切って奈落の底に追い落とす。あんたも出世のためなら手段を選ばず、女房の財力まで使ってのし上がったんじゃねえか。知恵伊豆なんて言われて天狗《てんぐ》になったか。脇《わき》の甘いイエスマンに囲まれてどん臭くなったな」

知憲は天井を見上げた。

「認めよう。格下だと思っていたお前にここまでいいようにやられるとは。このおれも耄碌《もうろく》したのかもしれない」

彼は天井に目をやったまま、ポケットから携帯端末を取り出した。液晶画面にタッチして電話をかける。

「私だ。やってくれ」

電話相手は反論している様子だが、知憲は繰り返し命じた。

「やれといったらやるんだ。ケツは持ってやる」

白幡と視線が合った。白幡の顔から余裕が消え失《う》せている。

「あんた正気か。そこまでやるのか」

白幡が前のめりになって知憲に迫った。知憲は虚《うつ》ろな目で見返す。

「言ったはずだ。伊豆倉家は武士の家系だと。あれには腹を切らせる」

「息子を始末してまで、長官の椅子が欲しいのか。どうかしてるよ」

「お前も同類だろう、白幡。弱点を摑《つか》まれたら、うまいこと利用されるか、奈落の底に突き落とされる。弱点は取り除かなければならない。たとえ痛みが伴うとしても」

知憲が抑揚に欠けた調子で言った。美貴は首を小さく横に振る。

「狂ってる……」

知憲がしばらく見ぬ間に、ひどく不健康な痩《や》せ方をした理由がわかった気がした。前々から息子に引導を渡すことを考えていたのかもしれない。

白幡が口を歪《ゆが》めた。

「前言を撤回するよ。やっぱりあんたは知恵伊豆だ。倅《せがれ》を二階級特進《ニトクシン》させるわけか」

美貴の肌が粟立《あわだ》った。息子を殺害するだけではなく、その罪をそのまま日本青年皇心會になすりつけるつもりだ。外事二課の捜査官が殺害されたとなれば、警視庁公安部主導での捜査となることは間違いない。公安畑出身の知憲は、永守以外にも使える部下を抱えている。世間はならず者の排外主義者の言葉よりも、警察の公式発表に耳を傾けるだろう。

知憲が薄く微笑《ほほえ》んだ。

「警視庁《ホンチョウ》もそのシナリオのほうを選ぶ。昨夏の監察係員殺害事件で、すでに警視庁の威信はガタ落ちだ。警視総監の織部《おりべ》に、陽一が起こした数々の非違事案を公《おおやけ》にできるほどの覚悟があるものか。警察庁《サッチョウ》も然《しか》り」

「あんたの悪知恵と粘り腰には感心させられる。やれやれだ」

白幡が美貴にうなずいてみせた。

ともに席を立った。警察庁次長室を勢いよく飛び出ると、待機していた総務課員たちに何事かと見つめられた。

「どけ、この野郎」

白幡が総務課長代理を突き飛ばした。

彼らを気にしている暇はない。美貴は携帯端末で電話をかけた。黒滝がすぐに出る。

〈もしもし〉

「道場まで、あとどれくらいかかりそう?」

〈たった今到着しました。これから乗りこみます〉

黒滝がぶっきらぼうにそう答えた。彼を監察係に引き込んだのは正しかったと改めて思う。携帯端末を握りしめて言った。

「よく突きとめた。すぐに私たちも向かう」

15

その空手道場は大井町の古いビル街のなかにあった。

小さめのマンションや中層のオフィスビルが並ぶ一角にあり、道場といってもいかめしい雰囲気はまったくなく、会社帰りのOLや女子大生が気軽に入れそうなジムに見えた。

一階にはランニングマシーンやフィットネスバイクなどがずらりと並ぶ。淡いブルーの壁面看板や袖《そで》看板が掲げられ、『心真館空手道場　強く美しくなる』と記されている。

公式サイトも洒落《しゃれ》たデザインで、道着姿の若い女性が回し蹴《げ》りや三戦《サンチン》立ちを披露していた。二階はスタジオになっているらしく、瞑想《めいそう》や形演武を取り入れた独自のプログラムをこなすことで身も心も美しくなれるという。

内装は淡い青やピンクを基調としていて、血や暴力の臭《にお》いを徹底的に消し去っていた。粗暴な排外主義者のアジトにはとても見えない。ここで現役警察官が囚《とら》われの身となっているとは誰ひとり思わないだろう。

黒滝はサクシードを空手道場のビルの横に停めた。同時に助手席の能瀬が車から降りる。

本牧で陽一の居場所を聞き出すと、黒滝らは即座に車に飛び乗った。罾田が陽一の身柄を押さえていると知ったときから、ひどく嫌な予感がしていた。成海と襲撃犯を能瀬の部下に任せ、首都高を猛スピードで突き抜け、大井町へと向かったのだ。

運転中に美貴から電話があった。知恵が息子を抹殺《まっさつ》するよう罾田に命じたという。

破滅型の息子にも呆れるが、父親も信じがたい男だった。

伊豆倉陽一にくたばられたら、これまでの苦労は水の泡だ。伊豆倉知憲は、ならず者に捜査員の息子の命を奪われた悲劇の警察幹部として持ち上げられ、次長の椅子を死守する可能性が大きい。そうなれば一転して、白幡や美貴のほうこそ追われる立場になる。

空手道場の一階は営業中だった。トレーナー姿の何人かの女性がランニングマシーンで汗を流し、姿見に目をやりながら形稽古《かたげいこ》に励んでいる。フィットネスジムと同じく、ダンサブルな洋楽のポップスが鳴っている。

黒滝らが空手道場の玄関ドアを勢いよく開けた。ガラス製のドアが激しい音を立て、青いトレーナーを着た男性スタッフや利用客たちが、ぎょっとしたようにこちらを見る。

驚かれるのも当然だった。見知らぬ男が道場破りのように押し入っただけでない。黒滝はといえば、左腕に散弾を食いこませたままなのだ。穴の空いたスーツのうえに、タオルをきつく巻いて止血していた。

男性スタッフが血相を変えて駆け寄ってきた。

「な、なんですか、あなたらは」

玄関のすぐ横に上階へと続く階段があった。

ただし、階段は〝立ち入り禁止〟と大きく書かれたバリケードテープでふさがれていた。バリケードテープをむしり取る。

能瀬が警察手帳を見せた。

「警察だよ。ここに凶悪犯が潜んでるって通報があった。これより確認を行う」

「えっ」

男性スタッフが階段の前に立ちはだかった。

黒滝たちよりも身長で遥《はる》かに上回る大男だ。胸板も分厚い。手の甲には盛り上がった拳ダコをいくつもこさえている。

「ダメですよ。捜索令状《ガサ》もねえのに」

「捜索令状《ガサ》ときたか。てめえもカタギじゃねえな」

能瀬が目を細めた。

男性スタッフがいきなり牙《きば》を剝《む》いた。能瀬の顔面に正拳突《せいけんづ》きを放つ。なんの予備動作もないノーモーションのパンチだ。

能瀬は男性スタッフの正拳突きをかわすと、腕を取って一本背負いを決めた。大男の身体が宙を舞って弧を描く。二回りも大きな男が床に叩《たた》きつけられる。

風采《ふうさい》の上がらぬ小男にしか見えないが、能瀬が柔道の実力者であり、訓練を怠っていないとわかった。

男が能瀬の腕を振り払った。身体がバウンドするほどのダメージを負いながらもすばやく立ち上がる。

「なんですか、あなたたち！」

一階にはこの男以外にも女性スタッフがいた。険しい顔つきで駆けつけてくる。能瀬よりもガッチリとした体つきをしていた。

能瀬が黒滝に目配せをした。黒滝は軽くうなずき、階段を駆け上がる。

「勝手に入るんじゃねえ！」

スタッフたちの怒声を無視して二階へ向かった。

二階のスタジオには音楽が流れていない。その代わり、ドア越しに複数の男たちの声が聞こえた。

黒滝はポケットからリボルバーを右手で抜き出した。スタジオのドアに貼《は》りつく。

「待て！　おれを……おれを殺すってのか」

スタジオ内から悲鳴が聞こえた。声の主は伊豆倉陽一だ。まだ生きているとわかり、黒滝はひっそりと息を吐く。

「あんた……倅まで殺《や》るってのかよ」

〈どこがおかしい。お前は周りにいる人間を傷つけずにはいられない。己自身もだ。自分で自分を窮地に追いやったのだ〉

黒滝はドアに耳をつけた。

陽一の話し相手は父の知恵だ。携帯端末のスピーカー機能で会話をしているようだ。

「おれはあんたの恩人じゃねえか。あのアル中婆《ばばあ》が消えてくれるのを、あんたも博樹も、あんたの愛人もみんな望んでいた。おれはそれを叶《かな》えてやっただろう」

陽一は涙声で訴えていた。必死のあまり声を裏返らせている。知憲は対照的に機械的ですらあった。

〈お前は弱い。たかだかひとり排除しただけで壊れてしまった。いつかは弟と同じく克服できると思っていたが〉

陽一が洟《はな》をすすった。

「あんた、すげえよ。いくら冷めきっていたとはいえ、てめえの女房の死を、〝たかだか〟と〝排除〟で済ませるのか。女房が死んでも涙ひとつ流さねえで愛人ととっとと結婚しやがったあんたも、母親を俺と一緒に殺したくせに医者先生でございと偉そうに振るまってる博樹も、どっちも壊れてんだよ」

〈博樹の話はいい。あいつは生まれた時から宗林を継ぐ約束になっていた。他家の人間にすぎん。それで資金援助を受けられたわけだから、役には立ってくれたと言えようが、子供の時から関心は持てなかった。だがな、陽一。お前は嫡男として、伊豆倉の家名を高めることが運命づけられていたのだ。それが、なんてザマだ。婦警ひとりさえ手なずけられず、監察ごときに引っかきまわされおって、弱々しいにもほどがある。私も情くらいは人並みに持ち合わせている。だから、こうして最後に電話をかけたのだ。ここらで楽になれ〉

「くたばりやがれ！」

通話を終えたらしく、電話が切れる音がした。

まるでヤクザの親分だな。黒滝は小さく呟《つぶや》いた。伊豆倉知憲と言葉を交わしたことはない。ただし、今の陽一とのやり取りで充分に理解できた。黒滝には警察組織に対する忠誠心はない。国民に奉仕しているという意識も持ち合わせてはいない。それでも次期トップの冷酷さには鳥肌が立つ。

別の男の声がした。

「じゃあ、坊ちゃん。そういうことだから」

特徴的な胴間声で轡田と判断できた。陽一が悲鳴を上げる。

「止《や》めろ！」

　黒滝も腹をくくった。ドアを蹴飛ばしてスタジオに飛び込む。

　一階と同じく小ぎれいな部屋だ。壁一面に大型ミラーが貼られ、板張りの床はワックスで磨かれていた。ただし、血と小便が混ざり合った悪臭が鼻をつく。

　室内にいるのは男三人。ひとりは肉厚な顔をした背広の男で、外事二課の汚れ役を仕切っていた轡田当人だ。

　轡田は一山いくらの右翼標榜《ひょうぼう》団体の頭目に過ぎないが、脅迫と暴力で荒くれ者を従わせてきただけあって、太い眉《まゆ》と大きな目玉には迫力がある。空手の有段者であるうえに、彼の手には黒滝と同じく、リボルバーの拳銃があった。銃口を早くもこちらに向けている。

　その傍には、頭を五分刈りにしたジャージ姿の中年男がいた。階下の男性スタッフと同じく、筋肉を異様に発達させている。両手にワイヤーを握って顔を真っ赤にさせながら、伊豆倉陽一の首を後ろから絞めあげていた。

　不肖の息子は床に尻《しり》をつけ、ワイヤーを首に食いこませて、必死にもがいている。歌舞伎町で見かけたときは、ネッカチーフを巻くなど洒落た格好に身を包み、景気の良《よ》さそうな実業家を装《よそお》っていた。今はその面影もない。優男風の顔のあちこちを腫《は》れ上がらせ、鼻は奇妙な形に折れ曲がっていた。鶏や猫を思わせる獣じみたわめき声を上げている。

悲壮な表情をした轡田が撃鉄を起こした。

「来るんじゃねえ！　てめえも殺《や》るぞ」

黒滝は無言のまま、大股《おおまた》で中年男に近づいていた。トリガーに指をかけ、中年男に狙《ねら》いを定めて近寄る。

「手を止めんな！　絞め殺せ」

轡田が中年男に命じた。

中年男が歯を食い縛った。二の腕の筋肉が膨れ上がり、陽一の首に食いこんだワイヤーはさらにきつく締まる。皮膚を突き破り、首から血がにじみ出す。

「警察官《サツカン》の前で堂々と人殺しとはいい度胸してるな。一生を刑務所《ムショ》で過ごすか、ここで射殺されるか、どちらかを選べ」

中年男が轡田をチラチラと見やる。轡田がなおも吠《ほ》える。

「こんな木っ端《こっぱ》刑事の言うことなんざ聞くな！　殺れったら殺れ！」

陽一の動きが緩慢になってきた。顔が紫色になり、目も虚ろだった。股のあたりが濡れ、糞尿の臭いが漂う。

黒滝は舌打ちした。轡田の銃口を無視して距離を詰める。散弾の痛みを堪《こら》え、左腕を伸ばして中年男の右耳を掴むと、力をこめて一気に引っ張った。右耳が千切れかける。中年男は叫び声をあげてワイヤーから手を放し、傷口を押さえながら床に跪《ひざまず》く。陽一は首にワイヤーを巻きつけたまま、うつ伏せになって苦しげに咳《せ》き込んでいる。

轡田は拳銃を突きつけたまま動けずにいた。黒滝は轡田を睨む。

「お前も伊豆倉もクソったれだ。てめえは手を汚す度胸もねえで、子分にばかり空気入れやがる」

「なんだと、この野郎！」

怒りで轡田の目が吊《つ》り上がった。トリガーに指をかけるが、黒滝が先に左手で拳銃のシリンダーを掴んだ。発砲を防ぐ。

「こいつの父ちゃんがなんとかしてくれる。お前はまだそう思ってるのか？」

「木っ端がなにをほざいてやがる」

黒滝は陽一を顎《あご》で指し示した。

「伊豆倉陽一巡査部長は悪名高い政治団体に潜入している最中に、正体がバレて惨《むご》たらしく絞殺《こうさつ》された。悲劇の英雄として二階級特進《ニトクシン》を果たし、伊豆倉警部に。こいつの親父《おやじ》は勇敢な息子を持ったと称《たた》えられて、無事に警察庁長官の椅子に座る。お前らは警察官《サツカン》殺しを行ったテロ集団として断罪されるというオチだ」

「その手には乗らねえぞ。時間稼ぎにもなりゃしねえ」

轡田が黒滝の左手を振りほどこうとする。黒滝はせせら笑ってみせた。

「お前らは木っ端刑事とやら相手に何度もヘタを打ったんだ。ボンクラヤクザをいつまでも抱えてるほど、伊豆倉が寛容だと思ってるのか？　お前の母ちゃんじゃあるまいし」

「うるせえ！」

轡田が左脚を振り上げた。空手の有段者らしい威力のあるミドルキックだ。

息を詰まらせた。重たい衝撃が右脇腹に入り、肝臓を打たれて不快な痛みが全身を走った。拳銃を掴んでいた力が緩む。すかさず、中年男がわめきながら立ち上がり、黒滝の腰に体当たりをしてきた。身体のバランスを崩し、板張りの床に倒れ込んだ。

黒滝の拳銃をもぎとろうと右腕にしがみついてくる。

轡田が仁王立ちになって拳銃を構えた。銃口を陽一にぴたりと向ける。

「目ん玉広げて、よく見とけ！　おれに度胸があるかどうかをよ」

「クソ。どいつもこいつも」

黒滝は毒づいた。どいつもこいつも己で己の首を絞めにゆきやがる。

陽一は激しく咳き込み、血の混じった痰《たん》を吐いていた。拳銃を突きつけられているのに気づいていない。黒滝は陽一に向けて吠えた。

「転がれ！」

陽一の肩がびくりと動いた。

彼が身体を横転させるのと同時に、轡田の拳銃が火を噴いた。板張りの床が弾《はじ》ける。まさに陽一の頭があったところだ。悲鳴をあげながら四つ足の獣のように床を駆けた。さらに発砲音がし、陽一の傍の大型ミラーが音を立てて砕け散る。

黒滝は中年男の耳の傷口に左手を伸ばした。男は柔道の心得があるようで、しつこく右腕に絡《から》みついていたが、耳の傷口を指で抉《えぐ》られると、大声で悲鳴を上げ黒滝の身体から離れた。

リボルバーを撃った。轡田の踵《かかと》のあたりが破裂し、身体のバランスを崩して横倒しになる。黒滝もまた床を這《は》って轡田に近づくと、拳銃の台尻でその右手を何度も殴りつける。手の骨が砕ける音がし、轡田が絶叫をあげながら拳銃を手放す。五本の指があり得ない方向に折れ曲がっていた。

轡田の身体にのしかかると、彼の両目を指で突いた。失明には到《いた》らなくとも、当分は抵抗する気を失わせるほどのダメージを与えた。轡田が絶叫しながら身体を丸める。

黒滝は深呼吸を繰り返した。立ち上がれるだけのスタミナを回復させると、道場の隅に身を潜める陽一に近づく。

その首にはワイヤーの痕《あと》がくっきりと残っていた。血と排泄物《はいせつぶつ》の臭いを漂わせ、ガタガタと身体を震わせている。三途《さんず》の川を渡る寸前だったが、なんの感情も湧《わ》いてはこなかった。この男に辛酸を舐《な》めさせられた者たちの痛みは、こんなものではないだろう。

黒滝は声をかけた。

「ようやく会えたな」

「あ、あんたは？」

陽一はかすれた声で訊いてきた。彼は瞬《まばた》きを繰り返した。汗が目に入っていた。

「警視庁の黒滝だ」

「あんたが監察の黒滝か。だったら、おれを……おれを早く匿《かくま》ってくれ。一刻も早くだ」

強い調子で命じてきた。

黒滝は思わず頬を緩めた。警察組織の人間ならば、すべて自分の使いっ走りと思っているのだろう。さきほど実の父から死刑宣告を受けたばかりだというのに。

「もちろん、そういたしますとも。若様」

黒滝は陽一の頭髪を左手で鷲摑《わしづか》みにした。そのまま引きずってスタジオの出口へと向かう。陽一が再び悲鳴をあげる。

「てめえ、なにしやがんだ！」

スタジオを後にして階段を降りた。一段一段下るたびに、身体を打ちつけた陽一が罵《ば》詈《り》雑言《ぞうごん》を浴びせる。

一階でも激しい戦いが繰り広げられたようだ。ヒグマでも暴れ回ったかのように部屋は破壊されていた。壁に穴が開き、大きな荷物棚が横倒しになっている。床にはダンベルやサプリメントの缶が散らばり、ランニングマシーンのコンソールマストがへし折られ、配線が剝き出しになっている。

先ほどまでフィットネス機器で汗を搔いていた利用客は、隅で身を縮めながら震えており、屈強なスタッフたちは血まみれの状態で床を這っている。男性スタッフの着ていたトレーナーは袖が破け、彫りかけの昇り龍が露《あらわ》になっていた。

能瀬のほうもボロボロだ。激しく肩で息をしながら立ち、重たそうなバーベルシャフトを担《かつ》いでいる。顔面は血まみれで、鼻と口がズタズタに裂けている。

能瀬が陽一を見下ろし、血の混じった唾《つば》を忌々《いまいま》しそうに吐く。

「この役立たずが。生きてやがったのか」

陽一が救いを求めるように能瀬へ手を伸ばした。

「係長……おれは」

「くたばらずに済んでなによりだ。てめえがやらかしたことを監察係に全《すべ》て話せ」

そう言って、息を吐いた。彼もかつての富松のように、一度は陽一を更生させようと取り組んだのかもしれなかった。蔑《さげす》みと憐《あわ》れみの入り交じった視線だった。

「ひどいケガだ」

黒滝が言うと、能瀬は首を横に振った。バーベルシャフトを床に放る。ガクリと膝《ひざ》をついて続けた。

「ああ。こうも派手に暴れたら、もう公安《ハム》じゃやってけねえ。おれに向いてる仕事だったのによ」

「まずは全員仲良く病院だ」

道場の前に何台もの警察車両が急停止した。

セダンから真っ先に飛び出したのは美貴だった。鮎子や石蔵といった相馬班のメンバーが続く。

黒滝は美貴にうなずいてみせた。

陽一が警察車両に収容された後、黒滝は能勢に声をかけた。

「ずっと気になってたんだがな。伊豆倉陽一が松川成海を通じて漏えいしたのはどのくらいヤバい情報だったんだ」

能勢が微笑んでみせた。

「ヤバくなんかねえさ。ガセネタしか知らねえからな。あんなゴンゾウのクソど素人に情報を渡すわけにいかねえだろう。やつが楓と会ってることを摑んだ後は、会議室でじきじきに誤情報をレクチャーしてやって、あちらさんを混乱させようと図ったまでさ。陳はさぞ叱責されたことだろうよ。六本木と麻布のうまい中華料理屋だけはきちんと教えてやった」

黒滝の想像を超える男がここにもいた。

16

美貴の心は重たかった。お愛想でパラパラと拍手をする。

白幡が目の前でゴルフクラブを振っていた。こちらとは対照的に機嫌よくボールをかっ飛ばしている。

直属の上司である美貴が、つきあいでせめてもの拍手をしているというのに、隣の黒滝はといえばスラックスのポケットに両手を突っこんだままだ。あくびをさんざん嚙《か》み殺しているため、目頭が涙で濡《ぬ》れている。

ここは目黒区の大きなゴルフ練習場だ。東京一値段が高い練習場として知られているらしく、名のある実業家や有名芸能人も通っているのだという。たしかに入口の建物は、結婚式場と見間違いそうなほどゴージャスで、駐車場にはイタリアやドイツ製の高級外車がぎっしり停められていた。

平日の二十一時過ぎにもかかわらず、三階建てのゴルフレンジは満席だ。二月末の夜であるため、外の気温はまだまだ低いものの、暖房がしっかりと利いている。

自動でティーアップされたボールを、すかさずドライバーで打つ。ボールはきれいにまっすぐ飛んでいき、170ヤード先のネットに当たった。白幡のゴルフの腕はセミプロ並みだった。

打席の横のモニターに目をやっている。練習場には最新の計測機器が用意されており、設置されたカメラが、ボールの軌道や飛距離を瞬時に計測、モニターに表示される仕組みになっていた。

白幡は弾道をうっとりとした顔で見つめた。

「我ながら惚《ほ》れ惚《ぼ》れしちまう。どうだ、おれの腕前は」

「文句のつけようがありません。ゴルフの腕に関しては」

美貴が微笑んでみせると、おどけるように首をすくめた。

「ゴルフの腕に関しては、か。相変わらずきついこと言うじゃねえか。なにやらご不満がおありのようだ」

「たっぷりと」

「やれやれ。あの騒動の事後処理に忙しくてよ。ゴルフはおろか、スナックにさえ顔を出す暇がなかった。ようやく打ちっぱなしに足運べたと思ったら、仕事熱心な部下たちからの糾弾を受けるわけか。管理職ってのはつらいもんだ」

「多忙だったのは部長だけじゃありません」

「ずいぶん、ご機嫌ななめだな。お前も何発か打ったらどうだ。ひとまずスカッとするぞ」

「結構です。やる気もありませんし」

白幡が呆《あき》れたように口を大きく開けた。

「本当か……こんな楽しいものもやらねえなんて。そりゃ人生損してるぞ」

白幡はドライバーをゴルフバッグにしまった。タオルを取り出して汗を拭《ぬぐ》いながら美貴に椅子《いす》を勧め、黒滝に自販機で飲み物を買ってくるように命じた。黒滝は三人分の缶コーヒーを買い、ちんたら歩いて戻ってくる。

三人で椅子に腰をかけると、白幡が缶コーヒーをうまそうに飲みながら口火を切った。

「なにが不満なんだ。査問委員会でお前らの拳銃使用を不問に付させただけじゃなく、伊豆倉親子を警察社会から追い出せたんだ。次期長官のケツを蹴《け》り上げるなんてそうそう出来やしねえぞ。ジャイアントキリングというべき奇跡の勝利だ」

「知恵は退職金を手にしてのうのうとシャバを謳歌《おうか》しています。息子も刑務所に収監されるべきだというのに――」

美貴は缶をきつく握りしめた。

奇跡の勝利だったのは間違いない。警察社会から追放されるのは美貴たちのほうでもおかしくなかった。

勝利の要因は美貴の努力だけではない。何人《なんぴと》にも怯《ひる》まない黒滝のような鬼警官や、魔人のようなこの上司がいてくれたおかげだ。鮎子や石蔵のような反骨の部下に恵まれたという理由も大きい。

かといって、安穏としてはいられなかった。そもそも勝ちと呼べるものだったのかすら怪しい。

美貴たちは知憲の暴走をかろうじて食い止めた。危うく父親によって始末されそうになった陽一を、黒滝と能瀬が危険を顧みずに救い出したのだ。知憲の裏工作部隊として動いていた轡田や日本青年皇心會《にほんせいねんこうしんかい》の連中は、監禁、殺人未遂、公務執行妨害の現行犯として逮捕した。

白幡は背もたれに身体を預け、芝居がかった様子で深々とため息をつく。

「お前も欲張りなやつだな。天下の警察庁次長を逮捕《パク》れると思ったのか？」

「そこまでウブな女じゃありません」

ウブな女でいたかった。知憲の腕にも手錠をかけるべきだと今でも思う。知憲自身が轡田に殺害指令の電話をかけるのを、この目で見ているのだから。

当初は、知憲を殺人教唆《きょうさ》で逮捕できるのではないかという希望を抱いた。黒滝と轡田の取り調べにあたり、知憲に使い捨てにされたという事実を伝えた。陽一の口封じをさせた挙句、テロリスト集団として切断処理しようとしたのだと。黒滝が乗りこんでいなければ、陽一は悲運の捜査官として英雄となり、轡田は警察官殺しの罪を一身に背負わされた上で、おそらく密殺されたはずだ。

激昂した轡田は饒舌《じょうぜつ》に打ち明けてくれた。すべては永守の指示で動いただけだとして、美貴や成海に対する襲撃を認めた。知憲から直々に口封じの電話があったことも。

饒舌なのは陽一も同様だった。品川区内の病院に運ばれた彼に事情聴取を行った。監察係にマークされていると聞かされた彼は、上司の永守からほとぼりが冷めるまで轡田のアジトに潜んでいろと命じられた。そして、知憲の足を引っ張る行為を散々してきた事実を認めた。その一方で、自分が消されるとは考えもしなかったという。

――親父や博樹には大きな恩を売った。あいつらがやりたくてもできなかったことをやってやったんだ。

母殺しについてはそう述べた。

伊豆倉陽一は複雑な男だった。美貴らに煽《あお》られると、すぐに父への怒りを露にし、己が犯した罪について自慢げに語りだした。その次の日は両親の期待に応《こた》えようと勉学に励みながらも、父や弟のような優れた成績を上げられず、家庭には居場所がなかったと涙を流して己の弱さを告白した。

――お袋を殺《や》って、親父や博樹の上に立ちたかった。あいつらは血も涙もねえ。身内が殺されたってのに、しれっと普段通りに仕事をこなして出世してやがる。おれはまともじゃいられなかった。

彼は愛純《あすみ》に邪《よこしま》な恋情を抱いていたのを認め、弟に金銭をたかり、新宿で飲み歩いては機密情報を漏えいさせたと自白した。

ある種の哀れみは覚えたものの、こんな男に何人もの有能な警察官が弾き出され、死を選ばざるを得なくなるほど追いつめられたのかと思うと、怒りが何度もこみ上げてきたものだった。

連中の供述をもとに、知恵に引導を渡す。美貴は意気込んだが、轡田逮捕の三日後に事態は一変した。

知恵が辞意を表明したのがきっかけだった。轡田と陽一のもとに、検事長まで務めた大物のヤメ検弁護士が現れたのを機に、両者は一転して供述を翻《ひるがえ》したのだ。

轡田はすべての犯行を全面否定。知恵や外事二課の関与などなかったと言い出し、陽一もまた性的暴行や機密漏えいなどには関わっていないと主張した。

美貴は静かに語りかけた。

「白幡部長、あのヤメ検弁護士を轡田たちにつけたのはあなたですね」

「おいおい、なにを言い出しやがる」

「若松《わかまつ》弁護士の動向を黒滝に調べさせました。神楽坂の割烹《かっぽう》であなたと会ったことも把握しています」

白幡は面倒臭そうに頭を搔《か》く。

「つまり、おれを問い詰めたいわけか。伊豆倉親子とここまでさんざん戦ってきたというのに、ここに来てあの連中の味方につくとはどういうつもりだと」

「……武器になりそうな道具がいっぱいあるので、必死に自分を抑えているところです」

「よせよ。お前が言うとシャレにならねえだろ」

白幡はコミカルに身を縮めてみせる。

冗談を口にしたつもりはなかった。ゴルフボールなどではなく、アイアンでこの上司の頭を打ちのめしてやりたい。その衝動を抑えるために、必死に理性を動員している。

知憲が〝一身上の都合〟を理由に辞任を表明すると、間を置かず、陽一の悪行に関する情報が監察係に寄せられるようになった。後に自殺を選んだ愛純が、陽一に執拗《しつよう》に迫られて困っていたと、複数の同僚が証言をした。

彼女の遺書を裏づけるように、愛純の告発を上司たちが握りつぶしていた事実も発覚した。愛純の上司の係長らは、意識がなくなるほど大酒を飲んだあなたが悪いと言い放ち、部下の言い分にまるで耳を貸さなかったという。

愛純が在籍した生活安全総務課の面々は、監察係行本《ゆきもと》班の調査に対し、陽一を庇《かば》うために知らぬ存ぜぬの態度を取っていた。陽一と愛純のトラブルを把握したうえで、統括責任者である警務部長に報告もせず、ひたすら陽一を守るために、一枚岩となって不祥事の隠蔽《いんぺい》を図っていたのだ。

ＤＶや性被害に遭った被害者に寄り添うべきさくらポリスの彼らが、性被害に遭ったと訴える部下の声には耳を傾けなかったどころか、二次被害を与えて死に追いやったのだ。真相を隠蔽していたことに耐えられなくなったのか、陽一を守るメリットがなくなったからか、生活安全総務課の管理職たちは、陽一が原因で愛純が自殺した事実を認めた。

陽一がいくら黙秘しようが、罪を否認しようが、知恵という後ろ盾が消えた今となっては、警察組織から追い出すのは赤子の手をひねるように容易となった。

追放だけでは済まない。手錠をかけて法廷に引きずり出して裁かせなければ、死んだ愛純や彼に苦しめられた警察官たちが浮かばれない。陽一を準強制性交等罪や地方公務員法の守秘義務違反に問うため、相馬班は証拠固めに奔走した。

その一方で白幡はといえば、彼らの罪を再び覆《おお》い隠すような動きを見せていたのだ。

美貴は白幡の横顔を冷ややかに見つめた。

「外事二課《ソトニ》とさっそく手打ちをしたということですか」

「外事二課《ソトニ》だけじゃねえよ。言うまでもねえが、公安の司令部《ハム》は警察庁《サッチョウ》の警備局《ビキョク》だ。警視庁《うち》の公安部長と警視総監。警察庁《サッチョウ》の外事情報部長と、そのうえの警備局長。もちろん警察庁長官《トップ》にも話《ナシ》をつける必要があった。全員の想《おも》いは同じよ。〝伊豆倉親子をブタ箱に放り込む〟なんて筋書きを支持するやつは誰ひとりいないってことだ」

伊豆倉陽一に下されたのは停職六ヶ月の懲戒処分だった。彼は退職願を出し、現在は博樹の病院で鳴りを潜めている。彼の上司と生活安全部長も停職や減給処分を受けた。部下に愛想を尽かされ、陽一を匿いきれなかった永守は警視庁を去っている。

陽一が同僚へのセクハラという軽微な不祥事を起こし、警察庁次長の知恵が父として責任をとって辞表を出した。その事実はマスコミを通じて世間にも知られることとなったが、警視庁がダメージコントロールを図ったために、ごく短期間騒がれるだけで終息した。

陽一の不祥事を公表したのと同日、組対五課が有名女優の自宅を家宅捜索し、彼女とその愛人をコカイン使用と所持容疑で逮捕したからだ。愛人は半グレの幹部で、八ヶ月以上も泳がせていたが、警視庁にとっては絶好のタイミングが巡ってきたことになる。

今回の陽一の件は、所轄《しょかつ》と暴力団との癒着が発覚した昨年夏の不祥事と匹敵するほどの大罪だ。上層部は事実が広く社会に知られてしまえば、警視庁の威光は回復不能になるまでの損傷を受けると判断し、有名女優を生《い》け贄《にえ》に差し出した。

警察不祥事が公表されて約一週間が経《た》ったが、メディアは女優の素行や移送される姿を追いかけるばかりで、伊豆倉父子の闇《やみ》に切り込もうとする者は今のところ現れてはいなかった。

白幡が缶コーヒーを啜《すす》ると黒滝に声をかけた。

「おい、ドッグ。波木《なみき》愛純の件で陽一を刑務所《ムショ》にぶちこめそうなのか」

黒滝がそっけなく答えた。

「難しいでしょう。被害者の愛純が死亡した以上、真偽は謎《なぞ》のままです。陽一の住処《ヤサ》を調べましたが、きれいさっぱり掃除されていました。酒に混入できそうな薬物はもちろん、ケータイもパソコンのデータまで消去されていました」

白幡がため息をついた。

「陽一は限りなくクロに近いグレーだ。懲戒処分で追い出せはしても、刑務所《ムショ》にまではぶちこめない。相馬警視、それを一番痛感しているのはお前自身だろう」

美貴は食い下がった。

「陽一には守秘義務違反の件もあります。神田の交番で働いていた時代には、一般市民の口に拳銃を突っこんでもいます。高校生のころには母親殺しさえやってのけた」

「そうだな。かりにやつを逮捕《パク》れたとする。お前はあいつを守り切れるのか」

「はい？」

白幡が見つめ返してきた。警察庁次長室で見せたときと同じ厳しい表情だった。

「警視庁《うち》の公安部にしても、警察庁《サッチョウ》警備局としても、精鋭の公安戦士からの情報がよりによって飲み屋のねえちゃん経由で中国人スパイに漏れていたなんて恥を外に知られたくはねえ。そのネタ自体ゴミクズだったとしても関係ねえんだ」

成海は歌舞伎町の店を辞め、ほとぼりが冷めるまで郷里の九州で暮らすという。陳梓涵《チェンズーハン》は往生際《おうじょうぎわ》だと悟って警視庁側に取り込まれた。現在は逆スパイとして都内で活動を始めたらしいが、早晩、本国の刺客によって命を失うだろう。

白幡は首を横に振って続けた。

「相手は公安《ハム》だけじゃねえ。今まで父親の威光にひれ伏して、陽一の悪事をあの手この手でもみ消してきては、知憲に恩を売ったつもりの連中が山ほどいるんだよ。波木愛純の上司や同僚みたいにな。おれたちが陽一からなにを聞き出すのかと戦々恐々としているのさ。知憲と同じく、陽一君にハラキリしてもらいたいと心底願ってるやつらだ。この前はドッグがタッチの差で救い出したが、今度はどうなっちまうんだろうな」

「守ってみせます。彼は裁判を受け、罪をつぐなわなければならない。そうでなければ、愛純のような犠牲者が報われません」

「強がりはよせ。警備局《ビキョク》あたりが適当な理由をつけて、陽一をおれらの手の届かない県警に移送するなんてワケねえんだ。公安《ハム》とケンカするってのはそういうことだ。お前にそれを食い止められるだけの力はあるのか？　よその県警との強固なパイプを築いたのか？　お前のためなら命を投げ出すという兵隊は何人抱えている？　有力な警察ＯＢを味方につけたか？」

「いえ……」

「ゴルフもやったことがないなどとよくも恥ずかしげもなく言えたもんだ。人脈作りをおろそかにしている、非力なキャリアでございと告白しているようなもんだぞ。陽一の悪事に気づけたのも、ただの警視《シ》でしかねえお前が、永守や知憲のようなお偉方に威勢よく啖呵《たんか》を切れたのも、おれというケツモチがいたからだ。匹夫《ひっぷ》の勇も大概にしろ」

美貴は奥歯を嚙みしめた。顔や頭がカッと熱くなる。

怒りよりも恥ずかしさが上回った。警察官が真相を追求し、不正を糾《ただ》すのは当然の職務だ。白幡たちのように妥協や隠蔽の道を選ぶなどありえない。

これまで、白幡のように顔を広げて情報網を形成してはこなかった。組織内の政治に関わることを嫌悪《けんお》さえしていた。しかし、彼の力がなければ、自分は確かに伊豆倉陽一巡査部長の存在にすら気づけなかったのだ。

白幡は笑みを浮かべて立ち上がった。ゴルフバッグからタブレット端末を抜き出す。

「説教はこれぐらいにしておこう。お前らはよくやってくれたし、納得いかねえと詰め寄ってくるのも想定済みだ。これを読めば、少しは溜飲《りゅういん》が下がる」

白幡がタブレット端末のスイッチを入れた。液晶画面に何度かタッチして美貴らに示す。

「これは……」

表示されたのは手書きの書類の画像だった。

日付は十九年前のもので、埼玉県警浦和署の警察官の名前が記されている。陽一の母親である伊豆倉志都子《しずこ》の事故死にまつわる捜査報告書のコピーだ。

美貴は目をみはった。志都子は友人とのワインパーティを愉《たの》しんだ後に階段から落下し、顔と頭を激しく打ちつけて死亡したとされている。

酔って転倒したものと見られたが、弟の博樹は陽一が転げ落ちた志都子にワインボトルでトドメを差したのだと告白している。

捜査報告書はそれを裏づけるものだった。浦和署員は事件性を疑い、ワインボトルを鑑識に調べさせたところルミノール反応が出たと記し、志都子が転倒して頭を打ったのが直接的な死因となったのではなく、同時刻に家屋内にいた長男によってワインボトルで撲殺された可能性が高いと記している。

「こんな捜査資料……初めて見ます」

「そりゃそうだろう。県警本部や浦和署の上層部が握りつぶした報告書だ。本来なら存在しちゃならねえ書類ってことになる。埼玉県警にも骨のある警察官《サツカン》がいたのさ」

「志都子はやはり殺されていたのですね」

「ああ、この書類がそれを物語っている。おれは、当時の捜査員、埼玉県警の警務課長の話にじっくり耳を傾けてやったのさ。戸田のスナックでよ。そいつは上の顔色を読まねえで、『あれは殺しだ』と主張し続けたもんだから、気の毒に捜査から外されちまった」

黒滝も食い入るように液晶画面を見つめている。彼にとっては他人の秘密こそがなによりのご馳走《ちそう》なのだ。

白幡が缶コーヒーを飲み干した。

「おれが言いたいのは、あのふたりの倅《せがれ》もそれぞれ母親殺しの罪に苦しんでるってことだ。親父のように冷血にはなり切れねえ。警察組織《カイシャ》の重役どもを軒並み敵に回してまで、陽一を刑務所《ムショ》にぶち込む必要はねえのさ。放っておいても勝手に自滅する。さしずめ兄は事件でも起こすか、酒や薬物にでも溺《おぼ》れるかだ。弟も身体壊して過労死に向けてひた走っている。あのふたりにはシャバのほうがよほど過酷さ」

美貴は白幡の横顔を改めて見つめた。

「あなたは……ずっと以前から知憲の身辺を洗っていたのですか」

「そんなことは誰でもやってる。やらねえお前が甘ちゃんなだけだ」

背筋を冷たい汗が流れた。

白幡の姿はいつもと変わらない。豊かな頭髪を真っ黒に染め、二月にもかかわらず肌はいつも通り茶色く焼けている。六本木あたりをぶらぶらしている実業家崩れにしか映らない。

この男の目的は果たしてなんなのだろう。ゆくゆくは警察庁長官や警視総監の座を目指しているとしたら、知憲の甘言にのって長官官房長に就く手もあったはずだ。長官官房は警務と総務を抱える警察庁内の大組織であり、その長は、警察庁次長に次ぐナンバー3と目される。近年は官房長から次長、そして長官へと就任するのが通例となっている。現に知憲が警察庁を去ると、官房長だった人物が次長に就任している。

白幡の考えが読めなかった。知恵から未来の長官の椅子を与えてやるとまで言われたのに、その破格の条件を蹴って、伊豆倉親子を追い出すほうを選んだのだ。警察トップの椅子よりも、もっと大きななにかを望んでいるような気がした。

白幡に肩を叩《たた》かれた。

「非力なままでいたくはねえだろう。おれのところまでくれば、陽一のようなド厄介なケツモチがいる不良警官だろうと、偉そうにふんぞり返っている上司や先輩だろうと、生殺与奪は思いのままだ」

「それも悪くありませんね」

白幡の誘いは魅力的だった。

自分が監察官という職についたからには、組織内に潜む悪徳警官を次々にあぶり出してゆきたい。どのような部署であろうと臆《おく》することなくメスを入れてゆきたい。不祥事続きで傷ついた旭日章《きょくじつしょう》の光を取り戻すために。

だが、現実は甘くはない。権力者に調査を阻《はば》まれ、組織的な隠蔽に目を眩《くら》まされ、不意を突かれて危害を加えられてもいる。白幡のような政治力さえあれば、愛純に顔向けできる結果を出せたかもしれないのだ。

「なにもおれのようにゴルフに麻雀《マージャン》、カラオケに明け暮れる必要はねえ。お前に合ったやり方で人脈を増やせばいい。なんといっても女には飛び道具がある。その面《ツラ》を駆使すりゃ、何人もの幹部が尻尾を振るさ」

「私に合ったやり方ですか」

美貴は椅子から立ち上がった。ゴルフバッグからドライバーを抜き出す。

「おっ――」

白幡が反射的に頭をかばった。黒滝の目が大きく開く。どちらも美貴が殴りかかると思ったらしい。

美貴は打席に立った。両足を肩幅くらいに広げる。ドライバーをテイクバックすると、ティーアップされたボールを打った。

ゴルフクラブを握ったのは久々だ。それでもボールはまっすぐに飛んでいき、白幡が打った球に負けぬ勢いで、170ヤード先のネットに突き刺さった。

美貴の父親が無類のゴルフ好きだった。おかげで美貴もロシアでよくコースを回ったものだ。冬が長いロシアでは、ゴルフはメジャーなスポーツではない。それだけにモスクワ郊外のクラブでのびのびとプレイができたのだ。ゴルフの練習場はいつもガラガラで、誰にも邪魔されずにスウィングやアプローチの研究ができた。

ゴルフの腕前を職場の人間に披露する気はなかった。貴重な休日をゴルフ好きの先輩や上司の接待などに費やしたくはなかったからだ。

「こいつは……一杯喰わされたな」

白幡が大げさに拍手をした。

「部長と違って気短《きみじか》な性格ですから。私に合ったやり方があるとしたら、こんな感じでしょうか。不意をついて大物に首輪をはめる。部長のような大物に」

「そりゃいい。お前を見直したよ」

白幡は感心したようにうなずいてみせた。娘の成長を喜ぶ父親みたいな顔を見せる。

だが、その目は笑っていない。

「あなたの犬で終わる気はありません。失礼します」

美貴は白幡にドライバーを返すと、黒滝とともにゴルフレンジから離れた。

黒滝がエントランスを出たところで口を開いた。

「たまげましたよ」

「私のゴルフの腕に？」

「あなたの肝っ玉にです」

黒滝の頬が紅潮していた。〝ドッグ・メーカー〟として恐れられている男だが、改めて白幡の実力を見せつけられ、憤慨しているようにも、喜んでいるようにも見える。

「せっかくクビがつながったと思ったのに、また面倒臭い相手を敵に回しそう」

「いいじゃないですか」

黒滝が口角を上げた。笑顔を見せたつもりだろうが、彼もまた目は少しも笑っていない。

「気軽に言うじゃない。まさか私に与《くみ》してくれるの？」

「もちろんです」

黒滝は即答した。やけにきっぱりとした口調だった。美貴は訝《いぶか》しむように眉《まゆ》をひそめる。

「どうして？」

「あの部長の腹のなか、誰だって覗《のぞ》きたいでしょうが」

歯を覗かせてそう答えた。獲物を前にした狼《おおかみ》みたいな顔つきだった。

美貴は苦笑した。

「あなたらしい答えね」

ゴルフ練習場から目黒通りに出た。タクシーを停めるために手を上げる。

「久しぶりに一杯やっていきたいけど、今日はここでお別れね。用があるの」

「おれもです。能瀬と今夜は約束があって」

「へえ、酒を酌《く》み交わす仲になったの？」

能瀬は三日間入院した後、外事二課を去る予定だ。引く手数多《あまた》でまだ異動先は決まっていないらしい。

「そんなんじゃありません。王子五丁目で会うんです」

「奇遇ね。私もそちらに行くつもりだった」

王子五丁目には愛純が身を投げた団地がある。彼女に伊豆倉親子の顛末《てんまつ》を語り、ケジメをつけられなかったことを詫《わ》びるつもりでいた。どうやら黒滝も同じ考えのようだ。今日は故人の月命日だった。

「じゃあ、一緒に行きましょう」

タクシーが路肩に寄って停車した。美貴が最初に乗りこみ、黒滝が後に続く。運転手に王子へ向かうように頼んだ。

運転手が車を走らせながら暖房を強めた。彼はバックミラーに目をやり、身体を震わせている美貴をチラチラと見ていた。

「寒いでしょう」

「いいえ。大丈夫」

少しも寒くはなかった。ただの武者震いに過ぎない。隣には頼りになる部下もいる。

「むしろ暑いくらい」

相馬美貴は、運転手に暖房を弱めるように言った。

本書は新潮文庫のために書き下ろされた。

ブラッディ・ファミリー

警視庁人事一課監察係 黒滝誠治

新潮文庫　ふ - 54 - 2

令和四年五月一日発行
令和四年七月十五日三刷

著者　深《ふか》町《まち》秋《あき》生《お》
発行者　佐藤隆信
発行所　株式会社新潮社
郵便番号　一六二―八七一一
東京都新宿区矢来町七一
電話　編集部(〇三)三二六六―五四四〇
読者係(〇三)三二六六―五一一一
https://www.shinchosha.co.jp

価格はカバーに表示してあります。

乱丁・落丁本は、ご面倒ですが小社読者係宛ご送付ください。送料小社負担にてお取替えいたします。

印刷・株式会社光邦　製本・株式会社大進堂

ISBN978-4-10-120972-2 C0193